TIBÉRIO

COLEÇÃO "OS SENHORES DE ROMA"

Augusto
Tibério
César
Marco Antônio e Cleópatra
Nero e seus herdeiros
Calígula

OS SENHORES DE ROMA

TIBÉRIO

ALLAN MASSIE

TRADUÇÃO
ALEXANDRE MARTINS

COPYRIGHT © ALLAN MASSIE, 1993
ALL RIGHTS RESERVED.
COPYRIGHT © FARO EDITORIAL, 2021
TODOS OS DIREITOS RESERVADOS.

Nenhuma parte deste livro pode ser reproduzida sob quaisquer meios existentes sem autorização por escrito do editor.

Diretor editorial: **PEDRO ALMEIDA**
Coordenação editorial: **CARLA SACRATO**
Preparação: **GABRIELA ÁVILLA**
Revisão: **THAÍS ENTRIEL**
Capa: **RENATO KLISMAN | SAAVEDRA EDIÇÕES**
Projeto gráfico e diagramação: **CRISTIANE | SAAVEDRA EDIÇÕES**

Dados Internacionais de Catalogação na Publicação (CIP)
Angélica Ilacqua CRB-8/7057

Massie, Allan 1938-
   Tibério / Allan Massie ; tradução de Alexandre Martins. — São Paulo: Faro Editorial, 2021.
   256 p. (Os Senhores de Roma)

   ISBN: 978-65-5957-006-5
   Título original: Tiberius

   1. Ficção inglesa 2. Tibério, Claudio Nero, Imperador de Roma, 42 D.C. - 37 D.C. - Ficção I. Título II. Martins, Alexandre III. Série

21-1857   CDD 823.914

Índice para catálogo sistemático:
1. Ficção inglesa

2ª edição brasileira: 2021
Direitos de edição em língua portuguesa, para o Brasil, adquiridos por **FARO EDITORIAL**

Avenida Andrômeda, 885 – Sala 310
Alphaville – Barueri – SP – Brasil
CEP: 06473-000
WWW.FAROEDITORIAL.COM.BR

Para a Alison, como sempre

INTRODUÇÃO

NA FORMA DE RENÚNCIA:

NÃO SEI QUANDO COMECEI ALGO COM TANTA HESITAÇÃO QUANTO ESTA INTRODU-*ção, que me foi encomendada pelos meus editores. Isto porque eles não queriam, como disseram, "ser associados a qualquer coisa que pudesse se revelar uma fraude sem deixar claras as suas dúvidas em relação à autenticidade da publicação".*

MUITO ADEQUADO, MAS AONDE ISTO ME LEVA, À MEDIDA QUE NEM O MAIS claro aviso é suficiente para diminuir as dúvidas do leitor? Ademais, se o livro em si não é aquilo que ele se propõe a ser, por que razão esta introdução deveria ser levada em consideração?

Ainda assim, compreendo por que eles a querem. Isto é o mais irritante. Mais do que tudo, é a coincidência que os incomoda.

Deixe-me explicar, da melhor forma possível:

Em 1984, a biografia do Imperador Augusto foi descoberta no monastério macedônio de São Cirilo e São Metódio (não São Cirilo Metódio, como equivocadamente afirmou o Professor Aeneas Fraser-Graham na sua introdução à edição inglesa do livro, erro que, apesar dos meus apelos, permaneceu, obstinadamente, nas edições inglesa, americana, francesa, italiana, alemã e, tanto quanto eu fui capaz de perceber nas provas, dinamarquesa).

Esta autobiografia, perdida desde a Antiguidade Clássica, mas cuja existência foi confirmada por Suetônio e por outros autores, foi confiada a mim para tradução. A minha deveria ser uma edição popular, a ser publicada antes da edição erudita comentada, que estava, e acredito que ainda esteja, sendo preparada e que deve permanecer neste estágio ainda durante muito tempo. Mas isto não é problema meu.

Minha tradução chamou a atenção de todos, inclusive, claro, a dos lunáticos. Um deles, por exemplo, me informou que a página 121 da edição americana desvendava os segredos da Grande Pirâmide de Quéops, o que não é verdade.

Assim, oito meses atrás, quando eu estava visitando Nápoles a convite (eu suponho, embora isto possa ser um erro meu) do Conselho Britânico, fui abordado na Galeria Umberto I por um robusto homem de meia-idade, vestido com uma roupa encardida. Ele carregava um livro preto debaixo do seu braço esquerdo, e a forma como ele o carregava chamou a minha atenção para um furo no cotovelo do seu paletó. Ele me chamou pelo nome, atribuindo a mim, como costumam fazer os italianos, um doutorado que eu não possuo, em virtude (se me permitem a digressão) de uma divergência de opinião com as autoridades do Trinity College, em Cambridge, em 1960.

Ele então se apresentou como o Conde Alessandro di Caltagirone, um nome cujo significado eu não captei imediatamente. Ele disse que estava muito impressionado com a minha tradução da obra *Augusto*, embora ele soubesse, claro, que ela não era autêntica.

— Por que você acha isto? — perguntei.

— Não há dúvida — ele respondeu, pedindo um drinque na minha conta. — Ao contrário do que eu tenho para lhe oferecer — continuou.

— E o que seria?

— As verdadeiras memórias do Imperador Tibério — ele respondeu.

— Ora essa — eu disse —, seria coincidência demais...

— Ao contrário, é apenas muita coincidência, porque estava escrito que deveria ser assim...

— Escrito? — perguntei.

— Em seu horóscopo, que eu mesmo fiz, mais de duzentos anos atrás.

Você pode imaginar que neste ponto eu concluíra que estava lidando com um louco e tentava escapar o mais discretamente possível. Mas ele não pretendia ser abandonado. Ele grudou em mim e, para encurtar a história, acabamos chegando a um acordo, cujos termos exatos eu não estou autorizado a revelar. O fato é que recebi os manuscritos em latim, que traduzi e apresento aqui.

Não pretendo discutir sua autenticidade: o leitor é que deve chegar a uma conclusão. Se o leitor for convencido, esta é uma prova que nenhum acadêmico poderá contestar. (E a minha própria fé nos acadêmicos foi, confesso, muito abalada nos últimos anos. Eles são como as outras pessoas: acreditam naquilo que os agrada e depois buscam uma explicação para isso.)

Mas há certas restrições que eu devo fazer para preservar minha reputação.

Em primeiro lugar, os manuscritos em que eu trabalhei são provavelmente únicos, e foram escritos em papéis que datam do século XVIII.

Depois, o Conde Alessandro di Caltagirone é, como pude descobrir, um homem de reputação dúbia. Para começo de conversa, este certamente não é seu nome verdadeiro, e há dúvidas sobre se ele seria realmente um conde. Os leitores mais perspicazes já devem ter percebido a ligação que eu não percebi mesmo depois de alguns meses: Caltagirone era o nome do monastério em que Giuseppe Balsamo, mais conhecido como Conde Alessandro di Cagliostro, foi educado entre 1760 e 1769. Cagliostro — médico, filósofo, alquimista e necromante — alegava possuir "o elixir da juventude eterna", uma frase que também escapou dos lábios do meu amigo Caltagirone, embora eu deva acrescentar que a sua aparência negava a afirmação.

Quando eu lhe perguntei a respeito da origem dos manuscritos, ele foi inicialmente evasivo, depois disse que podia refazer seu percurso até 1770. O que fazer com tal informação?

Mesmo uma leitura superficial das Memórias deixaria os críticos em dúvida: há momentos em que Tibério parece ter uma sensibilidade mais associada ao Iluminismo do século XVIII do que à Roma Antiga. Também há uma curiosa ausência de detalhes sobre a vida cotidiana na Roma Imperial, e a ausência daquela consciência religiosa que, a despeito de todas as indicações em contrário, era parte integral da supersticiosa personalidade romana. As poucas referências a esta questão fundamental do espírito romano são ainda superficiais, como se o autor considerasse tudo isso muito tedioso, algo a que ele não dedicava atenção. Se lembrarmos que o século XVIII presenciou a primeira reviravolta com Tácito, tradutor de Tibério, uma reviravolta expressa, por exemplo, tanto por Voltaire quanto por Napoleão, então parece plausível sugerir que o que temos aqui é um "antitácito", criado por algum intelectual debochado daquele tempo para sua própria diversão.

Por outro lado, se aceitarmos a identificação Caltagirone-Cagliostro (o que estou pouco inclinado a fazer), então os manuscritos devem conter alguma mensagem oculta que eu não consegui decifrar.

Esta é uma possibilidade, mas se existir tal mensagem, então deve ser compreendida apenas pelos sobreviventes das lojas maçônicas egípcias fundadas pelo próprio Cagliostro. Há uma loja em Palermo, outra em Nápoles, uma terceira em São Petersburgo (desativada, segundo me disseram) e uma quarta, a maior e mais ativa, em Akron, Ohio. Contudo, nem mesmo a loja de Akron respondeu a meus pedidos de ajuda.

Uma semana depois de Caltagirone "empurrar-me" os manuscritos, sua morte foi anunciada na primeira página do *Il Mattino*, o principal jornal de Nápoles. Ele foi descrito muito francamente pela imprensa italiana como "um notório vigarista".

Assim, eu fiquei com os manuscritos e comecei a trabalhar neles.

Outras discrepâncias foram surgindo, e logo ficou claro para mim que, a despeito de sua procedência, a despeito de sua autenticidade, as Memórias eram o trabalho de várias mãos, e em diferentes épocas. Fiquei convencido de que mesmo os papéis do século XVIII eram uma pista falsa. Parecia estranho, por exemplo, que na página 187 dos manuscritos, Tibério estivesse citando Nietzsche. Isto, somado ao tom de alguns trechos, me fez especular se os manuscritos (se é que eles existiam) teriam sido trabalhados por algum morador de Capri, digamos, da primeira década do século XX. Esta suspeita foi reforçada quando meu atento agente, Giles Gordon, disse-me que um acontecimento parecia tirado de *A História de São Michele*, de Axel Munthe.

Um argumento contra tal hipótese é que o personagem que aparece a Munthe também alega ter aparecido séculos antes para ninguém menos que Tibério. Sempre se presumiu que Munthe inventara este *genius loci*; contudo, pensei, e se não foi assim? Esta suposição não deveria confirmar a autenticidade das Memórias?

Há outra história — sobre as sereias — que me fazia lembrar de uma de Giuseppe di Lampedusa. Isto faria com que a trama das Memórias fosse inaceitavelmente tardia, pensei; por outro lado, a região do Mediterrâneo é muito rica em histórias sobre sereias e é sabido que Tibério tinha um interesse particular neste mito. Finalmente, há o posfácio, que é decididamente estranho à medida que fala da suposta sobrevivência das Memórias originais.

Até agora eu continuo em dúvida. Não posso afirmar que estas sejam as Memórias de Tibério, nem, categoricamente, que não sejam. Acredito que a base da narrativa deva ser autêntica, mas que versões posteriores a refinaram, ampliaram e poliram.

E eu me descubro me perguntando qual é a importância disto? O que temos aqui, de forma convincente e entusiasmante — de outra forma eu não teria me entregado ao trabalho de traduzir a obra —, é o admirável retrato de um dos maiores, e certamente o mais infeliz, dos imperadores romanos. No final, eu digo a mim mesmo, a ficção — se isto é ficção — pode oferecer verdades a que nenhuma biografia ou mesmo autobiografia pode aspirar. Quem pode conhecer a si mesmo ou a outro homem tão completamente quanto um artista pode imaginar uma vida? Qual é a identidade destacada? Um grande e virulento artista, Tácito, pendurou um terrível retrato de Tibério na parede da História. Se outra mão deve se mover para retocar aquele retrato, que seja assim. Foi Napoleão, com sua aguda percepção das motivações dos homens, que classificou o grande historiador como *le poète*; ainda assim, a verdade de Tácito continuou preponderante durante séculos. O autor desta autobiografia, quem quer que ele seja, também é, eu diria, um poeta em alguns momentos, e acredito que a sua versão da História, uma versão que sem dúvida é a da defesa, também terá sua influência. Tibério esperou muito tempo por justiça; talvez já seja hora de cancelar o pacto oferecido a ele no jardim pelo rapaz divino, que prometeu ao velho imperador paz de espírito em troca do sacrifício da sua reputação.

Assim, não me interessa se estas Memórias são autênticas ou não. Elas me convenceram de que contêm importantes verdades. *Basta!*

Escrevi tudo isso e decidi esperar uma semana ou duas para ver se havia mais alguma coisa que gostaria de acrescentar.

Assim que concluí que estava satisfeito, recebi um telefonema. Reconheci a voz imediatamente. Era o conde. Ele rememorou um acordo que não havia sido feito: o de que ele deveria receber 75% dos direitos da tradução e 20% dos meus direitos na Inglaterra. Quando eu lhe disse que não me lembrava disso, e que, de qualquer modo, pensava que ele estivesse morto, ele riu.

— Eu dei a Tibério o meu elixir — ele disse. — Como você pode pensar que eu e ele podemos morrer?

Não encontrei uma resposta para essa pergunta. Ele prometeu aparecer na festa de lançamento. Vamos esperar.

ALLAN MASSIE

LIVRO
I

I

Não é estranho que me agrade a secura: lutei muitos anos sob as chuvas dos vales do Reno e do Danúbio. Marchei quilômetros com lama pelos joelhos e dormi em tendas que pela manhã estavam encharcadas. Contudo, minha simpatia pelo que é seco é de outra natureza: detesto sentimentalismos e suas demonstrações, detesto fingimento. Detesto a autoindulgência e aquela emoção na qual o olho não se umedece mas fica observando o efeito das lágrimas naqueles que olham.

Sinto prazer na linguagem precisa, dura e cruel.

Isto fez de mim uma pessoa difícil e desagradável. Minha presença faz com que meu padrasto, o *Princeps**, se sinta desconfortável. Eu sei disto desde que era jovem. Por anos lamentei, porque eu desejava sua aprovação e até mesmo seu amor. Então percebi que não poderia ter nada disto: ele reagia ao charme falsamente espontâneo de Marcelo, assim como reage agora ao de seus netos, Caio e Lúcio, que também são meus enteados.

Nada foi fácil para mim e não seria surpresa se eu me entregasse à autopiedade. É uma tentação, porque meus méritos sempre foram injustamente ignorados por causa da minha falta de charme. Eu nunca fui capaz de dissipar nuvens com um sorriso e uma brincadeira, e é natural que eu tenha tido pontadas de inveja ao ver que aqueles que eram inferiores a mim conseguiam fazê-lo. Contudo, meu orgulho sempre me afastou da autopiedade. É herdado. É um orgulho de Cláudio.

---

* O Primeiro Cidadão de todo o império Romano. (N. do E.)

Augusto sempre se sentiu desconfortável por causa da indignidade do seu nascimento. Foi apenas graças ao casamento que ele conseguiu ter uma carreira; graças a dois casamentos, devo dizer, pois não há dúvida de que seu casamento com minha mãe pavimentou seu caminho para o poder.

Contudo, foi o casamento de seu avô, Marco Ácio Balbo, com Júlia, irmã de Caio Júlio César, o futuro ditador, que tirou sua família de uma obscura guarnição provincial. O pai do *Princeps* foi o primeiro membro de sua família no Senado. Compare isto com minha ascendência.

Não devo me gabar da linhagem Cláudia: nossos feitos reluzem em cada página da história da República.

Marco Antônio — um mentiroso, claro — costumava sentir muito prazer em zombar dos antecedentes do meu padrasto. Ele costumava afirmar que o avô do seu colega no triunvirato havia sido um cordoeiro liberto, enquanto seu próprio avô fora um homem desonesto e muito bem-sucedido. Não é preciso acreditar em tais acusações para compreender o porquê da atitude ambígua de Augusto em relação à antiga aristocracia de Roma: ele é ao mesmo tempo ressentido e deslumbrado.

Eu, sendo um Cláudio, julgo melhor estas coisas. Sei como são imprestáveis meus colegas nobres. Reconheço que sua decadência os deixou inadequados para o governo e destruiu a liberdade em Roma. Embora o império Romano hoje se estenda por todo o mundo civilizado até os limites do império Pártio, no Oriente, nossos melhores dias fazem parte do passado. Fomos levados a aquiescer com a supressão da liberdade.

Escrevi isto no meu retiro em Rodes, na tranquilidade da minha *villa* sobre o mar. Minha vida, hoje, é devotada ao estudo da filosofia e da matemática e à reflexão sobre a natureza da experiência. Assim, não é surpresa que eu pense em escrever uma autobiografia. Há muitos bons antecedentes, e qualquer homem inteligente e questionador deve ficar fascinado com o espetáculo de sua própria vida e querer demonstrar que ele tem um sentido.

Tenho 42 anos de idade. Minha vida pública está encerrada, por força das circunstâncias e do meu próprio desejo. Fui humilhado na minha vida privada. Caí em desgraça, não por meus próprios erros, mas pelos atos dos outros e da minha própria indiferença. Devo ter, se os deuses permitirem, ainda muito para viver, embora todas as noites eu reze pelo contrário. Mesmo desta distância não consigo contemplar a ruína da velhice com serenidade.

Meu pai foi Tibério Cláudio Nero, que já está morto há mais de trinta anos (eu tinha 9 anos quando ele morreu. Eles me fizeram proferir sua oração fúnebre. Conto mais sobre isto depois, se eu conseguir escrever.). Minha mãe, que ainda vive, é Lívia Drusila. Ela foi seduzida pelo triúnviro Otávio César, que agora é Augusto. Ele não foi desterrado porque ela estava grávida. Meu irmão, Druso, nasceu três dias depois do casamento deles. Ele não teve nenhum pai além de Augusto, e nosso pai verdadeiro se recusou a recebê-lo: ele gostava de fingir que Druso não era seu filho. Isto era um absurdo. Talvez tenha salvado seu orgulho.

Eu costumava ficar com ele na sua propriedade nos Montes Sabinos, onde ele se recolhera. Eu gostaria de poder falar de memórias vívidas. Mas tive poucas, a não ser de refeições. Ele se consolava com a glutonaria; seu jantar durava a tarde inteira. Mesmo quando eu tinha apenas seis ou sete anos, ele gostava que eu bebesse vinho com ele.

— Não coloque água — dizia —, isto reduz o efeito...

Assim que o sol se punha ele iniciava longos monólogos, que eu mal ouvia e que não tinha como compreender.

Ele era um homem infeliz, de pouco discernimento e alguma noção de honra. Tendo sido desonrado pela sorte, buscava na comida e na bebida um refúgio dos arrependimentos que o assaltavam. Com o passar dos anos passei a compreendê-lo e a gostar dele.

— Para que prolongar a vida, a não ser para prolongar o prazer? — ele suspirava, levantando uma taça de vinho, e uma lágrima descia por sua bochecha gorda.

Há alguns anos meu pai começou a aparecer nos meus sonhos. Eu o via em pé em um promontório olhando para o mar. Ele procurava um barco. Eu também observava o mar azul, mas sem me aproximar dele. Então o sol escurecia, como num eclipse, e quando a luz voltava meu pai havia desaparecido; em seu lugar estava um galo branco sangrando no pescoço. Este sonho me surgiu, sempre da mesma forma, talvez sete vezes. Finalmente consultei Trasilo, mas mesmo ele, o melhor intérprete de sonhos, foi incapaz de me dar uma explicação.

Ou talvez não tenha querido. Em minha posição, poucos, mesmo entre os amigos, têm a coragem de falar o que pensam.

Druso, como disse, nunca foi autorizado a visitar nosso pai. Na verdade, acredito que ele nunca pensou nele, exceto quando eu tocava no assunto. Mas ele não tinha lembranças e Druso não era introspectivo. Eu, por outro lado, me lembro do meu pai de joelhos, segurando as pernas da minha mãe e chorando seu amor por ela. Ela soltou as pernas: ele caiu prostrado no mármore, e eu comecei a gritar. Eu tinha 3 anos.

Eu adorava minha mãe pela sua beleza e por ela ser ela mesma. Ela cantava para que eu dormisse, com uma voz doce; o toque dos seus dedos em minhas pálpebras era como pétalas de rosa. Ela me contava histórias dos meus ancestrais e dos deuses, de Troia e de Orfeu, e do meu antepassado Eneias. Com cinco anos de idade, chorei por Dido, rainha de Cartago, e ela disse:

— Você está errado por chorar. Eneias estava seguindo seu destino.

— O destino é tão cruel, mamãe?

— Durma, criança.

Druso subia em nosso padrasto, que o beijava e o jogava para o alto, rindo de seus gritos. Mas eu mantinha distância. Meu amor era por mamãe, de quem eu sabia ser o favorito. Aquilo era importante para mim, e confirmou minha convicção instintiva de que o mundo ignora a justiça: porque eu sabia que Druso tinha um charme que eu não tinha e, mais, reconhecia nele uma virtude luminosa que estava ausente do meu caráter. Seu temperamento era bom. Nada o alarmava. Ele era sempre verdadeiro e generoso. Mesmo quando bebê, ele renunciava a um brinquedo querido com um sorriso feliz. Já eu era egoísta, falso, tinha medo de lugares escuros e da noite. (Embora eu gostasse da noite e nunca reclamasse de ir para a cama, porque eu sabia que a hora de dormir garantia-me a exclusiva atenção da minha mãe, garantia-me histórias e o toque gostoso de sua mão perfumada; eu esperava pelo sono em um mundo de onde todos tinham sido expulsos, menos nós dois...)

Como eu era seu favorito, ela me punia. Ela me açoitou pelas minhas transgressões até poucos anos antes de eu receber a *toga virilis*. Eu reconhecia em suas chicotadas, que cortavam minha carne com agudo prazer, a estranha expressão do seu amor. Cada golpe anunciava que eu era sua criatura, apenas dela. Nós estávamos juntos em um rito selvagem: orgulho claudiano contra orgulho de Cláudio, ambos esperando um grito de piedade que nunca vinha. E então, depois, como era doce a reconciliação!

Nós estávamos unidos pela paixão, ainda mais intensa, porque éramos os dois de pouco falar. Em público ela às vezes gostava de zombar de mim; quando cresci ela me acusava de ter sido uma criança desajeitada. Nós nunca falávamos destas explosões quando estávamos a sós. Eu sabia que elas eram provocadas pela intensidade do seu amor, que ela recusava. Incomodava-a — não, a enfurecia — saber o quanto gostava.

Quando eu era criança, ela debochava da minha gagueira.

— Isto o faz parecer um bobalhão — dizia. — Quer que o mundo pense que você é um idiota?

Assim, pela força de vontade, superei o meu problema.

Seu estado de espírito mudava com a rapidez do tempo nas montanhas, sua inconstância era selvagemente encantadora. Quando ela sorria, o mundo era como uma primavera radiosa; mas quando ela franzia o cenho, estragava qualquer coisa. Consequentemente, estávamos engajados em uma batalha sem fim. Eu a achava fascinante, mas não me submetia a seu mau humor. De fato, foi devido a minha reação a Lívia que comecei a perceber minha superioridade em relação a meu padrasto: ele tinha medo dela, eu não.

Sem dúvida ele a amava, dependia dela, não podia — como costumava dizer — imaginar a vida sem ela. Muito bem, não discuto. Embora ele sempre fosse menos em sua presença, mais tímido, mais circunspecto, temendo que ela ficasse fria e se recusasse a falar com ele. Isto era tudo que Lívia precisava fazer para dobrar Augusto: se recusar a falar com ele. Eu, por outro lado, sabia ser igual a ela; e, de fato, desde que cresci, Lívia começou a me temer.

Eu me atropelei, atropelei minha história. Embora seja difícil imaginar como uma autobiografia pode não ser discursiva. Tudo aquilo de que alguém se lembra leva a reflexões. Estou falando de pessoas sem as quais minha vida é inimaginável.

Talvez seja mais fácil avançar para o ponto em que eu saí da infância. Porque, revendo minha infância, percebo claramente uma coisa: não há uma história ali. A infância é um estado, não uma história. Portanto, deixe-me tentar revelar minha infância em quatro episódios distintos.

Eu tinha, como disse, 9 anos de idade quando meu pai morreu. Naturalmente, não chorei.

— Você é o chefe da família agora — disse Lívia.

— O que eu devo fazer, mamãe?

— Primeiro, é seu dever pronunciar a oração fúnebre de seu pai...

Não sei quem a escreveu, mas devo dizer que o autor fez o melhor que pôde. Estas pessoas têm certo orgulho profissional, acima de tudo. Mas não havia muito o que dizer sobre o pobre homem, e estava chovendo, um dia de novembro de nuvens pesadas que escureciam as casas no Monte Palatino. Ensaiei o discurso tão bem que ainda consigo recordar trechos dele.

Meu pai foi uma vítima. Percebo agora, embora em minha adolescência eu tenha chegado cruelmente a pensar nele como um fraco e um derrotado. Sua história pública não foi marcante. Ele lutou com Júlio César na guerra contra Sexto Pompeu e comandou a frota do ditador em Alexandria. Mas esta associação o desagradou, pois ele percebeu que Júlio César era um inimigo das tradicionais liberdades do povo romano. Sendo compassivo demais para se juntar à conspiração dos idos de março, e talvez inibido pela consciência do que recebeu do ditador, ainda assim comemorou o sucesso do movimento. No Senado, propôs que os Libertadores fossem publicamente recompensados. Esta sugestão foi suficiente para que ele conquistasse o ódio imortal do meu padrasto; não que Augusto (como é conveniente chamá-lo, embora ele ainda não tivesse recebido este título honorífico) tivesse alguma afeição por Júlio, mas porque sabia ser conveniente honrar publicamente seu nome. Do contrário, por que os antigos soldados de César lutariam por ele?

Receando deixar a Itália, onde temia o confisco de suas propriedades, e de qualquer forma convencido de que os Libertadores nunca conseguiriam resistir às forças de César, meu pai naturalmente se aliou a Marco Antônio e não a Augusto. Ademais, ele era um velho amigo — e a lealdade pessoal significava muito para ele — do jovem Marco Antônio, Lúcio, que o convencera a tomar parte da campanha que terminaria com o terrível cerco de Perúsia. Ele nunca esqueceu os rigores daquele cerco, e a simples menção do nome da mulher de Marco Antônio, a abominável Fúlvia, provocava nele arrepios, até sua morte. Desesperado, cometeu outro erro se juntando a Sexto Pompeu, o filho sem caráter de um duvidosamente grande pai. Ele se desiludiu rapidamente e voltou a se juntar a Marco Antônio. Então veio o Pacto de Miseno. Durante as negociações, Augusto encontrou Lívia, se apaixonou por ela e a levou embora.

Como uma vida assim poderia ser exaltada? Apenas por meio de frases grandiosas e vazias, obviamente, falando muito de suas virtudes pessoais (que de fato não faltavam ao pobre homem) e com atitudes nobres e não inverídicas sobre a crueldade da sorte. Estas atitudes tiveram, porém, de ser modificadas uma vez que elas de modo algum refletiam o favorito da sorte, Augusto, seu sucessor como marido de Lívia, que estava em pé do lado direito do orador.

Assim, minha introdução à arte da oratória pública foi declamar oratória falsa.

Hipocrisia.

Desde então deixei de confiar na retórica, mesmo sabendo que seu domínio é uma parte fundamental da educação.

Quatro anos mais tarde, após Ácio, meu padrasto Augusto se preparava para celebrar o triunfo concedido a ele pelo Senado e pelo povo romano em honra de suas façanhas na guerra contra o Egito. Houve hipocrisia também, posto que a ninguém foi permitido nos recordar que os cidadãos romanos foram as maiores vítimas de suas guerras. Ao contrário, toda a atenção estava focada no Egito.

— Cleópatra estará acorrentada, mamãe?

— O que vocês, crianças, sabem sobre Cleópatra?

— Que ela é uma mulher ruim que *fedufiu* romanos — disse Júlia.

— Isto não é jeito de uma menina falar. Quer que eu lave sua boca com sabão?

— Foi o que eu ouvi tio Marco Agripa dizer.

Ela fez beicinho com seus lábios cor de morango. Eu tinha 12 anos, então Júlia devia ter dez. Mas ela já sabia — sempre soube, como se fosse natural — como fingir, provocar e chamar atenção. Naquela época Augusto queria que nós três fingíssemos que realmente éramos irmãos e irmã — Júlia, claro, é filha do seu segundo casamento com a aterradora Escribônia, uma das poucas mulheres que conheci que eram tão desagradáveis e medonhas quanto a fama que tinham. Lívia sempre esteve menos certa de que devêssemos ser encorajados a pensar em nós mesmos como parentes.

— O que significa *fedufiu*? — Druso perguntou.

— É *seduziu* — respondi. — Júlia só falou *fedufiu* porque perdeu os dentes da frente. De qualquer maneira, Júlia, Marco Agripa não é nosso tio de verdade, você sabe. Ele não pode ser, porque é um plebeu.

— Certamente — disse Lívia, mudando de assunto.

Augusto, porém, gostava que nos referíssemos a Agripa como sendo nosso tio. Ele estava sempre preocupado em fazer com que aqueles que o apoiavam sentissem que éramos uma família. Mais tarde, quando Lívia não estava por perto, ele me castigou pela forma como eu falara de seu amigo.

— Se você crescer para ser metade do homem que Agripa é — ele disse —, você será o dobro do homem que o seu pai era. E não fale dos plebeus desta forma estúpida. Se não fosse o sangue plebeu, Roma não teria um império.

Ele estava certo, claro, e mais tarde acabei gostando de Agripa, mas naquele momento eu só conseguia pensar que meu próprio padrasto era essencialmente um plebeu. Eu vi que sua irritação era uma prova de sua inferioridade em relação aos cláudios e de sua falta de uma real nobreza.

Ele teve sua vingança nos preparativos para seu triunfo. Seu sobrinho Marcelo recebeu a honra de conduzir o cavalo principal e eu fui relegado a segundo plano.

Cleópatra, claro, não desfilou acorrentada, como ele desejava. Ela escapou, por meio do agora famoso álamo.

Dois anos depois, Augusto declarou que tinha restaurado a República. (Abordarei este assunto de modo mais completo, e filosófico, em um momento mais adequado da minha história.) Marcelo ficou perplexo.

— Nunca houve nada assim — ele repetiu várias vezes —, tal abdicação de poder.

— Não compreendo por que papai deveria abrir mão do poder — disse Júlia. — Parece-me estranho, depois de tanto tempo lutando para conquistá-lo.

Ela já tinha perdido o problema de dicção, como podem perceber.

— É — eu disse —, muito estranho.

Olhei para o alto, no terraço onde estou escrevendo isto, passeei os olhos pelo mar vespertino, e é como se pudesse ver refletido nele nossos rostos infantis enquanto lidávamos com o alvorecer de nossa compreensão política. Vejo Marcelo, seis meses mais velho que eu — e muito mais jovem —, cândido, bonito, insípido. Ele se reclina no divã, numa atitude lânguida, que não consegue disfarçar sua energia animal, e ainda assim parece, como sempre, que se colocou em uma pose feita para encantar um escultor. Vejo Júlia, o dourado infantil dos seus cabelos começando a escurecer para se transformar naquela cor para a qual eu nunca consegui encontrar a palavra certa, seus olhos azuis bem afastados e úmidos nas bordas, seus lábios sempre entreabertos. (Lívia costumava dizer que tinha dificuldade de respirar, mas sempre pensei que o hábito indicava seu desejo de experiência.) E eu? Quando tento ver a mim mesmo, uma nuvem cobre tudo e o meu rosto desaparece na escuridão.

Então discutimos o assunto e eu esqueci o que dissemos, mas a impressão daquela tarde continua quente. Podíamos ouvir o burburinho subindo do Fórum. Júlia comia um pêssego, e o suco escorria pela sua bochecha, para ser capturado por aquela língua fina e rápida. Marcelo se esforçou para nos convencer da generosidade e da nobreza de Augusto em devolver a República ao povo romano, e Júlia riu, dizendo:

— Papai não é nobre, ele é inteligente, ele é muito inteligente para fazer isso. Sou apenas uma garota, e o meu interesse nesses assuntos políticos é estritamente limitado, mas sei perfeitamente bem que você não combate em uma guerra civil durante quinze anos para depois devolver os dados para seus inimigos e lhes dizer que recomecem o jogo do jeito deles. Se você acha que as coisas são o que parecem, Marcelo, você é um idiota. Mas, claro, você é um idiota. Eu tinha esquecido…

Ela estava certa. Marcelo era um idiota, um belo idiota, mas ainda mais idiota por causa disto, porque ele era devorado por um grande amor por si mesmo.

— Ele é como Narciso, o Jacinto, não é? — disse Júlia para mim uma vez. — Um daqueles garotos gregos bobos que se apaixonam pela sua própria beleza.

Assim, daquele dia em diante, passamos a chamá-lo de Jacinto.

— Você é diferente — ela disse, passando os braços em volta do meu pescoço —, você se senta aqui como um homem sábio e não diz nada. Ninguém sabe o que você pensa, não é, Tibério? Acho que isto é inteligente.

E ela me beijou. Não foi um beijo de criança. Nem de irmã. Ela se demorou nos meus lábios.

Mas Augusto não considerava Marcelo um idiota. Pensava que ele era um jovem dourado e o adorava. Acredito que Lívia tenha tentado alertá-lo para o fato de que ele estava correndo o risco de fazer papel de burro, mas ele estava encantado com o garoto. É claro que Marcelo era filho de sua irmã Otávia, que ele sempre considerou perfeita e que agora o deixava com sentimento de culpa por tê-la forçado a se casar com Marco Antônio por motivos políticos; e o pai do garoto, Caio Cláudio Marcelo, fora um dos primeiros a apoiá-lo. (Os *Claudii Marcelii* eram, claro, meus primos.) Mas este não era o principal motivo para o domínio que o sobrinho exercia sobre Augusto; e, apesar das fofocas romanas, também não havia uma relação imprópria. A verdade é que Augusto percebeu o que ele gostaria de ser e sabia que não podia: um aristocrata natural, espontâneo, generoso, idealista; impulsivo, alguém nascido para ser adorado. Seu estúpido amor por Marcelo representava esta rendição a uma parte eliminada de seu caráter; representava o desejo de que a vida não fosse o que é, mas um idílio.

Ele nos levou em campanha para a Gália quando éramos muito jovens. Naquela época — embora eu ainda não soubesse disto —, ele já havia decidido que Marcelo e Júlia deveriam se casar. Desta forma, pensava, ele continuaria a possuir as duas pessoas que o lado imaturo da sua natureza mais adorava. (Era um lado diferente, mais digno, que amava Lívia.) Ele pedia o impossível, claro, se esquecendo de que ninguém pode permanecer para sempre com 18 anos.

Ele gostava de nos interrogar à tarde, para extrair nossas visões da vida, e então tentar corrigi-las; sempre foi um professor. Ele nos disse que o negócio do governo era serviço.

— A única satisfação — disse — é o trabalho em si mesmo. A única recompensa, a capacidade de continuar o trabalho. É nosso dever levar a lei e a civilização aos bárbaros. Os verdadeiros heróis do nosso império são os incontáveis administradores que a História nunca irá conhecer...

Isto me fascinava. Era um Augusto diferente o que eu via. Percebi, pela primeira vez, como minha mãe o diminuía; na sua presença ele jamais falaria com tal autoridade. Os homens, eu disse para mim mesmo, só são eles mesmos quando estão longe das mulheres; no campo de batalha, no escritório, se sentindo responsáveis pela ação, por decisões que determinam a vida e a morte. Mas Marcelo estava entediado. Ele interrompeu:

— César invadiu a ilha britânica, não foi?

Se eu tivesse interrompido dessa forma, que mostrava que eu não estava prestando nenhuma atenção ao que ele estava dizendo, ele teria me criticado. Mas ele sorriu para Marcelo, exultante, e riu:

— Você sabe que sim. Você leu suas memórias, não leu?

Marcelo resmungou:

— Não muita coisa. Ele é terrivelmente enfadonho, você sabe.

— Imagino que você possa pensar isso — ele esticou o braço e afagou os cabelos do meu primo. — Esta também é a sua opinião? — perguntou.

— Ele é admiravelmente lúcido — respondi —, e eu não tenho nenhuma experiência, mas achei suas descrições de batalhas muito convincentes. Exceto por uma coisa: ele é sempre o herói. Isto é verdade, senhor?

Ele sorriu para nós como se estivesse pensando. Belisquei um rabanete. Marcelo tomou um gole de vinho. Então, antes que Augusto pudesse falar, ele disse:

— Gosto da ideia desta ilha britânica, há pérolas lá e os guerreiros se pintam de azul. Eles devem ficar engraçados, embora pareça que lutam bem. Por que não continuamos o trabalho de César e conquistamos a ilha?

— O que você pensa, Tibério?

Hesitei, para mostrar que a minha opinião era bem refletida. Mas eu não tinha nenhuma dúvida:

— Parece-me que já temos muitos problemas com o império do jeito que ele está. Penso que talvez já sejamos grandes o bastante. Não seria melhor consolidar o que já pegamos antes de pegar mais?

E qual foi a reação de Marcelo a essa opinião sensata?

Ele me chamou de velha. Se estivéssemos sozinhos, provavelmente eu diria que era melhor falar como uma velha do que como uma garota idiota, mas nas circunstâncias eu apenas sorri.

Para minha surpresa, Augusto concordou comigo.

— César era um aventureiro — ele disse —, e eu não sou. A conquista da ilha britânica seria inútil, pois a ilha é coberta de nevoeiro e há poucas provas de que as criações de pérolas sejam de grande valor...

Marcelo suspirou:

— Teria sido uma grande aventura.

E Augusto riu e despenteou seus cabelos novamente.

II

Augusto sempre foi, por natureza, um dinasta. Esta palavra vem do grego e significa um homem de poder. Foi em razão da sua luta obcecada pelo poder que ele triunfou nas guerras civis; foi este desejo que levou o povo romano à guerra contra Marco Antônio e Cleópatra. Embora ele nunca tenha sido um soldado competente. Ele deve suas vitórias a Marco Agripa e à deusa Fortuna.

Eu não gostava de Agripa até ele se tornar meu sogro. Não posso me culpar por isso. Teria sido mais notável se eu tivesse compreendido seu gênio, porque ele era tudo de que eu não gostava por natureza: grosseiro, inculto, com um forte sotaque provinciano e dado a rir estrepitosamente de suas próprias piadas (ruins). Ele tinha particular simpatia pelo tipo de histórias obscenas que costumam ser eficazes para criar uma boa impressão entre os homens; azar o meu que eu deteste esse tipo de grosseria.

Augusto confiava nele incondicionalmente. Eles eram complementares. Ninguém mais teria conseguido as conquistas do outro. Ainda assim, quando crianças, costumávamos zombar deles, especialmente Júlia. Eu, então, não percebia que Augusto tinha acertado para que eu me casasse com a filha de Agripa, Vipsânia Agripina. Eu teria ficado profundamente ofendido, porque eu a achava insípida.

Algumas cenas da juventude surgem com a claridade de um afresco. Uma tarde de verão, nos jardins de uma *villa* sobre o mar, Nápoles a trinta quilômetros de distância. Estou lendo *Homero* e ouvindo um rouxinol, porque é quase escuro demais para ler as palavras. Uma mão desliza sobre meus olhos, vinda de trás. Eu não ouvira ninguém se aproximar. A mão é fria e áspera.

— Júlia — eu disse, sem me mover, e senti os dedos se movendo para golpear minha bochecha.

— Gostaria que você não estivesse sempre lendo... Não sei o que você vê nos livros...

— Eles nos contam como a vida...

— Querido — ela disse —, não seja pomposo...

Mesmo com aquela idade — o quê? 13 anos? —, quando a maioria das pessoas é envergonhada e desajeitadamente consciente delas mesmas, Júlia conseguia empregar a palavra "querido" tão naturalmente quanto uma criança ou um amante.

Mas ela estava perturbada naquele verão, naquela tarde.

— Largue seu livro — ela disse —, quero falar com você.

— Bem, está muito escuro para ler...

— Sério, por favor.

— O que é isto? Você me pedindo para ser sério?

— Tenho novidades. Papai me disse que quer que eu me case com o Jacinto.

— Parabéns!

— Não seja bobo.

— Falando sério, Marcelo conquistará muitas glórias. Seu pai garantirá isto...

— É o que quero dizer. Eu preferiria que o meu marido fosse um homem que conquistasse suas glórias sozinho... Ou talvez não. Afinal, o que é glória?

— Mas Marcelo também tem charme — disse eu. — Todos concordam com isto.

— Sim... — ela respondeu. — Mas eu não o quero...

Ela se aproximou, beijou meus lábios e saiu correndo, rindo.

Ela riria — em intervalos — ao longo do seu casamento com Marcelo, e ele atribuiria isto ao seu próprio charme. Mas em Júlia o riso não era necessariamente um sinal de felicidade.

Minha mãe também se opôs ao casamento. Ela deixou claro seu ponto de vista, mas esta foi uma das poucas batalhas com Augusto que ela perdeu.

— Ele está fascinado pelo garoto — ela me contou mais tarde. — Isto o cega e faz com que seja mais teimoso que uma mula.

Curiosamente, a própria mãe de Marcelo, Otávia, irmã de Augusto, também desaprovava o casamento. Temia que expusesse seu filho à inveja de homens mais capazes e implacáveis. Sabia que ele era um peso-pena, embora o adorasse. Na verdade, é bem possível que Marcelo conseguisse a adoração da sua mãe e do seu tio exatamente por isso.

Ainda assim o casamento foi em frente. Augusto estava feliz da vida, Marcelo envaidecido e Júlia amuada. Logo, porém, ela descobriu que havia algo de bom em sua nova condição. Como casada, ela tinha privilégios negados a uma virgem. Ela tinha sua própria casa e descobriu que gostava da liberdade e da oportunidade de comandar que isto lhe dava.

Mas ela não estava feliz e tinha motivos para seu descontentamento. Certa tarde ela me convidou para jantar. Fiquei surpreso ao descobrir que estávamos a sós.

— Não seja bobo, meu bichinho do mato... — ela disse. — Afinal, somos praticamente irmãos...

Ela brincou com a comida, beliscando um pouco de peixe seco e uvas verdes, uma fatia de presunto defumado e dois figos vermelhos, que segurou entre o polegar e o indicador antes de colocá-los inteiros na boca. Bebeu duas ou três taças de vinho e me estimulou a fazer o mesmo. Então, dispensou os escravos e ficamos a sós.

Acomodou-se no divã, mantendo o braço levantado para admirar a própria mão e me oferecer um vislumbre dos seus seios. Levantou a barra do vestido para mostrar as pernas.

— Elas estão melhorando, não? — perguntou. — Apenas algumas semanas atrás ainda estavam gordas. O que você pensa delas, bichinho do mato?

— Pare com isto... — disse.

— Por quê?

— Porque não é certo...

— Não é minha culpa se eu me interesso por você e não pelo meu marido. É? — Ela acariciou as coxas e sorriu.

— Menina... — eu disse, sem me mexer.

— Bichinho! Você é virgem, bichinho do mato?

Tenho certeza de que enrubesci.

— De fato, não — disse.

— Que bom. O Jacinto não pode fazê-lo — ela disse —, não comigo, pelo menos... Acho que ele precisa de alguém que diga o quanto ele é bonito, e eu não farei isto. De fato, sabe onde ele está esta noite?

Sacudi a cabeça. Não conseguia tirar os olhos de suas pernas e do movimento de suas mãos...

— Está jantando com Mecenas... — ela disse.

— Não é uma conversa um pouco elevada para ele? — perguntei, pois o ministro etrusco de Augusto era conhecido como patrono de poetas e artistas.

Júlia deu uma risadinha.

— Mecenas dá outro tipo de festas, sabe? Com dançarinos e garotos pintados. É para este tipo de festa que ele convida Marcelo. Ele faz isso há anos e ninguém conta a meu pai, nem mesmo seus espiões pagos.

Ela ficou de pé.

— Olhe para mim... Sou uma bela moça, a filha do homem mais poderoso do mundo, e o marido que o meu pai me empurrou prefere qualquer garoto frígio que rebole para ele.

Ela se jogou no divã, soluçando. Eu via seus ombros se sacudindo e senti a boca seca. Passei minha língua sobre meus lábios ressecados. Aproximei-me para consolá-la. De repente, seus braços estavam em volta do meu pescoço, sua língua procurando a minha. Provei lágrimas, vinho, calor, ansiedade, carne perfumada; ela era macia como pétalas de rosas e firme como um cavalo de corrida. Ela gritou uma dor misturada a prazer e mergulhei num prazer inimaginável...

— Bichinho, bichinho, bichinho peludo...

— Gatinha sensual...

Foi assim, então. A noite cai sobre o oceano. A lua se eleva por trás das montanhas da Ásia, que se estendem, onda após onda, até os confins do império. Eu me sirvo de mais vinho e o bebo de uma só vez, buscando ferozmente um perdão que não encontrarei.

III

Na manhã seguinte minha mãe mandou me chamar até os seus aposentos. Ela me deu aquilo que Druso e eu chamávamos de "olhar de Medusa":

— Você é um idiota — ela disse — e está com uma aparência horrível.

— Acho que bebi vinho demais a noite passada...

— Não foi só o que você fez ontem à noite. Suponho que você seja velho demais para ser açoitado...

— Sim — respondi —, deve ser triste para você, mas de fato sou muito velho para ser açoitado.

— Então terei de usar minha língua. Não permiti que você se sentasse.

— Não permitiu... Ainda assim...

— Não seja insolente. Não acrescente a insolência aos seus outros erros.

— Se eu soubesse do que você está falando...

— Você sabe muito bem... e não sorria. Você colocou em risco a si mesmo e tudo pelo que eu trabalhei em seu benefício por um pouco de prazer, com o comportamento de um gato vadio...

— Ah, deveria saber, mãe, que você teria um informante na casa de Júlia...

— De fato, deveria. Vou dizer algo que você nunca deveria esquecer. O sucesso na vida e na política, que para pessoas como nós é a mesma coisa, depende de informação. Naturalmente leva tempo para se conseguir isto. Não pensei que você pudesse ser tão idiota.

Peguei uma maçã e a mordi. Sabia que uma demonstração de indiferença deixaria Lívia ainda mais furiosa, mas havia muito tempo eu aprendera que a aparente indiferença era a minha melhor arma contra ela. Ou, senão uma arma, pelo menos uma defesa.

Ela disse:

— Tibério, fico perguntando-me se você tem ideia do que o *Prínceps* faria se descobrisse o que eu sei...

Ela me irritou ao se referir a ele daquela forma e retruquei:

— Ele deveria ficar agradecido a mim por fazer sua filha feliz. Parece ser mais do que seu querido Marcelo tem sido capaz de fazer...

— E você se importa se ela é feliz?

— Você se importa se alguém é feliz, mãe?

— Não seja tolo. Você sabe que a minha única preocupação é com o seu futuro e com o de Druso. Mas, ao contrário de você, conheço o mundo. Você não pode ser culpado pela sua ignorância. Você não viu a melhor parcela de uma geração ser destruída como eu vi! Portanto, você não percebe como é necessário ser reservado, planejar cada ação, evitar a insensatez, especialmente do tipo da qual você é culpado. Você não percebe que a vida de um homem público, ou seja, de qualquer um que pertença à classe nobre romana, é arriscada. Você acha que está seguro em um mundo em que César, Marco Antônio, Pompeu, Cícero, Marco Bruto, todos descobriram ser indefesos contra a crueldade do destino? Você pode imaginar isto? Achei que você era mais inteligente.

— Mas, mãe, eu certamente estou protegido. O amor que o *Prínceps* lhe devota é a minha melhor defesa...

Meu tom irônico a irritou. Lívia sempre foi muito sensível à ironia. Ela se ressente desta demonstração de superioridade.

— É claro que ele me ama — ela disse —, e eu também o amo. Não é esta a questão... Não temos vida privada e temos diferentes expectativas para nossos próprios filhos. Não pense que o amor do *Prínceps* por mim o protegerá se você atrapalhar seus planos. Ele é capaz de operar em um mundo secreto, do qual eu estou excluída, e de apresentar muitas desculpas caso suas ações me magoem. Um dinasta, um homem poderoso como seu pai...

— Meu padrasto, mãe...

— Muito bem, seu padrasto, já que você insiste, vive em dois planos distintos, ambos bem reais! Há o homem de família, que é todo preocupação e afeto caloroso, e há o político que não tem afeição, lealdade ou escrúpulos. Ele ama sua irmã Otávia, mas isto não o impediu de forçá-la a se casar com Marco Antônio, embora soubesse como Marco Antônio a trataria cruelmente. E já que você insiste nisto, lembre-se sempre de que ele é o seu padrasto, e não o seu pai. Ele não tem por você maior afeto do que, já que estou sendo franca, eu mesma tenho por aquela namoradeira, a filha dele. Além do mais, devo dizer que ela é bem capaz de destruir a si mesma. E não quero que ela o leve para baixo consigo...

Estando tão distante no tempo, não posso, claro, estar certo de que minha memória me devolva as palavras exatas da nossa conversa. Nosso próprio passado, parece-me, é uma espécie de sonho, da mesma forma que o sonho frequentemente nos apresenta visões do futuro que não podemos reconhecer até o momento em que percebemos que estamos vivendo aquelas situações gravadas. A experiência é como uma viagem por um vale enevoado: por breves instantes a linha das montanhas pode ser vista, então, de repente, a névoa a encobre. Nunca sabemos bem onde estamos ou o que nos cerca. Mesmo os sons que ouvimos são ilusórios. Nossa vida é composta de uma série de ilusões, a algumas das quais damos o nome de realidade, mas nossa percepção não é mais confiável do que as sombras bruxuleando nas paredes da caverna de Platão.*

O homem de sucesso é frequentemente um sonâmbulo. Augusto acreditava no seu destino. Isto o libertava do processo autoinvestigativo a que eu estava amarrado.

Aquilo do que ele se lembrava tornava-se verdade para ele. Estou aqui pensando se eu não teria apenas sonhado esta conversa com minha mãe.

Mas eu teria imaginado sua última frase?

— Acredite em mim, meu filho, o amor do seu padrasto por mim não lhe garante maior proteção do que Tétis teve de seu amado Aquiles...

E se eu sonhei, teria sido o meu sonho um aviso?

---

* Alusão ao "Mito da Caverna", de Platão.

IV

Entrei para a vida pública aos 20 anos, quando fui eleito questor. Foi-me dado o direito de concorrer à magistratura tendo cinco anos a menos do que o limite legal. Em retrospecto, lamento este exemplo de favoritismo, embora deva dizer que fui menos favorecido que Marcelo, que teve direito a dez anos de desconto. Contudo, a despeito da minha opinião, compreendo a decisão de Augusto. Por dois motivos: primeiramente, é sempre difícil encontrar bons homens para fazer o trabalho necessário, e era natural que Augusto os procurasse entre os membros da sua própria família, nos quais ele acreditava que poderia confiar; depois, como Agripa destacou em seu vocabulário rude:

— Os jovens patifes devem ser mantidos ocupados: isto os afasta de confusões.

O cargo de questor não era simbólico. Como todo estudante sabe, seu trabalho é uma parte que chama pouco a atenção, mas é essencial ao corpo político. Pode ser comparado ao cargo de intendente no exército: ele não elabora estratégias nem obtém glórias, mas o exército não pode funcionar sem ele. Aqueles que desconhecem os assuntos militares pensam no intendente — se é que pensam nele — como um idiota fazendo um trabalho idiota. Cada soldado, porém, sabe que o seu conforto e a sua segurança dependem da eficiência do trabalho desse idiota.

Minha primeira tarefa como questor foi a de investigar certas irregularidades que estariam ocorrendo no transporte de grãos do porto de Óstia para Roma. Garantir o suprimento regular de grãos para Roma é uma das tarefas fundamentais do governo. Se o suprimento é interrompido, não há garantia de ordem. Augusto me convenceu da importância da tarefa que confiara a mim:

— Eu sei que você é jovem — ele disse —, mas você tem uma vantagem: não foi corrompido pela experiência. Descobri que todo homem que permanece muito tempo nesse trabalho acaba por aceitar os argumentos dos intermediários e monopolistas.

Descobri rapidamente que era uma prática de certos representantes de proprietários de navios no porto de Óstia atrasar o envio de cargas do porto para a cidade até que tivessem a garantia de um bom preço. Se alguém tentasse convencê-los a agir com maior rapidez, eles só o fariam com o pagamento de uma comissão. Além disto, os supervisores das docas estavam sempre prontos a atrasar o desembarque de um navio a seu bel-prazer. Em síntese, havia uma rede de corrupção que, agindo em função de diversos indivíduos, conspirava contra o interesse público.

Contudo, eu não sabia ao certo como agir. Uma coisa é identificar um problema, outra é resolvê-lo. Um dos meus colegas questores sugeriu que eu acertasse pagar um prêmio a cada mercador de grãos que transportasse sua carga de Óstia a Roma dentro do prazo dado:

— Dessa forma — ele disse —, podemos reduzir o intervalo.

Não discuti seu argumento, mas eu o vira envolvido em conversas amistosas com um grupo de mercadores que estava entre os mais corruptos, e me pareceu que pelo menos uma parte dos prêmios pararia em seu próprio bolso. Além do mais, me parecia um princípio equivocado tentar eliminar a corrupção utilizando um mecanismo que era, em essência, corrupto.

Não querendo perturbar Augusto com o meu problema, uma vez que eu estava convencido de que isso faria com que ele reduzisse sua confiança em minha capacidade, aproximei-me de Agripa. Em retrospecto, acho que foi significativo. A despeito do meu preconceito juvenil em relação a ele, eu reconhecia no coadjutor imperial um homem devotado à eficiência.

Ele me recebeu em seu gabinete, cercado por mapas e projetos do sistema de abastecimento de água de Roma, que ele estava tentando reorganizar. Apresentei meu problema. Ele me ouviu em silêncio, algo que Augusto nunca conseguiria ter feito.

— O que você pretende fazer — perguntou —, já que você não gosta da sugestão do seu colega?

— Já expliquei meus motivos — eu disse —, mas me parece que só há uma escolha nestes assuntos: premiar ou punir. Meu colega propõe algo que, na verdade, é suborno. Eu preferiria impor multas.

— Por quê?

— Não acredito que seja possível fazer com que os homens sejam bons, mas acredito ser possível fazer com que ele se comportem bem.

— E você considera o medo da punição mais eficaz que a promessa de recompensas?

— Sim, quando a oferta de recompensa equivale ao perdão de uma falha.

— Você está certo.

Ele coçou o nariz e disse:

— Eu sou um soldado e acredito em disciplina. Talvez você também tenha o perfil de um soldado. Seria uma grande mudança em sua família.

Fortalecido pela sua aprovação, estabeleci um código de punições a ser aplicado a qualquer atraso no transporte de grãos. Meu colega ficou horrorizado; ele via a perspectiva de recompensa desaparecer. Mas fiquei firme. O código foi aplicado. Por um curto período os bloqueios foram eliminados. Mas temo que as velhas práticas tenham sido retomadas quando minhas responsabilidades me tiraram de lá.

Mas nunca esqueci essa experiência. Estou consciente de que Roma é dependente de suprimentos externos e de que a vida do povo romano depende diariamente não apenas dos ventos e das ondas, mas dos caprichos dos mercadores e de seus subalternos. Isto aumenta os preços, o que leva a revoltas populares. Para que o Estado permaneça em paz — o que todos os homens de bem devem desejar — o suprimento de grãos deve ser assegurado. A popularidade do governo depende de estômagos cheios. Um povo com fome não obedece à razão.

Recebi outra tarefa de extraordinária importância. Por sugestão de Agripa, creio, fui escolhido como chefe de uma comissão encarregada de investigar as condições dos acampamentos de escravos em toda a Itália.

(— Que desagradável — disse Júlia quando lhe falei da minha missão. — Quando terminar é melhor não se aproximar de mim antes de tomar muitos banhos. Todos sabem que precisamos de escravos, mas não temos também de pensar neles, sem dúvida.)

O propósito imediato da comissão era, como descobri ao ler o relatório preparado, determinar se homens livres estavam sendo mantidos ilegalmente nesses acampamentos e se eles estavam abrigando militares desertores. Mas logo decidi que era preciso ir além, e meu relatório abriu um novo capítulo na história desta instituição infeliz mas necessária.

O que podemos dizer da escravidão? É uma instituição comum a todos os povos, e certamente a todos os povos civilizados. (Há, acredito, algumas tribos bárbaras entre as quais é desconhecida, certamente devido a sua pobreza ou mediocridade.) Ainda assim, pode ser dito que a escravidão contraria a lei natural. Nossos ancestrais não pensavam assim; Marco Pórcio Catão, o mais desagradável dos homens, considerava que o escravo não era mais que uma ferramenta viva. Estas foram as palavras exatas. Elas me desagradam. Um escravo tem os mesmos membros e órgãos que um homem livre, a mesma mente, a mesma alma. Sempre tive o cuidado de tratar meus escravos como seres humanos. De fato, eu os vejo como amigos despretensiosos. Há um provérbio: "Você tem tantos inimigos como tem escravos." Mas eles não são essencialmente inimigos. Se os escravos têm inimizade pelos seus mestres, normalmente é porque os mestres a provocaram.

Muitos romanos são arrogantes, cruéis e insultam seus escravos, se esquecendo de que, como eles mesmos, estas criaturas respiram, vivem e morrem. Um homem sábio, que é o mesmo que dizer um bom homem, trata seus escravos da mesma forma que gostaria de ser tratado por aqueles em posição superior a ele. Sempre senti uma mistura de diversão e desprezo ao ouvir senadores se queixarem de que a liberdade desapareceu de Roma (o que infelizmente é verdade), já tendo visto como estes mesmos homens sentem prazer em humilhar e exaurir seus escravos.

Fui desenvolvendo estas ideias ao longo do tempo. Não pensava assim quando fui integrado a essa comissão que investigaria os acampamentos de escravos. Mas a semente de tudo isto já estava ali, e a experiência fez com que germinasse. Naqueles acampamentos eu vi a degradação do homem.

Eu estava aprendendo rápido sobre a natureza humana, e quase sempre com desgosto. Um ano após assumir o cargo de questor, a difícil estabilidade que se seguira à guerra civil foi ameaçada pela ambição e pelo descontentamento. Fânio Cépio, cujo pai aderira a Sexto Pompeu, foi o chefe de uma conspiração contra a vida do *Princeps*. Seu principal cúmplice foi Terêncio

Varrão Murena, o cônsul daquele ano. Ele era cunhado de Mecenas. A partir daí o rancor se instalou no coração da República. A conspiração foi descoberta pela polícia secreta de Augusto, cuja existência era, em si, uma prova de como Roma tinha mudado para pior. Estávamos numa época em que, como Tito Lívio observou no prefácio de sua *História de Roma*: "Não podíamos suportar nossas doenças nem o remédio para elas." Fui escolhido para processar Cépio, o que fiz com uma eficiência admirada por muitos, pelo menos em público, e um desânimo que eu mal conseguia disfarçar.

Naquele ano me casei com Vipsânia. Estávamos noivos havia muitos anos e me acostumara à ideia de que seríamos marido e mulher. Durante algum tempo me rebelei contra essa perspectiva. Parecia para mim um acordo que não combinava com um Cláudio. Mas mudei de ideia depois que vim a conhecer seu pai, Agripa, e fui capaz de ter uma ideia mais justa de suas grandes capacidades.

— Não vou perguntar como está indo — ele disse alguns dias depois do casamento —, mas gostaria que você soubesse que o recebo como um aliado.

— Um aliado, senhor?

Ele se recostou na cadeira, com suas pernas musculosas esticadas para a frente.

— Não finja que não me compreende. Observei você durante anos, desde que sua mãe e eu concordamos com este acordo. Não finja ser inocente ou idiota. Você sabe perfeitamente bem que um casamento como o seu é mais que um acordo familiar, é um ato político. Claro que eu espero que você e Vipsânia sejam felizes juntos: ela é minha filha e gosto dela, mas também espero que este casamento nos ajude a trabalhar juntos. Você é jovem, mas tem cabeça, e posso garantir que tem alguma compreensão de como as coisas estão. No mínimo porque sua experiência como acusador neste recente caso deve ter aberto seus olhos. Em que tipo de Estado você diria que estamos vivendo?

— Meu padrasto sempre me falou sobre como ele estava orgulhoso de ter restaurado a República.

— Besteira. E você sabe disto, não?

— Bem...

— Precisamente.

— Claro que percebo que não é a República que costumava ser, e que ele não se engana fingindo que é.

— Assim é melhor. Esta não é a República, e a República nunca será restaurada. Este tempo passou. Você não pode comandar um império baseado em votações no Fórum Romano nem em demoradas deliberações no Senado. Assim, não é República. O que é, então?

— Diria que é o império, senhor.

— Suficiente. Mas o que é o império? Uma monarquia?

— Não exatamente.

— Uma ditadura?

— O cargo de ditador foi abolido, não?

Agripa riu, tomou um gole de cerveja, fixou seus olhos em mim. Sua expressão era dura, pesada, imperiosa. Senti o seu poder.

Ele esperou. Fiquei quieto.

— Então, o que é o império? — ele perguntou novamente.

— O senhor é um dos seus arquitetos.

— E mesmo assim não sei. Mas posso dizer isto: apenas Estados imaturos podem ser tanto democracias quanto monarquias. Temos crescido sob estas duas formas de governo. A clássica definição grega de tipos de Estado não se aplica mais, à medida que não somos sequer uma oligarquia no sentido em que eles compreendem o termo. Nós somos, talvez, uma constelação de poderes...

Agripa não tinha reputação de teórico. De fato, ao ouvi-lo falando, você pensaria nele apenas como uma força da natureza, um exemplo de força bruta. Nada disto.

— *O Princeps* é um homem notável — disse —, mas você sabe disto. Contudo, você deve saber que ele não deve seu sucesso inteiramente às suas próprias qualidades.

— Também sei disso, senhor.

— E ele também tem suas falhas.

Mais uma vez eu não disse nada. Estávamos em sua *villa* debruçada sobre o mar, ao norte da cidade, em um cômodo ajardinado. O sol brilhava em um caminho ao longe e a brisa do Oeste trazia o perfume do buxo e do alecrim que cresciam no terraço. Abaixo, no jardim, havia amoreiras e figueiras. Nos intervalos da nossa conversa eu podia ouvir o mar batendo nos muros.

— Sua principal falha — disse Agripa — é o seu caráter emocional. Ele frequentemente permite que a emoção domine seu intelecto, prejudique seu julgamento. É estranho como em certos momentos ele consegue ser tão cruel.

— Marcelo é muito encantador — eu disse —, não é de estranhar que o meu padrasto goste tanto dele.

— Sim — disse Agripa —, ele é um garoto maravilhoso, não? — Ele ficou de pé. — Já falamos muito, não? Estou muito feliz que tenha sido você, e não Marcelo, a se casar com minha filha. Sua mãe também está muito preocupada com a predileção do *Princeps* pelo garoto. Ela sabe, como eu, que não será bom promovê-lo demais. Não tão rapidamente... Esta não é, como concordamos, uma monarquia. Somos a facção no poder, um partido. Sempre há aqueles que gostariam de nos derrubar se pudessem, como Cépio, que você tão bem processou, e seu amigo Murena, e você sabe de quem ele é cunhado. Está muito perto de casa. Marcelo tem muito daquele pilantra, meu velho amigo Mecenas. É o suficiente, não preciso falar mais, não é? Outra coisa, lembre-se: a base do nosso poder são as legiões. Acho que você tem o perfil de um soldado. Infelizmente estou certo de que Marcelo não tem.

Refleti sobre aquela conversa.

ALGUMAS SEMANAS DEPOIS, AUGUSTO ADOECEU. DE FATO, ELE ESTAVA perto da morte. Disseram que ele vociferava em seu delírio. Lívia saiu do aposento perturbada com o que ele dissera durante sua loucura. Ela se retirou para o Templo de Vesta para orar e fazer sacrifícios aos deuses pedindo que eles o perdoassem, que devolvessem a saúde a seu marido. Em um breve momento de lucidez, sentindo que estava a ponto de morrer, ele convocou Agripa e Cneu Calpúrnio Pisão, que substituíra Murena como colega consular, e lhes atribuiu a responsabilidade pela República. Uma mudança de médico e uma mudança de tratamento se provaram eficazes. Augusto se recuperou e tudo ficou bem.

Mas embora tudo estivesse bem, um segredo fora revelado: a revolução que ele conduzia dependia da sua vida. Os conspiradores do verão estavam postumamente justificados. Se eles tivessem matado Augusto, o regime teria desmoronado.

Foi por esta razão que ele o reformou naquele outono, conseguindo que o Senado lhe concedesse um *maius imperium** e deixando de ocupar ele mesmo um dos postos de cônsul. Mais importante do que isso, ele fez com que Agripa participasse mais ativamente do governo, dando-lhe poder proconsular sobre todas as províncias do império e, ainda mais importante, o *tribunicia potestas,* o poder de tribuno.

O desejo de Lívia e Agripa prevaleceu sobre as inclinações do meu padrasto. Marcelo caiu no ostracismo. E, naquele verão, ele morreu, repentinamente.

---

* Poder sem limites. (N. do C.)

Júlia abortara quando seu marido morreu, privando seu pai do neto que ele tanto queria. Mas seu pesar por Marcelo durante algum tempo impediu que ele percebesse esta outra perda. Foi demais. Para agradá-lo, Virgílio incorporaria uma referência a Marcelo em sua *Eneida*, ridiculamente exagerada, temo.

Mas, curioso, Júlia também pareceu sofrer muito. Isto me intrigou, porque eu duvidava que a criança que ela carregava e perdeu fosse realmente do seu marido. (De fato cheguei a pensar que seria minha, e era possível.) Lívia, claro, considerou a exibição de emoções de Júlia uma fraude, mas ela era naturalmente inconstante e devia estar sendo sincera. Vipsânia disse que, embora tenha percebido que havia dificuldades entre eles, tinha a impressão de que estavam se entendendo melhor nos últimos meses. E provavelmente era verdade; Vipsânia era boa em avaliar tais questões. Por outro lado, eu sabia, e ela não, como Marcelo tinha estado perto de um envolvimento com a conspiração da primavera. Ele não chegou a ser diretamente envolvido, mas os conspiradores eram seus amigos. Ele levara um susto, e pode ter lhe parecido prudente dar a impressão de ser devotado à mulher. Ademais, como seus talentos eram poucos, Marcelo dependia totalmente dos favores do seu tio.

Você se pergunta como eu podia saber do seu envolvimento? De duas formas:

Primeiramente, Fânio Cépio, sob interrogatório, tentou jogar suspeitas sobre ele. Identifiquei a tentativa como uma barganha quando a prova me foi apresentada em minha função de acusador. Assim, decidi que não tinha o que fazer com aquilo e, para evitar que qualquer referência fosse feita diante da Corte, eliminei tudo dos registros do interrogatório. Mas antes de fazê-lo confrontei Marcelo com a acusação, e ele quase desmaiou. Quando eu lhe disse que não acreditava em nenhuma palavra daquilo e que garantiria que a acusação de Cépio não desse em nada, seu alívio e sua gratidão foram patéticos e repulsivos. Ele me bajulou, senti prazer ao perceber a profundidade do seu terror e saboreei o fato de saber que ele tinha se mostrado inferior a mim em todos os sentidos. Ele me abraçou calorosamente, agradecido.

— Como ele pôde fazer isso comigo? — ele repetia. — Eu nunca o encontrei, exceto numa festa.

— Uma das festas de Mecenas? — perguntei.

Contudo, não tinha sido apenas ali que Marcelo tinha se encontrado com os conspiradores. Isto eu soube de uma segunda fonte:

Um dia, quando eu estava preparando o caso contra Cépio, recebi uma mensagem que me intrigou. Em síntese, ela dizia que o autor tinha informações sobre o caso e que ele só poderia fornecê-las a mim pessoalmente; contudo, ele temia se aproximar de mim abertamente. Sem dúvida, tais mensagens são comuns nestas situações, e estive inclinado a ignorá-la: se um homem teme dar informações abertamente é provável que não seja confiável, e suas provas sejam fracas. Mas tive a impressão de que daquela vez era diferente, então concordei com um encontro secreto.

Este aconteceu à noite, no quarto dos fundos de uma taberna na confusão de pequenas ruas entre o Campo de Marte e o rio. Seguindo instruções, fui disfarçado. A taberna era claramente um lugar de péssima reputação, frequentado pela escória da cidade, prostitutas, prostitutos e seus proxenetas. De fato, estava feliz de que a minha face estivesse escondida, e por um momento pensei se não teria sido uma tolice ir até lá. Contudo, dei a senha ao proprietário e fui levado ao quarto dos fundos, como combinado.

Havia um homem deitado num divã, com um garoto de cabelos encaracolados sentado em seu colo. Nenhum deles se moveu quando eu entrei, então pensei que tinha sido enganado. Eu estava prestes a gritar de raiva quando o homem se acomodou, colocando o garoto de lado.

— Acabou, querido — ele disse. — Traga-nos vinho!

Ele se compôs e ficou de pé.

— Chegou antes do que eu esperava, meu senhor — ele disse.

— Sou pontual.

— Meu caro, você é formal.

Um grego poucos anos mais velho do que eu, com cabelos anelados perfumados e modos efeminados. Ele transpirava, ajeitava sua túnica e tentava se manter ocupado me acomodando a uma mesa. O garoto trouxe vinho e partiu, dando um olhar picante por cima do ombro. Eu me senti mal.

— Meu nome é Timóteo — disse o homem. — Faço muitos trabalhos para o *Princeps*, embora você nunca tenha ouvido falar sobre mim, e tenho um problema que gostaria de discutir. Diz respeito ao caso em que você está trabalhando.

Ele deu um sorriso afetado e remexeu os ombros.

— Pedi que viesse aqui porque gostaria de manter isto em sigilo. Estou num dilema. Sou agente pessoal do *Princeps* e a informação que tenho é tal que não sei como transmiti-la a ele. Percebe?

— Não, não percebo. Talvez você devesse começar do princípio e parar de falar de modo enigmático.

— Enigmas são frequentemente a única coisa segura a se dizer atualmente.

— Preste atenção — eu disse —, estou cuidando do caso a que você se refere. Se você tiver uma informação, posso obrigá-lo, de forma dolorosa, a revelá-la...

Ele bebeu seu vinho e empurrou o jarro na minha direção. Fiquei surpreso ao perceber que eu já tinha bebido uma taça. Era um vinho doce, com toque resinoso, o tipo de coisa de que os gregos gostam.

— Isso não seria inteligente... — ele disse. — O *Princeps* gostaria disso menos ainda. Ele não gostaria que soubessem que ele emprega tipos como eu. Além disso, devo dizer, no mínimo para garantir minha posição, que a nossa ligação foi iniciada em circunstâncias que ele não gostaria que fossem relembradas. Francamente, meu caro, eu sei demais. Portanto, por que você não desce do seu pedestal e me ouve como um bom menino? Vou começar do começo, como você sugeriu.

Seus modos me desagradavam. Gostaria que ele fosse chicoteado; ainda assim, eu estava curioso. Levei a taça aos lábios e consenti.

Ele me contou sua história de um modo afetado, com muitas digressões. Mas em essência ela é simples:

Ele era um espião cujo maior talento era o que ele descrevia como provocação.

— Quando pego uma fagulha de desagrado, eu sopro...

O *Princeps* suspeitava do seu colega Murena, e levou sua preocupação a Timóteo, pedindo uma investigação. Timóteo então introduziu seu agente na casa do cônsul, como um servo.

— Um Ganímedes, você compreende — disse, piscando para mim.
— Mas é claro que os servos, por mais doces que sejam, não conseguem descobrir tudo, embora eu tenha deixado o *Princeps* pensar que todas as minhas informações vinham do garoto.

Não era verdade. Ele também recrutara um jovem nobre, chamado Fânio Cota, primo de Cépio. Da forma que ele falava não tive dúvida de que este Cota era amante do desgraçado. Cota — que não deve ser nada esperto para cair na conversa de Timóteo — induziu seu primo e o cônsul à traição, ao mesmo tempo relatando todos os detalhes ao grego. Mas agora Cota tinha sido preso, juntamente com os outros conspiradores; eu sabia, claro, porque tinha arranjado para vê-lo.

— Então? — perguntei.

O grego revirou os olhos, como se a sua história os tivesse tirado do lugar. Ele queria que Cota fosse libertado, isto era óbvio.

— Eu só tenho a sua palavra sobre o papel que ele desempenhou — eu disse —, e por causa do que você me falou de suas relações com ele, não vejo porque eu deva acreditar em você.

— Mas acredito que posso persuadi-lo — ele disse. — Tenho uma carta escrita por um certo cavalheiro não distante do *Princeps*... É endereçada a Cota, e homens maliciosos podem interpretá-la como um encorajamento aos conspiradores.

— Percebo.

E percebia. Não tinha nenhuma dúvida quanto a quem ele se referia.
— Por que não a oferece ao *Princeps*?

— Não seja tolo, meu caro. Eu não ousaria. Por um lado, ele a consideraria uma fraude. Por outro, isto não ajudaria meu amigo. Finalmente, sou um pobre liberto, e... bem, nós, gregos, sempre tivemos negócios com os persas, e você conhece o modo persa de tratar um portador de más notícias... Seria mais do que eu mereço. Mas parece-me, considerando as relações dentro da família imperial, que isto talvez pudesse ser de alguma valia para você...

— Eu desaprovo a escolha do termo "família imperial". Isto não existe e é ofensivo mesmo como ideia.

— Como preferir.

— Você tem a carta com você?

— Não seja tolo. Eu tenho uma cópia...

— Você fala com muita confiança para um homem em sua situação.

Ele riu.

— É a sua interpretação — disse, levando a mão dentro da túnica e retirando a carta.

— Isto pode ser interpretado de mais de uma forma — eu disse.

— Qualquer forma é ruim, não é verdade? Mas você percebe meu dilema, que estou partilhando com você. Quero salvar meu amigo, mas não posso passar esta carta ao *Princeps*.

— Não é sua culpa por ter escondido que ele estava trabalhando para você de modo a provocar a conspiração?

— Talvez, mas é assim.

Eu estava sendo ingênuo, é claro. Eu sabia desde o início. Cota era claramente um conspirador genuíno, e suas relações com o grego se desenvolveram provavelmente fora da conspiração. Contudo, eu não podia deixar de admirar a esperteza do plano do grego. E a carta era certamente — desde que escrita de próprio punho por Marcelo — devastadora. Eu ficaria feliz em tê-la. Os acertos, satisfatórios para ambas as partes, podiam ser feitos. Eu disse como.

— Mas preciso interrogar Cota — disse. — Você compreende? Contudo...

Cota era um homem alto e de bela constituição, com grandes olhos e língua solta. O terror se apossara dele, deixando-o alternadamente rabugento e abjeto. Duas vezes durante nossa conversa ele se jogou sobre seu divã, soluçando. Ele vestia uma túnica curta e o suor molhava suas coxas enquanto os ombros sacudiam. Ele prometeu ser capaz de incriminar Marcelo ainda mais, caso eu quisesse.

— Você não compreende... — eu disse. — Quero que tudo isto termine. Uma forma de isto terminar é você sofrer um infeliz acidente.

Ele se jogou ao chão diante de mim, apertando meus tornozelos e clamando por piedade.

— Levante-se... — eu disse. — Você não tem dignidade?

Contrariando aquilo em que acreditava, acertei para que ele fosse libertado. Eu sabia que Timóteo destruiria a carta em vez de entregá-la caso eu rompesse o nosso acordo. Embora fosse repulsivo, ele também era, e eu percebi, suficientemente inteligente para ter algo preparado com alguma defesa para si mesmo caso eu fizesse algo para incriminá-lo. Mas eu estabeleci duas condições: Cota deveria ficar longe da Itália por cinco anos. Ele nunca deveria tentar se comunicar com Marcelo. Ameacei, embora soubesse que logo não teria como fazer nada contra eles. Mas eu estava certo de que Cota era tão covarde que não seria capaz de me desafiar.

Mantive a carta em segredo. No futuro poderia surgir uma ocasião em que ela fosse mais útil para mim do que no presente. A atitude de Timóteo quando me entregou a carta foi perturbadora: eu percebi.

Ele me passara a perna. Fizera de mim um cúmplice da sua trapaça. Ainda assim, ele me dera uma arma, e eu devia isso a ele.

A MORTE DE MARCELO ME PRIVOU DA MINHA ARMA, FEZ COM QUE ELA ficasse obsoleta. Contudo, eu ainda devia ao grego.

Outra coisa: o médico que cuidou de Marcelo foi um certo Antônio Musa, o mesmo que curou Augusto. Ele fora introduzido na casa por Timóteo.

Poucos anos depois ele se aposentou, alegando estar com sua saúde abalada, e foi viver numa *villa* com Timóteo. A conduta dos dois escandalizou os fazendeiros locais, mas Augusto o protegeu.

Foi agradavelmente irônico pensar sobre como Timóteo trabalhou para destruir o favorito do *Princeps* e em como Antônio Musa poderia tê-lo assassinado.

VI

Há aqueles que acreditam que o caráter é algo constante. Nós acabamos sendo, insistem eles, apenas aquilo que realmente somos; nunca podemos fugir de nossa natureza. Qualquer mudança que parece se operar apenas revela traços que antes a pessoa achara prudente esconder; inversamente, pode ser fruto da assunção de uma virtude hipócrita. Este é um argumento que deve deixar os filósofos perplexos, e para o qual não há uma resposta certa. Por exemplo, Augusto se mostrou implacável no poder; ele não abria mão de nenhuma crueldade que lhe parecesse necessária para atingir seus objetivos. Assim, ele sacrificou o seu mentor, Marco Túlio Cícero, na época dos expurgos. Embora soubesse que lhe devia muito, considerou mais importante aplacar um irritado Marco Antônio oferecendo-lhe o velho orador do que insistir em que a clemência deveria ser concedida ao homem que mesmo Júlio César descreveu como um símbolo da República. Da mesma forma, Augusto amava sua irmã Otávia com um calor que ele oferecia a poucos. (Se ela fosse menos ostentatoriamente virtuosa, não tenho dúvida de que os intrigantes teriam muito a dizer a respeito da natureza do relacionamento dos dois.) Ainda assim, ele sacrificou sua felicidade, forçando-a a aceitar aquele beberrão brutal como seu marido. Aqueles que concordam com a ideia de que o caráter é constante devem se perguntar se Augusto se forçou a praticar a violência que a sua natureza rejeitava ou se assumiu uma virtude que não é mais que uma manifestação de sua hipocrisia natural.

Da minha parte, considero falsa e inadequada esta visão da natureza humana. Parece-me que, por um lado, há em nosso caráter abismos que não compreendemos e que talvez temamos, e que por vezes sobem à tona para nos surpreender; por outro lado, estamos numa condição de perpétua recriação. Heráclito, como você pode recordar, apresentou aquela dúvida de se um homem podia se banhar duas vezes em um mesmo rio. Seus discípulos disseram que era impossível; tudo está em movimento, e o rio está mudando diante dos nossos olhos. Outros, porém, que eu chamarei de "Filósofos da Escola do Senso Comum", pensam que isto não passa de casuísmo. Eles dizem que, embora a água mude, o rio permanece; a permanência é mais real que as mudanças, que eles consideram superficiais.

Parece-me, porém, que é possível dar razão aos dois argumentos: dizer que enquanto tudo muda, boa parte do que está ali permanece igual. Um homem é sempre ele mesmo, mas ele não é necessariamente o mesmo homem.

Mergulhei nestas reflexões ao lembrar-me do meu casamento com Vipsânia. Concordei com o casamento, obedecendo ao desejo de minha mãe, compreendendo que a sua escolha de uma esposa era politicamente astuta. Mas eu não sentia afeto nem entusiasmo. Mais do que isto, em outros aspectos éramos um casal desajeitado; o pudor virginal de Vipsânia fazia dela uma pessoa tão envergonhada quanto o meu caráter reservado fazia de mim. Embora nos conhecêssemos desde muito jovens, não sabíamos como conversar. Provavelmente não trocamos mais do que umas poucas frases durante anos, e frases insignificantes. Estávamos mais solitários do que já tínhamos sido. A subserviência de Vipsânia me irritava. Ela se deitava na cama, coberta até o pescoço. Eu pensava — como não pensar? — em Júlia, acariciando suas coxas e atraindo meu olhar para o seu corpo. Vipsânia me recebia como alguém que aceitava seu destino. Seu senso de dever a compelia a se entregar a mim, mas como uma vítima, não como uma mulher. Durante semanas parecemos estar congelados. Eu sabia que ela estava infeliz e, estando eu mesmo infeliz, me ressentia da sua infelicidade. Quando certa vez eu a encontrei chorando, fui incapaz de abraçá-la.

Eu não tinha com quem conversar. A intensidade do meu relacionamento com Lívia sempre eliminou a possibilidade de discussão de questões emocionais. Meu irmão, Druso, que eu amava pela sua espontaneidade e virtude, seria incapaz de compreender o meu dilema. Vipsânia e eu éramos prisioneiros da incapacidade de um compreender o outro, e ambos com medo de tentar girar uma chave que, de qualquer modo, provavelmente não seríamos capazes de identificar.

Porém, hoje, mais de vinte anos depois, revejo os primeiros anos do nosso casamento com um prazer incompreensível. Porque tudo mudou. Ela se transformou num bálsamo para a minha alma, uma luz que me guia. E não posso dizer como ou por quê. Não houve um momento especial em que as barreiras foram abaixadas, nenhum momento especial em que nos desarmamos. Foi como se o convívio fizesse com que as barricadas ruíssem. Sem perceber que acontecia, fui sendo suavizado pela sua ternura e pelas suas virtudes. Chegou um tempo em que o simples movimento da sua cabeça, o contato com sua pele, sua voz baixa, eram capazes de eliminar qualquer ansiedade em mim.

Sem dúvida, o nascimento do nosso filho, o jovem Druso, contribuiu para isso. Vê-la com o bebê nos braços, ou inclinada sobre seu berço, ninando-o com velhas canções, era viver tudo o que, ao longo dos séculos, me parecia, os homens desejaram; era me sentir parte de um amor total.

Outra coisa contribuiu para a nossa crescente intimidade: ela respeitava o meu desejo de discrição. Sempre me senti desconfortável com a expressão das emoções, fosse por palavras ou por atos. Ela não tentava me forçar a fazer confidências, e assim gradualmente as conseguiu.

Ao mesmo tempo, Júlia era um problema. Ela acreditava que tinha algum direito sobre mim. Ela sabia que tinha o poder de me excitar, e por isso me considerava seu. Meu casamento não significava nada para ela:

— É de conveniência, não? — ela costumava dizer; e olhando por trás do véu dos seus cílios e tocando os seios ou acariciando as pernas, complementava: — Claro, se você pretende levar isso a sério, é um inconveniente. Mas insignificante. Você não prefere aquela garota sem graça a mim, não é?

Neste sentido ela estava certa. Seu corpo era para mim como uma taça de vinho para um bêbado: uma tentação que me fazia tremer. Meia dúzia de vezes no inverno após a morte de Marcelo eu me meti em sua cama, sentindo a intensidade do prazer e depois a dor do remorso e desprezo por mim mesmo. Nunca fui capaz de considerar o ato sexual algo do qual a emoção pudesse ser eliminada.

Lívia sabia o que estava acontecendo, e me criticava.

— Você é fraco — ela dizia —, desprezivelmente fraco. Você quer destruir tudo o que eu tentei construir para você?

Não havia como responder. A vergonha me calava.

— Você sabe — ela dizia — que Augusto sugeriu que você deveria se casar com ela? Eu dei um basta a isto!

— Ademais, ele deve estar louco para cogitar isso — eu disse.

— Como ele podia considerar a hipótese de ofender Agripa de tal forma desonrando sua filha? E agora, você, seu idiota, está correndo exatamente este risco! E por quê? Por uma menina frívola que quer ser paparicada.

Naquela época o comportamento de Júlia estava perto do escandaloso. Ao mesmo tempo, o espião Timóteo se aproximou de mim, preocupado, como disse, com os meus interesses. Eu não era o único amante de Júlia; ela era o centro de um círculo de jovens nobres, alguns dos quais, ele disse, tinham "perigosos antecedentes". Eu deveria ser cuidadoso.

Ele partiu deixando atrás de si um marcante perfume de rosas e um ainda mais persistente fedor de venalidade.

Eu me assustei. Não podia confiar em mim mesmo perto de Júlia. Decidi me alistar no exército.

Fui enviado para a Espanha, onde as tribos das montanhas tinham se rebelado. Não há glória neste tipo de campanha, que é uma espécie de trabalho policial. Contudo, é o melhor treinamento para um jovem oficial; ele descobre o real propósito de um exército, que é o de preservar Roma e aquilo que é conhecido como Ordem Romana. Além do mais, neste tipo de campanha se aprende a importância de cuidar dos seus homens. Esta é a primeira regra do generalato: que as tropas estejam adequadamente alimentadas, vestidas, armadas e abrigadas. Recrutamos soldados e os convidamos a correr o risco de morrer na defesa de gordos pagadores de impostos. O mínimo que podemos fazer em retribuição é melhorar as condições nas quais eles condenaram a si mesmos a viver. Mostre-me um general que não coloca em primeiro lugar o bem-estar dos seus homens e eu mostrarei um homem dominado pela vaidade. Nunca me considerei um gênio militar, mas sempre fui bem-sucedido por nunca ter negligenciado os meus homens, nunca ter movimentado as tropas a despeito dos relatórios dos serviços de informações e nunca ter me esquecido de que os soldados haviam me confiado a vida deles. Esta é uma responsabilidade que alguns comandantes gostam de ignorar.

Em todos os lugares onde servi, construí estradas. A estrada, que é desconhecida dos bárbaros, é o símbolo de Roma, civilização e império. É por intermédio das estradas que o império é agrupado, por elas o comércio se desenvolve, com elas as tribos bárbaras são subjugadas. Onde quer que se procure a majestade de Roma, haverá uma estrada.

Uma carta da minha mãe:

> Amado filho,
> Recebemos bons relatórios sobre sua capacidade e eficiência. Tenha em mente que você é um Cláudio e, como tal, superior a todos; portanto, cabe a você fazer o trabalho dos homens. Foi para isto que os deuses criaram uma raça superior de homens.
> O problema de Júlia foi resolvido. Felizmente foi Mecenas que convenceu seu padrasto da melhor coisa a fazer. Ela desposará Agripa. Sei que isto o surpreenderá. Será estranho para você recebê-la como sua sogra. Mas é o melhor a fazer. Ele será capaz de controlá-la. Além disso, é prudente deixá-lo mais agradecido a seu padrasto. Acredite em mim, grandes homens como Agripa estão sempre sujeitos à tentação da ambição. Principalmente quando não são bem-nascidos.
> Vipsânia me disse que pretende passar o inverno com você em Cades. Adorei ouvir isto. Não é bom que marido e mulher passem muito tempo separados. E eu conheço bem as tentações do campo...
> Você tem uma natureza difícil, meu filho, precisa do apoio de uma mulher amorosa e virtuosa.
> Sempre soube disso. Foi por isso que estimulei o seu casamento com Vipsânia, que é tudo o que uma mãe pode esperar da esposa de seu filho.
> Apesar da posição do pai, em uma época normal seu nascimento a teria desqualificado. Mas esta não é uma época normal, e não será novamente.
> Augusto e eu estamos bem de saúde.

Uma carta de Vipsânia:

> Querido marido,
> Quero muito estar com você. Sinto sua falta. Não me preocupo em perguntar se você sentiu a minha falta, porque, como confio em você, sei que sentiu.
> Você deve ter recebido notícias sobre o meu pai e Júlia. É muito estranho, mas talvez funcione bem. Claro que lamento pela minha mãe, que teve de se divorciar. Mas foi bem recompensada e, para dizer a verdade, ela teve tão pouco do meu pai nos últimos anos que, sem dúvida, sentirá a desonra, não o abandono. E como você sabe, ela é uma jardineira devotada, e a criação de jardins na baía tem sido seu principal interesse. "Ninguém pode ser infeliz plantando flores...", ela me disse certa vez.
> Júlia ficou furiosa quando o acordo foi apresentado. Você pode imaginar o quanto. Mas está aceitando melhor a ideia. Ela sabe que o meu pai é um grande homem.

— Não vou lhe perguntar sobre Júlia — disse Agripa —, porque não acho que eu fosse gostar da resposta... Mas ela se comportará agora, você verá. Ela precisa é de autoridade!

Eu não a vi durante dois anos.

VII

Não é minha intenção nestas breves memórias me estender sobre minhas experiências militares. Reparei que os relatos de campanha são iguais e que é quase impossível distinguir entre um ano de serviço e o seguinte. De fato, eles se misturam na minha cabeça. No entanto, como a maior parte da minha vida adulta, até eu me recolher a um retiro filosófico, foi passada em acampamentos, ignorar completamente minhas memórias militares seria apresentar um retrato pouco fiel da minha vida.

Contudo, escrevo isto sem a expectativa de ser lido. Na verdade, na esperança de que não serei. Escrevo para o meu próprio prazer, em razão de minha busca pessoal pela natureza da verdade e numa tentativa de responder a duas perguntas fundamentais: que tipo de homem eu sou? O que eu fiz da minha vida?

Quando minha mente volta no tempo, o que se apresenta diante de mim são imagens, mais que uma narrativa coerente: a névoa se erguendo de uma coluna de cavalos sob o leve vento de uma manhã às margens do Danúbio, longas marchas, os homens com lama pelos tornozelos atrás de carroças barulhentas, enquanto somos engolidos pelas florestas de faias e freixos da Germânia, o topo de uma montanha no Norte da Espanha, com a neve caindo abaixo de nós nos vales enquanto estávamos sobre um solo seco e esturricado como o aço, sob as estrelas, centuriões envelhecidos chicoteando os cavalos de transporte, gritando com os legionários para que trabalhassem com afinco, como se zombassem dos seus esforços, um garoto com sangue escorrendo pela boca quando eu pousava sua cabeça moribunda no braço e via seus estertores, meu cavalo refugando diante de uma touceira que se abriu para revelar um guerreiro pintado, ele mesmo em pânico e falando coisas incoerentes, o suspiro do vento que vem de um mar silencioso, o badalar da sineta de um camelo através das areias do deserto. A vida no exército é uma mera coleção de momentos.

CONTUDO, MEU PRIMEIRO COMANDO INDEPENDENTE FOI GLORIOSO. Uso esta palavra com plena consciência de que ela raramente pode ser usada sem ironia, mesmo que a compreensão da ironia seja privilégio dos deuses.

Todos sabem que o maior poder no mundo depois de Roma é a Pártia. Este vasto império, que se estende até as fronteiras da Índia e tem forte influência além delas, felizmente está separado de nós por um grande e inóspito deserto. Foi neste deserto que o milionário triúnviro Marco Crasso, tentando repetir as glórias de César e de Pompeu, sofreu, por causa da sua vaidade e da sua incompetência, o maior desastre que já se abateu sobre os exércitos romanos. Suas tropas foram despedaçadas em Carras, todos foram mortos, exceto aqueles feitos prisioneiros, suas insígnias capturadas e ele mesmo assassinado. (Sua cabeça foi jogada no palco do teatro no qual o imperador da Pártia assistia a uma apresentação de *As Bacantes*). Mais tarde Marco Antônio comandou outra expedição contra a Pártia que quase redundou num desastre semelhante.

O deserto divide os dois impérios, mas ao Norte, o Reino da Armênia funciona como um "amortecedor" entre eles. Racial e culturalmente os armênios são muito próximos dos partos, uma similaridade que aprofunda o ódio que sentem por eles. Mas a Armênia é de grande importância estratégica, porque está cravada como uma adaga em cada um dos dois impérios. É do interesse de Roma controlá-la, à medida que isto significa que podemos defender a segurança do nosso império; mas o mesmo vale para a Pártia. Assim, a dominação da Armênia é o ponto central de uma disputa entre os impérios e uma questão de fundamental importância para Roma.

Augusto reconhecia isso. Como eu já assinalei antes, ele era brilhante quando conseguia separar o intelecto das suas preferências pessoais. Acontece que, quando eu tinha 22 anos, o rei Artáxias, da Armênia, foi assassinado pelos seus compatriotas, dos quais ele tinha abusado vergonhosamente. Foi pedido auxílio a Roma. Fiquei surpreso em ser colocado no comando.

— Não duvido das suas capacidades — disse Augusto. — Além disso, estes orientais ficam muito impressionados com a posição das pessoas. Eles saberão que você é meu filho...

Eu estava inebriado com o ar límpido das montanhas, com o vigor dos montanheses, com a beleza das jovens. Estava revoltado com a falsidade demonstrada por todos aqueles com quem eu negociara. Não havia um único homem em cuja palavra eu pudesse confiar. Tiramos vantagem da confusão para colocar no trono o irmão mais velho do rei, Tigranes. Era ele uma pessoa repulsiva, que dormia com a própria irmã, mas devia tudo a nós, e seu medo dos partos e dos seus próprios súditos era tamanho que ele concordou alegremente com o aquartelamento de uma legião romana em sua capital. Enquanto isto, a situação na Pártia era igualmente confusa, pois o golpe de Estado na Armênia inspirara tentativa semelhante lá. Acontece que alguns anos antes o filho do imperador fora enviado a Roma como refém. Então eu o convoquei e comecei a negociar com o seu pai. As negociações foram longas, como sempre costumam ser com os orientais.

Minha disposição era firme e a minha compreensão da situação foi estimulada pela minha viagem através da Síria. Vi como esta província rica e populosa dependia fortemente da segurança dada pelas legiões romanas. Tínhamos lá quatro legiões, compostas por mais de vinte mil homens, de prontidão, além de tropas auxiliares espalhadas pelas torres de vigia que guarneciam as travessias do grande rio, o Eufrates. Atrás de nós estava Antioquia, a mais doce de todas as cidades do mundo, diziam os homens, com seus palácios floridos, suas ruas que brilhavam mesmo à noite, suas fontes perpétuas, seus mercados e praças. Ninguém que tenha ficado junto às águas escuras do Eufrates, vendo a lua se esconder por trás de distantes cadeias de montanhas, pode deixar de sentir a majestade e a benevolência de Roma.

Meu objetivo era a reparação. Havia uma mancha a ser eliminada. Quando os diplomatas partos começavam a tergiversar, eu recolhia os documentos da mesa à minha frente e insistia. O filho de Fraates não seria devolvido. Em vez disto, utilizando a Armênia como base, o que me permitiria evitar a rota do deserto, eu penetraria fundo pelos vales até o coração da Pártia, desde que tudo fosse feito do meu jeito.

Minhas exigências eram simples. Primeiramente, minha ocupação da Armênia deveria ser reconhecida e, como uma prova da boa intenção deles, novos reféns deveriam ser entregues a mim. Depois, e mais importante, as insígnias capturadas em Carras deveriam ser devolvidas.

Alguns podem se perguntar por que isso era o mais importante. Estas pessoas não compreendem os orientais, para quem os símbolos têm grande importância. Estas insígnias eram o símbolo da derrota de Roma, da sua desgraça e inferioridade em um momento histórico particular. Se eu as recebesse de volta, esta lembrança triste seria apagada, o símbolo seria eliminado.

Não tenho vergonha de confessar que o próprio Augusto insistiu na importância desta minha exigência e me mostrou como os orientais pensam.

Finalmente, preocupados, eles desistiram. Tendo feito isto, eles revelaram algo que ignorávamos.

É uma característica curiosa dos orientais: quando a obstinação cessa e eles decidem que será da forma que o outro quer, sua submissão é completa, eles fazem mais do que é necessário, acreditando que recuperam o que chamam de "face" sendo compelidos a algo. Então, seu embaixador, um homem fraco, cujo nome não me recordo, embora eu me lembre bem dos seus cachos oleosos e do seu cheiro de hortelã, disse, olhando de esguelha:

– Há certos troféus humanos que também devem ser devolvidos.

Eu não o compreendi de imediato, mas ele bateu palmas, e um garoto, escravo, partiu, voltando pouco depois à frente de um grupo de velhos, muitos dos quais se ajoelharam à visão do nobre parto.

— Eles compreenderam quais são seus mestres — disse o embaixador —, mas agora que há paz e tranquilidade entre dois grandes impérios, é hora de eles voltarem para casa.

Eles olharam para mim esperando uma armadilha. Eram soldados do exército de Marco Crasso, homens que tinham passado quase quarenta anos como escravos. Eles me cercaram, dizendo-me coisas incompreensíveis. Mais tarde descobri que três deles haviam desaprendido o latim. Eles me tratavam como se eu fosse seu benfeitor e isto me deixou embaraçado. Não me sentia um benfeitor. Ao contrário, de modo antiquado, eu me sentia culpado, e esta culpa me acompanha desde então. Começamos grandes campanhas e convocamos exércitos por um motivo público que nós mesmos não compreendemos bem. Nossos próprios soldados são nossas vítimas. Estes homens foram privados da vida, certamente mais do que se tivessem sido mortos, porque durante anos tiveram a consciência do que haviam perdido, e a principal razão disto tinha sido a determinação de Marco Crasso de mostrar que era um homem tão grande quanto seus colegas Júlio César e Sexto Pompeu... Então arranjei para que eles fossem levados de volta para casa e que fossem instalados numa colônia de veteranos em Basilicata. Mas nunca os esqueci, nem esqueci que a guerra é uma necessidade terrível. Os triunfos que desfrutei, como era adequado a uma pessoa do meu posto e com minhas conquistas, são ilusórios. Os desastres são reais. Não há praticamente mais nada a ser dito a respeito da guerra. Espero nunca mais ser envolvido numa. Espero passar o resto da minha vida aqui, em Rodes, usufruindo dos prazeres intelectuais, da conversa com homens inteligentes e das belezas do mar e da paisagem.

VIII

Nenhum homem sábio se arrisca a incorrer na ira dos deuses por negligenciar as regras e as obrigações para com eles. É bem conhecido o fato de que o grande Cipião gostava que o templo de Júpiter Capitolino estivesse aberto antes do amanhecer, de modo que ele pudesse entrar e meditar em silêncio — em divina solidão, como costumava dizer — com os deuses sobre assuntos de Estado. Os vigias, que afugentavam outros visitantes, sempre o tratavam com respeito. Sabemos também que certos locais estão a cargo de deuses específicos, que determinadas horas do dia são propícias a determinadas ações e que um homem sábio sempre consulta os deuses de modo a descobrir se eles aprovam uma decisão.

Contudo, também reconheço que é impossível a qualquer homem, por orações e sacrifícios, superar aquilo que estava determinado desde o início e mudar esta determinação de acordo com seus desejos ou interesses; o que foi determinado para nós acontecerá mesmo que não oremos; o que não nos está destinado não acontecerá, a despeito de nossas orações.

É possível conciliar essas duas crenças? Esta é uma pergunta que eu frequentemente vejo ser debatida por filósofos e, embora eu tenha tido muito interesse nesses debates — certa vez cheguei mesmo a oferecer algumas contribuições, que, me alegro, não foram mal recebidas —, confesso que as duas posições parecem fundamentalmente incompatíveis para mim. O fato é que, nesta vida de sombras, somos incapazes de receber ou compreender toda a verdade a respeito da natureza das coisas, da mesma forma que somos incapazes de compreender inteiramente nossa própria natureza.

O que é claro para mim é que por um lado todos querem conhecer sua sorte, enquanto por outro lado temos grande satisfação em cumprir nossas obrigações sagradas com máximo rigor. Todos temos o desejo, o desejo inato, de fazer o que é certo, e ao mesmo tempo estamos alertas para os sinais que nos dão garantias para o futuro. Quando comandei um exército pela primeira vez, e estava marchando pela Macedônia em direção à Síria, os altares consagrados pelos césares vitoriosos em Filipos arderam espontaneamente; isto não foi um sinal de que o meu futuro seria glorioso?

Aquele pensamento ainda me deixa perplexo uma vez que eu desisti da ambição. Será possível, penso, que os deuses ainda mantenham esta ambição por mim? Certa vez, em Pádua, por exemplo, visitei o oráculo de Gerião: fui orientado a jogar dados de ouro na fonte de Apônus e, de fato, fiz o arremesso mais alto possível. Então, no dia seguinte à minha chegada em Rodes, uma águia — ave nunca antes vista na ilha — apareceu no telhado da minha casa, permanecendo lá por sete noites. Sua chegada simbolizou um futuro brilhante ou a sua partida sugeriu que a glória me abandonara?

Tais dúvidas não têm sentido porque apenas a experiência comprova ou descarta sinais deste tipo. Ainda assim, nas minhas noites de insônia, não consigo afastá-las.

Também fico remoendo outras questões: sobre os meus poucos anos de felicidade, por exemplo, que duraram do dia do casamento de Agripa com Júlia até a hora da morte do meu padrasto. Na época, eu estava certo de que a minha estrela estava em ascensão. Passara a gostar ainda mais de Vipsânia, conversávamos sobre tudo. Eu via na aliança entre Augusto e Agripa, que estavam unidos no poder tribunício, de modo que a autoridade no Estado era compartilhada pelos dois, uma garantia da continuidade da paz e da prosperidade de Roma, uma garantia reforçada ainda mais pelo amor de Augusto pelos seus netos, os filhos de Agripa e Júlia. Minha carreira florescia. E juntamente com meu querido irmão Druso estendi a fronteira do império para o norte dos Alpes: 46 tribos bárbaras foram submetidas às leis de Roma. Augusto ergueu um monumento para comemorar a nossa conquista. Nestes anos felizes nasceu meu filho, Druso.

Não diga que nenhum homem é feliz antes de sua morte. Os deuses têm ciúme da nossa felicidade. Quando eu estava servindo no Danúbio durante o inverno, recebi uma carta sofrida da minha mulher. Ela me dizia que o seu pai morrera em sua *villa* na Campânia. Ele estava se preparando para se juntar aos exércitos e era minha responsabilidade e meu orgulho garantir que eles estariam em um estado de prontidão que ele aprovaria. Vipsânia estava com ele quando ele passou para o lado das sombras.

"Perto do fim ele falou sobre você", escreveu Vipsânia. "Ele disse: 'Tibério continuará o meu trabalho. Ele é uma rocha...' Você percebe, querido, que o meu pai o respeitava tanto quanto eu o amo, meu querido marido?"

Chorei quando li essas palavras, e estou perto das lágrimas agora, quando as recordo.

Mergulhado numa campanha árdua, não tive tempo de perceber o significado pessoal da morte de Agripa. Nem mesmo uma carta de Vipsânia, dois meses depois, me alertou.

"Todos estão preocupados com Júlia", ela escreveu. "É consenso que ela precisa de um marido, e o pequeno Caio, de um pai, mas não se consegue pensar em ninguém adequado. Afinal, quem pode substituir o meu pai? Ademais, pela sua natureza, Júlia não pode permanecer solteira. Sua mãe está muito ansiosa."

Voltei a Roma no final da campanha, não antes, porém, de me assegurar de que os meus homens estavam bem instalados em seus acampamentos de inverno e de que havia provisões suficientes para supri-los durante aqueles meses nos quais o transporte é difícil nas regiões fronteiriças. Também preparara um programa de treinamento, porque nada é pior para um soldado do que o ócio, e instruí os meus oficiais a estarem prontos para a campanha do verão seguinte. Não pensei em Agripa enquanto fazia isto, mas fora ele quem me ensinara que nove décimos da ciência da guerra dependem da boa preparação. Da mesma forma, não pensei nem por um instante no problema levantado por Vipsânia. Por que deveria? Não era problema meu.

Chovia pesadamente quando avistei a cidade, e a estrada escar-pada que levava do Fórum ao Palatino estava inundada pelo rio. Estávamos no final da tarde e o vento fustigava o meu rosto. Fui para a casa da minha mãe, porque Vipsânia e o nosso filho ainda estavam em nossa *villa* na costa.

Ajoelhei diante de Lívia e ela colocou seus dedos sobre a minha nuca. Levantei-me e nós nos abraçamos. Cumprimos todo o ritual desajeitado do reencontro.

— *O Princeps* está feliz com suas conquistas, filho.
— Que bom que ele esteja. Foi um verão difícil.
— Você sabe que ele tem dificuldade em conversar com você...
— Meu temperamento o perturba?
— Não deboche. Se você quer mesmo saber, é o seu temperamento amargo que ele considera perturbador. Ele gosta...
— Sim, eu sei, ele quer que tudo seja agradável.
— Não há por que ser desrespeitoso. Também foi um verão difícil aqui. A morte de Agripa...

Houve um tempo, sei bem, em que minha mãe desprezou Agripa. Apesar de toda a sua inteligência, ela não estava livre dos preconceitos da sua classe. Mas ela acabou por compreender seu valor. Eles aprenderam a trabalhar juntos, conscientes de que tinham o mesmo objetivo: transformar meu padrasto numa lenda. Acima de tudo, eles compreendiam que, embora cada um deles fosse superior a Augusto em aspectos importantes, e que a dupla geralmente fosse rival à altura dele, ainda assim Augusto se revelava, de uma forma que eles não conseguiam compreender, como o mestre. Há muitos observadores que afirmam que Lívia controlava seu marido, e esta crença não a desagradava, ao contrário, ela chegava mesmo a se esforçar para reiterar esta ideia. Ainda assim, ela sabia que, em última instância, não era verdade. No final ele era teimoso, firme, inflexível; sim, mesmo ele, o grande político que contemporizava, buscava compromissos e acertos, se esforçava para deixar sua marca nos acontecimentos. Sempre foi este o paradoxo do seu casamento amoroso e belicoso; cada um temia o outro. Mas, apesar das aparências, Augusto sempre foi o forte.

Naquela noite, Lívia não falou sobre a morte de Agripa e de suas consequências para o Estado, e percebi que algo estava errado, pois ela estava sempre disposta a especular sobre a política.

Quando me encontrei com Augusto, na manhã seguinte, ele me elogiou, e isto o deixou embaraçado. Expus meu desejo de partir rapidamente ao encontro da minha mulher e do meu filho, e ele me pediu que permanecesse alguns dias em Roma. Havia assuntos que deveriam ser discutidos quando ele conseguisse dar conta das muitas questões inadiáveis da administração, e ele me pediu que ficasse à sua disposição. Escrevi a Vipsânia explicando a situação e me desculpando pela minha demora. Disse-lhe que eu desejava muito tê-la em meus braços. Estas foram exatamente as minhas palavras, sei bem, embora não tenha uma cópia daquela carta.

Foi numa terma, alguns dias mais tarde, que Júlio Antônio se aproximou de mim. Ainda não falei sobre Júlio Antônio nestas memórias, e ele merece um parágrafo no instante em que eu me aproximo dos piores momentos da minha vida.

Eu o conhecia desde criança — na verdade, estudamos juntos. Ele era, como seu nome indicava, filho de Marco Antônio, do seu primeiro casamento com Fúlvia, que tanto aterrorizou meu próprio pai nos longos meses do terrível cerco de Perúsia. Quando Marco Antônio se casou com Otávia, irmã de Augusto, esta mulher nobre e generosa assumiu a responsabilidade de cuidar dos filhos do primeiro casamento dele, e continuou a cuidar deles mesmo depois que Marco Antônio a trocou por Cleópatra. Eram quatro, dois dos quais eu conheci bem: Júlio e sua irmã Antônia, agora casada com Druso, meu irmão. Sempre tive grande afeição por Antônia, mas nunca me importei com Júlio. Apesar disso, eu sentia alguma simpatia por ele. Júlio foi criado conosco, mas Augusto nunca confiou nele: ele se preocupava muito com sua hereditariedade e sabia que muitos dos antigos partidários de Marco Antônio viam Júlio como líder natural do seu partido. Assim, Augusto permitiu que ele tivesse funções civis, mas sempre se recusou a dar-lhe experiência militar. Numa tentativa de atraí-lo para a esfera de influência da família, levou-o a se casar com a filha do primeiro casamento de Otávia, Marcela, quando ela se separou de Agripa, de modo que meu sogro pudesse se casar com Júlia. Sem dúvida Augusto foi esperto: Júlio lembrava muito seu pai, na aparência e no destempero. Ele estava um pouco bêbado quando se aproximou de mim naquela tarde na terma; ele estava sempre um pouco bêbado àquela hora do dia...

— Então, o grande general está de volta — ele disse, colocando sua mão sobre o meu ombro. Eu a retirei; sempre detestei tais manifestações de camaradagem masculina, especialmente quando sabia que eram falsas. — Fiquei surpreso de que não tenha ido ao funeral do seu sogro...

— Marco Agripa teria entendido a minha ausência.

— E você supõe que eu não, por causa da minha ignorância das questões militares... Bem, não é minha culpa. Eu me odeio por não ser um soldado — e levantou a voz —, odeio o homem que me privou desta experiência, à qual, devo dizer, tenho direito hereditário.

Ele se deitou num banco ao meu lado e chamou um escravo para uma massagem. Ele passava as mãos pelos seus cabelos crespos e suspirava enquanto as mãos do escravo massageavam sua pele. Ele devia ter quase 30 anos, mas ainda havia algo infantil em sua aparência. Suas coxas tinham a suavidade do atleta que nunca cavalgou em batalha sob clima ruim, e a pele do seu rosto era macia, como é a de um homem que nunca se expôs ao vento e à chuva. O escravo passou óleo em suas pernas, e eu vi seu prazer aumentar. Então ele se virou de bruços, voltou a cabeça para mim, e disse ao escravo para trazer vinho.

— Eu estava querendo falar com você — ele disse — e esta é uma hora tão boa quanto qualquer outra. Somos amigos desde a infância, não? Sempre admirei o modo como você lidava com meu querido cunhado Marcelo. Sabia que você o via como um tolo, assim como eu. Mas, ao contrário de mim, você foi inteligente o bastante para não deixar que ninguém percebesse, já que você sabia como o seu padrasto o protegia. Eu não saberia fazê-lo, mas admirava sua... discrição, podemos dizer assim?

Não respondi. Quando não há nada útil para se dizer, o melhor é permanecer calado. Talvez tenha resmungado algo, já que estava interessado em ver até que ponto ele iria se expor, e sempre é uma tolice fazer confidências cedo demais, mesmo que o homem sábio perceba que em certas circunstâncias ouvir confidências seja tão perigoso quanto fazê-las. Estas coisas precisam ser bem medidas.

— E então fui levado a me casar com a sua irmã, e sem qualquer garantia. Você fez melhor, embora na época eu não tenha percebido. Já seria bom ser seu genro. Mas seria ainda melhor ser também o seu sucessor...

— E o pai dos seus filhos? — sugeri.

O escravo retornou com o vinho. Túlio ordenou que ele me servisse uma taça. Era doce e resinoso. Júlio se levantou, colocando sua taça junto ao peito.

— Eu tinha essa ambição — ele disse. — Júlia e eu sempre fomos íntimos... se você dissesse algo a meu favor eu não esqueceria.

Ele se deitou novamente e chamou o escravo, um garoto de cabelos crespos, para concluir sua massagem. Júlio suspirava de prazer. Vi sua carne se mover enquanto os dedos do garoto remexiam-se para a frente e para trás. Pensei em seu pai, morrendo por culpa de uma ambição idiota nas areias do Egito. Pensei no meu pai esvaziando uma jarra de vinho no terraço de sua *villa* em Alba enquanto as lágrimas desciam por suas bochechas gordas. Então olhei para a frente, pensei em Vipsânia e sonhei com o futuro do meu próprio filho...

AUGUSTO ESTAVA EXTREMAMENTE AFÁVEL QUANDO O ENCONTREI NAS semanas seguintes. Ele me ofereceu fantásticas análises da situação política em Roma. Fiquei maravilhado, como sempre, com sua acurada avaliação da influência política exercida por famílias, pessoas e alianças. Admirei sua capacidade de avaliar a posição da sua facção por causa disso, mostrando como poderia reduzir a ambição de um homem oferecendo-lhe um cargo ou a promoção de algum dependente, reduzir as esperanças de outro pelo afastamento cronometrado de um aliado, manter alguns em estado de ambiciosa expectativa e sufocar alguns sugerindo deslealdade ou falta de confiança. Estava ao mesmo tempo encantado e enojado, pois percebera que ele usava os homens como instrumentos, e que o seu prazer em fazê-lo tinha algo da crueldade de uma criança.

Então ele me falou sobre Agripa com uma ternura comovente:

— O melhor dos amigos. — Foi como ele o classificou. — Quando éramos jovens, as pessoas costumavam rir do seu sotaque, e eu me lembrava de Marco Antônio me dizendo que o meu carinho por Agripa era um sinal de que eu mesmo era de segunda classe. Ele ria ao dizer isto, mas Marco Antônio aprendeu sozinho como seu julgamento estava errado. Nunca teríamos triunfado sem Agripa. Eu o amava, você sabe. Ele nunca teve dúvidas de que a nossa aventura improvável teria um final feliz. Claro que ele tinha pouca imaginação, mas isto também me dava confiança. E agora ele partiu. É como ter minha perna ou meu braço direito amputados. Mas a vida continua, e isto é terrível.

Nunca poderia imaginar Augusto conjecturando algo tão terrível. Nunca conheci um homem que celebrasse tanto a vida nem que extraísse tanto prazer de problemas não resolvidos.

— E nós que ficamos — continuou — temos de ocupar o lugar dos que foram deixados para trás. Estou feliz com a condição dos exércitos, agradeço a você e ao nosso querido Druso, pois sei que tudo está em boas mãos. Claro que não espero que qualquer um de vocês seja capaz de substituir Agripa na administração da República, esta é uma tarefa que devo assumir sozinho, pois seria colocar demasiado peso sobre seus ombros jovens, embora fortes. Mas há nossa querida Júlia. Claro que ela está, com muita propriedade, enlutada, mas quando isto terminar será preciso encontrar um marido para ela. Quem poderíamos escolher? Pois há os meninos, meus queridos Caio e Lúcio. Qualquer um que se case com Júlia deverá ser um homem em quem eu confie totalmente, você sabe, pois ele também deverá ser o guardião dos dois. Naturalmente, garantirei seus interesses enquanto for capaz, mas não sou imortal e minha saúde nunca foi boa. Quase morri há dez anos, você se recorda? E o meu médico disse que não tinha como me garantir uma boa vida. Tomo minhas precauções, claro, eu me exercito, como e bebo frugalmente, mas quem sabe quando os deuses irão me chamar? Assim, como você vê, meu caro Tibério, esta questão me preocupa. Ela me mantém acordado à noite, e isto não é bom para mim. Sua querida mãe compartilha minha preocupação, o que me conforta muito, mas nem ela é capaz de conceber a solução ideal. Não conseguimos imaginar uma solução que não fira alguém. Isto é o pior. Você sabe que detesto ferir pessoas que me são caras, e ainda assim não vejo como possa ser feito de outra forma. Você tem alguma sugestão, garoto?

Eu deveria dizer algo? Eu estava cego. Não conseguia perceber para que lugar seus pensamentos o levavam. Mas mesmo se conseguisse, não sei como poderia não estar impotente. Augusto se tornara de tal forma parte do Estado que seus desejos continham o futuro.

Fui mantido em Roma. Quando anunciei minha intenção de deixar a cidade para encontrar-me com Vipsânia, foram produzidos urgentes pretextos para adiar a minha partida. Então fui convidado por Mecenas para jantar. Nunca gostei nem confiei no conselheiro etrusco do meu padrasto; sua efeminação me desagradava e eu não conseguia esquecer que Agripa o descrevera como sendo perigoso como um banqueiro espanhol e corrupto como o dono de um bordel coríntio. Meu instinto recomendava que recusasse o convite, mas o escravo que o trouxera tossiu para chamar minha atenção e disse:

— Meu senhor ordenou que eu acrescentasse o que ele não quis colocar por escrito: que sua felicidade futura depende da sua aceitação. Ele me disse que o senhor não aceitaria isto de imediato, mas me instruiu a assegurar-lhe de que ele tem apenas boas intenções e a dizer-lhe que o assunto diz respeito à sua esposa.

A MANSÃO NO MONTE ESQUILINO ERA UMA MISTURA DE LUXÚRIA E SUJEIRA. Havia mobília de surpreendente extravagância, belos murais, vasos e uma profusão de flores, mas um pequeno cão estava levantando a perna junto a um divã esculpido em marfim assim que eu entrei. Ninguém fazia nada para impedi-lo, e o grande número de pequenos cães e gatos que circulavam pelo palácio me sugeria que isto era comum. O ar estava adocicado e perfumado, como que para disfarçar o cheiro de urina. Eu sabia que Mecenas também estava com sua saúde abalada. Acredito que ele se afastara da vida pública. Sua mulher, Terência, o abandonara havia muito, e ele vivia com o ator Bátilo, cujo comportamento, mesmo no palco, se transformara em sinônimo de indecência. O próprio Mecenas havia perdido a reputação que tivera, e poucos pronunciavam seu nome sem um risinho ou uma expressão de desagrado; ainda assim, sabia que Augusto ainda se aconselhava com ele e dava mais valor a seus conselhos que a de outros, exceto aos conselhos do meu antigo sogro.

Fui conduzido a uma pequena sala de jantar. A mesa já estava preparada e Mecenas estava reclinado num divã, vestido com uma inacreditável túnica de seda dourada e púrpura. Ele observava um garoto louro que posava, nu, em um banco; seu tornozelo direito estava pousado sobre o joelho esquerdo, com o rosto escondido, examinando a sola do seu pé. Na outra ponta da sala, um artista desenhava o garoto.

Mecenas não se levantou nem tirou os olhos do garoto quando eu entrei. Em vez disto, esticou sua mão esquelética e acariciou a perna do jovem. Compreendendo a ordem, o jovem se levantou e, sem olhar para trás, atravessou o aposento, arrastando uma túnica atrás de si. O artista recolheu seu material e saiu. Fomos deixados a sós e Mecenas se levantou e estendeu as duas mãos para mim num sinal de saudação. Seu rosto havia sido desfigurado pela doença e, quando falou, sua voz estava rouca e parecia vir de longe. Durante a refeição falou apenas de trivialidades e me "afogou" em vinho de Falerno. Comeu apenas um pouco de peixe defumado e uma pera. Depois dispensou os escravos.

— Agora recebo raramente, pois minha saúde não permite. Você vê diante de si, meu jovem, os restos de um homem que tem tudo, menos Prazer. — Pensei no modelo louro e tacitamente discordei. — Ainda assim

— ele disse, pegando um figo gordo, vermelho, deixando seu suco escorrer pelos dedos, que lambeu antes de lavá-los e enxugá-los com uma toalha de linho —, você é o segundo convidado que recebo para jantar esta semana. Marcante. O primeiro foi o seu padrasto.

— Seu mensageiro me avisou que você tinha algo a me dizer a respeito da minha mulher... Foi por isso que eu vim.

— Tibério, peço que permita a um homem velho e doente chegar ao assunto gradualmente. Ofereça-me, meu jovem, a paciência com que você está tão bem equipado e que aplicou com admirável sabedoria na guerra. Temo que aquilo que um dia foi afetação hoje tenha se tornado parte da minha natureza de tal forma que já não consigo introduzir um assunto sem rodeios. O que eu tenho a lhe dizer me colocaria em perigo caso dissesse a qualquer homem que não você. O fato de que tenha escolhido ignorar o perigo é a medida do respeito que tenho por você. Lembre-se disto. Eu o observei e zelei por você durante toda a sua vida, e, acredite-me, rapaz, tenho a melhor das intenções. Ainda assim, você me despreza, não?

Não respondi. Ele sorriu.

— Durante toda a minha vida, conhecer os homens foi o meu negócio. Toda a minha habilidade repousa sobre este conhecimento, e eu o tenho porque nunca ignorei o conselho dos deuses: "Conheça a si mesmo." Você deve saber, como toda Roma sabe, que estou indefeso diante de Bátilo. Minha paixão por ele fez de mim objeto de escárnio. Não posso sair às ruas sem ouvir insultos. O que antes era indulgência prazerosa transformou-se em perversão. Preciso de Bátilo e da sua afeição (sim, e de mais, de rapazes como o garoto que você viu aqui esta noite) como um bêbado precisa de vinho. Foi nisto que minha vida se transformou. Um dia amei minha mulher, de certa forma. Mas... — ele estendeu as mãos, seus anéis faiscaram sob a luz das lamparinas e ele riu. — Mas isto não passava de embuste. Só houve uma pessoa que realmente amei, e tomei para mim a responsabilidade de assegurar-lhe o que ele mais desejava: Roma. Sua ascensão ao poder, com minha ajuda em diversas oportunidades, salvou o Estado e talvez o mundo. Ajudei a fazer dele um grande homem, para o benefício de todos, e agindo assim ajudei o tempo e o mundo a destruir o garoto que eu amava. Eu adorava Otávio, e ainda adoro o garoto que existe por trás da máscara de Augusto. Embora, tendo dado a ele o mundo, o tenha perdido. Salvando Roma, ensinei-o a colocar as razões de Estado acima das necessidades do amor humano comum. Estou orgulhoso do que consegui realizar e envergonhado com suas consequências. Meu desagrado se revela em minha própria entrega à luxúria, e para mim é pouco consolo ver que o prazer de um abraço é menos prejudicial à mente e ao caráter que o prazer do poder. Ainda está prestando atenção, Tibério?

— Sim — disse —, estou prestando atenção às suas palavras e ao som da noite que se aproxima.

— Devo acreditar que você ama Vipsânia?

— Amo.

— E ela o ama?

— Acredito que sim.

— E vocês são felizes juntos?

— Crescemos com o amor, e este amor é, pelo menos, uma defesa contra a realidade.

— Uma defesa frágil, temo. O amor pode protegê-lo do destino?

— Com relação ao destino, tenho meus momentos de ceticismo.

— Todos os homens sábios são céticos. Eu mesmo sou eventualmente cético quanto ao ceticismo...

Ele suspirou. Então, recostou-se sobre as almofadas.

— Passe-me aquela garrafinha, meu jovem. Meu remédio. E tenha paciência. Estamos chegando ao ponto. Perdoe minha demora. Preciso ter certeza de que as coisas são como imaginei que fossem.

Ele permaneceu em silêncio durante um longo tempo. A areia escorria numa ampulheta e mariposas voavam ao redor das lamparinas. Um cãozinho desceu se arrastando do divã, onde estava dormindo, e pulou para o seu colo. Ele fez um carinho em suas orelhas.

— Quando Augusto esteve aqui outra noite, eu lhe disse: se você realmente amasse sua filha, permitiria que ela se casasse com um belo jovem como Júlio Antônio e fosse feliz. Ele respondeu que não poderia permitir que ela se casasse com um homem que a diminuísse. Você acredita que ele estava sendo honesto?

— Acredito que ele nunca permitiria que ela se casasse com Júlio Antônio, mas não exatamente por essa razão.

— Você está certo... Ele nunca confiaria em Júlio Antônio como padrasto de Caio e Lúcio. Esta seria sua primeira preocupação. Mas você vê, meu jovem, para Augusto as pessoas se transformaram em objetos que podem ser movidos para o seu bem, que ele combinou com o bem de Roma. E o mais terrível é que ele está certo por agir assim. Eu lhe disse na noite seguinte: "Todos têm de se render à sua monstruosa determinação. Ela domina Roma, e a todos nós; domina até mesmo você, destruiu sua imaginação e seu calor humano. Você", eu disse, "é muito mais prisioneiro do seu vício que eu do meu". E então, Tibério, disse-lhe o que aconteceria. Isto está prestes a se transformar numa confissão. Precisamos de mais vinho...

Ele pegou uma sineta e a tocou duas vezes. Um escravo maquilado, vestido com uma túnica curta, trouxe uma jarra de vinho e nos serviu. Bebi de um só gole, e ele encheu a taça novamente. Mecenas levou a borda da sua taça aos lábios e observou o rapaz deixar o aposento.

— Disse a ele: "Terminamos prisioneiros da nossa própria personalidade. Posso dizer o que você vai fazer? Vai forçar Tibério a se divorciar de Vipsânia..."

Quando ele disse essas palavras foi como se um medo que eu estava ignorando tivesse se erguido diante de mim com uma espada.

— Sim, meu jovem... "Além disso", eu disse, "Vipsânia não tem nenhum valor desde que o seu pai morreu. Não importa se ela e Tibério foram felizes juntos, porque esta felicidade não será um obstáculo ao seu objetivo maior. Você ignorará isto, e o forçará a se casar com Júlia. Ele é um homem forte e um homem honrado", não digo isso para adulá-lo, meu jovem, mas porque sempre achei importante mostrar a Augusto como ele poderia fazer seu desejo parecer razoável. "Ele fará o que for melhor para os seus netos", eu disse... Enquanto falava eu podia ver as nuvens se afastando dele. Ele me deu aquele sorriso amoroso da nossa juventude com que me brindava sempre que eu resolvia um problema. Por um momento, foi como se a nossa antiga intimidade tivesse sido restaurada. Eu estava feliz. Mais tarde, porém, depois da sua partida, fiquei triste ao pensar que o resgate daquela intimidade só foi possível graças à minha habilidade em lhe mostrar o que ele queria fazer, embora ele não fosse capaz de admitir isso...

— Você conhece meu padrasto muito bem — eu disse.

— Penso que o conheço melhor do que Lívia. Veja, ao contrário dela, eu me lembro do rapaz com quem eu ria e que amava antes dos expurgos, antes que ele definisse com Marco Antônio e aquele imbecil do Lépido os nomes dos que deveriam ser mortos porque tinham se tornado inconvenientes. Depois que um homem faz isto, Tibério, ele é capaz de se perdoar de qualquer coisa.

— Por que você me diz isto? Para me alertar, para que eu possa resistir?

— Tibério, Tibério, eu o tinha em melhor conta. — Ele fechou os olhos e, quando voltou a falar, sua voz parecia vir de muito longe, dos desertos da experiência. — Tinha você em melhor conta. Você certamente compreende o mundo que Augusto construiu, com a minha ajuda e com a de Agripa, não é? O tempo de resistir acabou. Agora, um ato de resistência não é mais do que um exemplo de petulância, como dizer ao vento que pare de soprar.

— Poderia preferir me matar a me submeter...

— Tibério, lembre-se: *conhecer a si mesmo* é a ordem dos deuses. Servir é a sua natureza! Você obedecerá. E você se orgulhará da sua obediência.

— Nunca...

— Então digamos que você se consolará com a ideia de que atendeu ao interesse público. E deixe-me acrescentar algo: quando Augusto revelar seu plano a você, ele assegurará que me consultou, e que está provado que os meus conselhos sempre foram em favor do bem público. Sua submissão, assim, será um ato virtuoso, da mesma forma como sua recusa seria entendida como expressão de egoísmo e interesse próprio. Como, Tibério, você pode colocar seu pequeno casamento acima da majestade dos interesses de Roma? Juntos — ele cheirou seu vinho — nós restauramos a República e instauramos um despotismo, um mundo adequado ao poder, governado pelo poder, um mundo onde a virtude e a polidez se tornaram obsoletas, um mundo onde um comanda e todos obedecem, uma visão do futuro em que o gelo aprisiona o coração dos homens e a generosidade é anulada pelo hábito da submissão covarde...

Deixei-o e mergulhei na noite escura, asfixiado pela névoa da qual, parece, nunca saí. Enquanto descia os degraus escorregadios do seu palácio, fui abordado por uma prostituta. Eu a possuí, raivosamente, como um sátiro, contra uma parede. Paguei dez vezes mais do que ela cobrou.

— Você precisa aumentar o seu preço... — disse-lhe — pois todos os valores foram corrompidos, não há mais parâmetros de valor, e você pode pedir o que quiser.

— Obrigada, senhor, gostaria que todos os meus clientes fossem cavalheiros como o senhor.

Não deixei meus aposentos durante dois dias, entorpecido, me afogando em vinho. Quando recebi uma mensagem me convocando perante o *Princeps*, mandei dizer que estava doente e virei o rosto para a parede.

No terceiro dia recebi uma carta da minha mulher. Tenho-a comigo agora. Nunca me separei dela durante todos estes anos...

> Meu marido,
> É com o coração pesado que lhe escrevo esta carta pela última vez. Doravante suas palavras permanecerão trancadas em meu coração mortificado. Não o culpo, pois compreendo que você também é uma vítima, e que também sofrerá. Acredito nisto porque confio na força do seu amor por mim. E nem mesmo o critico, meu querido Tibério, por você não ter tido a coragem de me dar a notícia pessoalmente. Por que, imagino você protestando, "devo ser forçado a levar isto a cabo se não é do meu desejo?" É a certeza de que este não é seu desejo que faz com que eu consiga enfrentar a minha dor.
> Minha própria vida, sinto, está perto do fim, e só existo por causa do nosso filho. Embora eu não consiga me convencer de que mesmo isto seja verdade, já que fui informada de que — claro — serei compensada com um novo e respeitável casamento. Não o quero, mas assim como não desejo o que está prestes a me acontecer, o que de fato já me aconteceu, não tenho dúvida de que deverei me submeter. Fui chamada à responsabilidade, e este novo afastamento me foi apresentado como uma tarefa.
> Hesito em escrever mais, pois meus sentimentos podem me trair.
> Gostaria também de preveni-lo. Não deveria fazê-lo, porque minha avaliação pode ser equivocada, pois estou certa de que você compartilhará minhas dúvidas e porque seria impróprio e temerário dizer o que penso.

> Vou simplesmente acrescentar que o meu pai certa vez me disse que fazer Júlia feliz era trabalho para um deus, não para um homem.
> Você continuará, eu sei, cuidando do nosso filho, embora você esteja naturalmente a par das novas e enormes responsabilidades que assumiu...
> Acredite-me, meu querido Tibério, sua sempre amorosa e devotada — mas já não sei mais como assinar...

Não sei por que mantive esta carta, já que a conheço de cor desde o início. Eu a prendi em minha cabeça, como forma de me punir e me dar segurança. É ao mesmo tempo um punhal e um talismã.

Talvez o mais marcante de todo este infeliz episódio foi que eu nunca o discuti com Augusto. Nos dias que se seguiram ele agiu com benevolência, respeito e a capacidade evasiva na qual ele era mestre supremo. Houve inúmeros momentos em que ele pareceu estar prestes a puxar o assunto, outros em que parecia que me fora dada a oportunidade de fazê-lo eu mesmo; contudo nada foi dito entre nós até a véspera do meu casamento com Júlia, quando ele me abraçou — quase sem a involuntária relutância que eu sempre sentia quando ele me tomava nos braços — e reafirmou seu amor e confiança, afirmação adoçada por um presente: uma *villa* em Ravello.

— Finalmente — ele disse —, posso encarar o futuro sem Agripa.

Mas com minha mãe eu vociferara, protestara e implorara. Gritei contra a crueldade da sorte, que me privara daquilo que eu mais valorizava. Aleguei que, privado de Vipsânia, seria incapaz de dar continuidade à minha carreira. Jurei que a conivência de Lívia com essa brutalidade destruiria o meu amor e o meu respeito por ela. E, na privacidade dos aposentos da minha mãe, amaldiçoei meu padrasto, que construíra o mundo no qual eu era obrigado a viver.

Ela me acusou de estar me comportando como um menino mimado, e, de fato, eu era mimado, eu tinha sido estragado.

Ela, minha mãe, me estragou. Naquele momento eu a vi, uma mulher descarnada e de poucos cabelos, com um rosto que se tornava mais marcado a cada dia, como se estivesse sendo preparado para ser imortalizado em pedra, e eu a vi como a mulher que traiu a mim, seu filho, devido à sua subserviência ao marido, à subordinação do seu dever para comigo à sua ambição desenfreada, ambição por ele. Fui sufocado pelo ressentimento. Mesmo que tenha permitido que minha amargura aflorasse, sabia que a minha reação era absurda. Sabia que todo homem carrega seu próprio destino e que culpar minha mãe por minha condição era algo tão ridículo quanto culpar o inverno por levar neve às montanhas. Também sabia que, para um homem com a minha idade, com as minhas conquistas, que comandara exércitos e condenara homens à morte, era desprezível experimentar tal ressentimento. De fato, meu ressentimento era tão desprezível quanto minha submissão; ainda assim, não conseguia resistir.

Logo aprendi a não me culpar pela submissão. O que mais poderia ter feito? Já vira vidas definharem quando homens se colocaram contra Augusto. Vira como nem afeto, nem lealdade, nem decência eram capazes de afastá-lo de uma decisão que ele considerasse necessária. Para ele, todos os homens, e também todas as mulheres, existiam apenas como objetos moldáveis: criaturas cujas vidas podiam ser deformadas ou interrompidas a seu comando. Disse a mim mesmo que, se tivesse resistido, se tivesse oposto minha determinação à sua, isto não me teria dado nada: teria sido mandado para o exílio, Vipsânia ainda assim me teria sido negada e o futuro do meu filho Druso estaria ameaçado. Minha aquiescência era minha única forma de protegê-lo.

Disse isso a mim mesmo e sabia ser verdade, embora apenas disfarçasse minha fraqueza. Para aplacar minha consciência, transformei minha vergonha em um desprezo genérico por nossa época degenerada, quando, com a perda da nossa antiga virtude republicana, mesmo a nobreza de Roma se transformara em brinquedos para o déspota.

— Oh, geração feita para a escravidão. — Exagerei; e aqueles que me ouviram, e que se encolheram diante do meu discurso acre, não compreenderam que eu me incluía entre os escravos.

IX

Então, nós nos casamos. Na noite anterior ao casamento, eu me sentei para beber vinho com meu amigo Cneu Calpúrnio Pisão, um homem que sempre conseguiu me acompanhar jarro após jarro. Pisão, como membro de uma família quase tão importante quanto a minha, mais tarde seria meu colega, como cônsul. Compartilhávamos mais do que o gosto pela bebida, uma vez que, como eu, ele era um crítico vigoroso dos vícios da nossa época e tinha saudades das virtudes do Estado livre. Contudo, era realista e reconhecia que os bons tempos haviam terminado. Ele tinha — e acredito que ainda tenha — o talento de fazer sempre observações agudas e oportunas, o que me agradava desde os primeiros dias da nossa convivência.

— Bem, Tibério — ele disse naquela noite —, o próprio Hércules poderia refugar diante da tarefa imposta a você.

— A história matrimonial de Hércules foi infeliz.

— A maioria das pessoas diria que você é um homem de sorte, claro. Ela não apenas é a filha do *Princeps*, mas também a mulher mais bonita e sedutora de toda Roma.

— Penso que ela era leal a Agripa.

Pisão riu.

— Há lealdade e há fidelidade — ele disse.

— O que você quer dizer? Não é do seu feitio jogar com as palavras.

— Quando você é confrontado com mulheres como Júlia, o que mais é possível fazer com elas?

— Não compreendo, e acho que não fico feliz com isto.

— Tibério, ambos sabemos quem é Júlia. Ambos a conhecemos. Não se esqueça de que eu fazia parte do grupo de Marcelo... e, meu velho amigo, quando aquele belo rapaz estava vivo, o que você era para Júlia? Você acha que agora pode controlá-la?

Empurrei uma jarra de vinho na direção dele.

— O que você me aconselharia?

— Eu o aconselharia a não ficar como está. Sendo você como é, e não há como mudar isto, só há duas coisas a fazer: primeiro, você deve insistir para que ela o acompanhe nas campanhas, de modo que esteja sempre sob sua vigilância. Segundo, mantenha-a grávida. Uma mulher frívola como ela só pode ser controlada desta forma...

Bebi meu vinho, fiz uma expressão debochada e disse:

— Você esquece que a minha mãe estava exatamente nesta situação quando *o Princeps* a seduziu. — Após uma pausa em que o silêncio e a incerteza encheram o aposento, continuei: — As situações não são análogas, claro. Se o meu padrasto não fosse *Princeps* e Augusto, ainda assim era triúnviro. Hoje não há ninguém com tamanho poder...

— Sim, e Lívia era uma mulher reconhecida pela sua virtude. Como você disse, as situações não são análogas...

Eu não via Júlia fazia mais de dois anos, e não tínhamos conversado sobre os acertos sobre o nosso futuro. Portanto, não tinha ideia se ela aprovava o casamento. Nos últimos anos ela não demonstrara nenhum sinal do desejo que ela sentia por mim quando éramos jovens, e eu não poderia acreditar que era sua escolha. Júlio Antônio era, claro, um mentiroso, mas a segurança com que falara dos sentimentos de Júlia por ele tinha sido convincente. Por outro lado, Júlia nunca gostara de Vipsânia, e estaria muito satisfeita por ter derrotado a rival. Estes pensamentos me deixaram nervoso, e minha noite com Pisão me fez mal. Consegui me acalmar com uma jarra de vinho antes da cerimônia e, depois, para evitar críticas de Lívia e talvez de Júlia — embora as dela provavelmente tomassem a forma de deboche —, perfumei meu hálito com pastilhas de violeta.

Minha mãe me chamou até os seus aposentos. Encontrei-a sozinha, o que me agradou, pois eu temia que o meu padrasto pudesse estar lá também. Então me dei conta de que ele não gostaria de me enfrentar até que o casamento tivesse sido celebrado: para o caso de que eu estivesse obstinado.

Ele sempre disse que eu era como uma mula: uma péssima brincadeira nas atuais circunstâncias, pensei.

Lívia beijou minha testa.

— Este é um momento importante para você, meu filho — ela disse.

— Mãe, não precisa dissimular quando estamos a sós. Devo considerar que estamos a sós, sem espiões escondidos, sem informantes atrás das cortinas?

Ela estalou os dedos.

— Não precisa falar assim, Tibério. Percebo que você ainda está aborrecido. Bem, fique de mau humor se quiser, mas estou feliz que você tenha tido o bom senso de superar tudo isso. Eu pretendia elogiar sua noção de dever. Venha, sente-se ao meu lado e ouça o que eu tenho a lhe dizer. O que você andou comendo? Há um cheiro estranho no seu hálito...

— Pastilhas de violeta, mãe, meu médico as recomendou contra azia.

— Sei... Bem, não importa. Você não está fazendo nenhuma brincadeira quando fala em azia, está?

— Não, mãe.

— Nunca gostei das suas brincadeiras. Eu não as compreendo, mas seu humor sempre teve algo de cruel. Contudo, este não é o momento nem o lugar. Mas eu queria conversar com você antes da cerimônia, pois sei que você não gosta disto. Bem, confesso que também não gosto. Júlia e eu não combinamos, somos opostas. Apenas isto. Não consigo pensar em um único assunto sobre o qual tenhamos a mesma opinião. Nem mesmo Augusto, já que eu o amo pelo que ele é, enquanto Júlia só liga para ele por causa do que ele tem para lhe dar. E agora ele está dando você para ela, meu filho, e eu não estou certa de que isto seja o que ela quer. Assim, prevejo problemas...

— Neste caso, mãe...

— Não, não me interrompa. Você está especulando sobre por que, afinal, eu aprovei o casamento. E digo *afinal* porque, acredite-me ou não, e você nunca acreditou em nada que contrariasse suas opiniões, sei bem, devo dizer que me opus o máximo que pude. Disse a Augusto que Vipsânia o fazia feliz. Até mesmo admiti que sentia ciúme dela, como normalmente as mães têm ciúme das mulheres dos seus filhos. Mas não adiantou... O fato é que o seu sacrifício era um assunto de Estado. Sua felicidade doméstica está sendo sacrificada à necessidade. E a necessidade impõe suas próprias regras. Júlia precisa de um marido, os garotos precisam de um pai e ela tem um temperamento tal que este deve ser um homem admirável, honrado e confiável. Assim, você foi forçado a agir de modo desonroso com Vipsânia, para que pudesse ser honrado com Roma. Pessoas como nós não podem viver em função dos desejos pessoais, pois não temos vida particular.

— Compreendo isso, mãe... — E de fato eu compreendia. Os imperativos políticos faziam sentido para mim. Se não fosse verdade, teria lutado muito mais. — Apenas lamento que eu tenha sido o escolhido...

— Não havia mais ninguém...

Estaríamos pensando a mesma coisa? Que Druso poderia ter sido o escolhido? Seja como for, não levantei a questão. Sempre soube que Druso era diferente, que nunca teriam pedido a ele o tipo de sacrifício dos interesses pessoais que sempre era exigido de mim. Druso era diferente. Todos gostavam dele. Eu mesmo era devotado a ele. Ele era, para usar uma palavra pobre, agradável. Mas ele era agradável porque talvez nunca tenha sido desafiado emocionalmente. Lívia manteve com ele um relacionamento feliz, radioso. Augusto sorria quando ele aparecia.

Além disso, Druso era casado com Antônia, filha de Otávia, e, mesmo descontando o que o meu padrasto sentia pela irmã, sua filha não era descartável como a minha pobre Vipsânia.

Não, Druso estava a salvo.

DEI O MELHOR DE MIM. NÃO TINHA POR QUE ME CENSURAR. POR UM momento cheguei mesmo a ser otimista. Por algum tempo pareceu que poderia funcionar, que poderíamos viver satisfeitos.

Júlia me ofereceu seu melhor sorriso. Quando ficamos a sós, ela murmurou, como costumava fazer, "meu bichinho" e tocou minhas bochechas com dedos tão delicados quanto o toque de uma flor...

— Que rosto duro, meu bichinho, envelhecido e marcado pelo tempo... — Ela beijou os meus lábios.

— Como os de Agripa — ela disse. — Será estranho. Como voltar no tempo e ainda assim fechando o círculo...

Ela tirou o vestido e ficou diante de mim com todo o seu encanto maduro. A luz da lua invadiu o quarto, cobrindo seu corpo com uma luz brilhante. Ela se ajoelhou diante de mim e deslizou suas mãos para dentro da minha túnica.

É noite quando escrevo. Posso ouvir as ondas quebrando nas pedras, o silêncio que vem da cidade, e revejo o rosto de Júlia voltado para cima, sua boca entreaberta, o suor sob seus olhos. Ela transpirava desejo e eu temia que não pudesse satisfazê-la. Ela me puxou para a cama...

— Venha, meu marido, venha, meu bichinho, você me encantou uma vez, e eu... — ela se aconchegou — Tibério, Tibério, Tibério...

Eu estava muito ansioso. Mesmo quando acreditava estar lhe dando prazer, estava ansioso, alerta para as comparações que eu sabia que ela estava fazendo... Mesmo quando ela gritou, em êxtase, minha cabeça estava longe, e me perguntei se ela não estaria simulando prazer.

Será que ela também tentou? Acredito que sim. Preciso acreditar que sim. Agora, que não há nada urgente para fazer, gasto horas vasculhando minha própria vida, avaliando o meu comportamento e o dos outros. Muitas horas, talvez, já que este tipo de introspecção pode se transformar em doença, em uma droga potente. Algumas vezes, porém, imagino que Júlia agarrou a oportunidade, dada a ela pelo nosso casamento, de escapar dos imperativos de sua própria natureza, que ela conhecia bem e algumas vezes (penso) temia. Como todos os que experimentam um forte impulso para a dissipação, uma saudade do que é desprezível e obsceno na existência humana, ela estava dividida entre a atração que sentia por isso e o desejo de uma vida virtuosa, certamente um desejo eventual, mas forte o suficiente para estar sempre latente. Ela ansiava pelo prazer dos sentidos, buscando satisfação nos extremos, embora consciente do pequeno retorno. Em seus melhores momentos ela parecia uma criança encantadora, espontânea, generosa, que dava e sentia alegria. Ainda assim havia sempre um desespero em sua felicidade, como se ela buscasse a felicidade para evitar a visão do vazio. Ela preenchia sua vida de sensações, de modo a não ser forçada a encarar a insignificância. Não encontrando solidez na experiência, ela experimentava o temor agudo e recorrente de que nada tinha importância.

— Nós vivemos, morremos, é assim... — ela dizia. — Para que viver senão para prolongar e intensificar o prazer?

Mas quando ela falava assim, eu acreditava poder ver um rio escuro ao seu redor, contaminando seu sangue e turvando seu futuro.

Júlia me acompanhou nas campanhas, como Pisão recomendara. Ela adorou a vida no acampamento, não se cansava nem reclamava nas marchas. Os homens e os oficiais a adoravam, admiravam seu bom humor e sua capacidade de rir do desconforto e dos acidentes que fazem parte da vida militar. Descobri que a minha popularidade — que nunca foi grande, já que sabia que tinha mais respeito que afeição — aumentava por causa dela. Para minha surpresa, a viúva de Agripa ficava mais à vontade em campanha que a filha de Agripa, pois a natureza reservada da minha querida Vipsânia se revoltava com a inevitável brutalidade da vida no exército. De certa forma, Júlia partilhava este sentimento, mas enquanto Vipsânia fugia dele, Júlia protestava contra o que considerava uma punição exagerada. Certa vez, encontrei-a colocando unguento nas costas de um soldado que fora chicoteado por indisciplina. Deveria tê-la criticado pelo seu comportamento, que para os soldados poderia parecer estar colocando em dúvida a justiça da punição, mas não pude fazê-lo, nem mesmo quando o centurião que açoitara o homem esboçou um pedido de desculpas.

Em outros aspectos, os primeiros anos do nosso casamento foram menos satisfatórios. Hesito, mesmo na privacidade destas memórias, em escrever sobre detalhes íntimos de alcova. Não me parece certo. Ainda assim é impossível falar a verdade a respeito de um casamento sem fazê-lo, impossível mesmo analisá-lo. Acima de tudo, ninguém pode pensar sobre um casamento — como, por exemplo, o de Lívia e Augusto — sem pensar no que acontece na cama.

Júlia nunca teve dificuldade em me provocar; mesmo assim, mesmo quando excitado ao máximo, eu continuava tímido, envergonhado e temendo a comparação. Não conseguia acreditar que a satisfazia. Ela flertava com os jovens oficiais do meu comando e, vendo-a sorrir para eles e rir de suas brincadeiras, sabia que eles desfrutavam de algo que eu nunca conseguiria. Não passava de um flerte, eu sabia, embora alguns dos jovens tenham se apaixonado por ela. Ela gostava disto; a admiração deles a encantava. No inverno fomos para a costa da Dalmácia, e foi lá que o nosso filho foi concebido.

Algo de estranho me aconteceu depois do nascimento do nosso filho. Eu me apaixonei pela minha mulher. De início não admitia isto nem para mim mesmo. Parecia-me uma deslealdade para com as minhas lembranças de Vipsânia. Ainda assim aconteceu. Começou quando a vi deitada, exausta, mas ainda radiante, com seus cabelos espalhados sobre o travesseiro, como um leque, com nosso menino nos braços. Nunca pensei em Júlia como uma pessoa maternal — seu comportamento com seus dois filhos, Caio e Lúcio, era descuidado e cético —, ela se recusava a concordar com a avaliação do avô sobre a habilidade deles. Mas ela falava com muito amor com o pequeno Tibério (como ela insistiu em chamá-lo) e, vendo-os ali, pensei: "Isto é meu, esta mulher também é minha, o prêmio mais desejado de Roma é meu, meu, unicamente meu", e o meu coração transbordou de felicidade. Ajoelhei-me junto à cama, tomei sua mão e a cobri de beijos. Tomei-a em meus braços e abracei-a, com uma ternura e um desejo ardente que nunca sentira na minha vida, nem mesmo com Vipsânia. Eu era, naquela noite e por vários meses, um príncipe entre os homens.

E Júlia correspondeu. Isto foi o mais marcante. Durante um breve interlúdio, estivemos mergulhados um no outro, da mesma forma que, nas montanhas, as nuvens, ao mesmo tempo e sem aviso, se dispersam banhando o viajante com uma luz dourada e revigorante.

Ela disse:

— Pela primeira vez, meu bichinho, sinto que estou tendo o tipo certo de vida. Você não pode imaginar as frustrações que tive. O meu péssimo comportamento é o resultado da frustração e do tédio... Como eu era entediada. Fui forçada a um casamento com Marcelo, e então com Agripa, eu sei que você o admirava, mas tem sorte de não ter sido mulher dele. Meu pai crê que não amo Caio e Lúcio como ele, e ele terá muito ciúme quando perceber como adoro o pequeno Tibério. Ele não compreende: é por causa do homem que era o pai deles, e não posso olhar para eles sem ouvir sua voz zumbindo o tempo todo... Talvez o ame por você ser tão calado, meu bichinho... Tudo o que eu queria era diversão, e durante toda a minha vida meu pai tentou apagar este desejo de mim.

Ela falava assim, deitada nua na cama, e então esticava sua longa perna. E, com uma flexibilidade que eu achava encantadora, pintava suas unhas de rosa com um pincel delicado. Ou permanecia em meus braços, quente, úmida, relaxada e feliz, com seus cabelos fazendo cócegas nos meus lábios e nas minhas bochechas, até cair no sono. A vida tem mais a oferecer, eu me perguntava, que permanecer deitado assim, com a prova cabal e satisfeita da virilidade abraçada a você. Pode algo ser comparado a este mergulho no esquecimento com sua garota em seus braços?

Enquanto escrevo estas palavras sinto o renascer do desejo e então a angústia e a tristeza rompem as defesas que levantei tão cuidadosamente.

X

No outono daquele ano, em que nos descobrimos apaixonados, Druso, meu irmão, morreu. Estávamos participando de duas longas campanhas na fronteira norte do império. Enquanto eu conquistava a Panônia, avançando até as margens do Rio Danúbio, Druso, com a mistura de prudência e audácia que eu achava fantástica, penetrava nas florestas misteriosas da Germânia através do território dos Queruscos e dos Marcomanos, em direção ao Rio Elba, onde ergueu um marco para determinar os novos limites sob controle de Roma. Não foi apenas um ataque de surpresa, uma vez que ele construiu uma linha de fortalezas ao longo da marcha para garantir sua retaguarda, enquanto, ao mesmo tempo, o Reno era defendido por fortificações novas e bem abastecidas. Nenhum homem de Roma conseguiu mais ou fez mais pela nossa cidade do que o meu querido irmão em sua campanha na Germânia. Então, atravessando um rio, cheio com as chuvas de outubro, seu cavalo escorregou e caiu. Druso bateu com a cabeça em uma pedra submersa e foi tirado inconsciente da água. Recebi notícias do seu estado e, demorando apenas o tempo necessário para preparar minhas próprias tropas, corri para ficar ao lado dele. Cobri mais de seiscentos quilômetros em menos de sessenta horas, e ao chegar encontrei os médicos soturnos e nervosos. Contudo, eles ficaram aliviados com a minha chegada, pois sabiam que eu poderia testemunhar que eles tinham feito tudo o que era possível. Druso perdia e recobrava a consciência intermitentemente. Sentei-me ao lado da cama de campanha e rezei orações inúteis a deuses indiferentes, enquanto ele, pobre garoto, balbuciava palavras que eu não conseguia compreender e tremia de febre.

— Ele está tão fraco — disseram os médicos — que desistimos das sangrias.

Em vez disso, aplicaram compressas de gelo em suas têmporas e molharam seu corpo com água retirada de um poço profundo. O suor secou em sua testa. Ele abriu os olhos, viu-me, reconheceu-me, e falou em uma voz calma mas que parecia vir do outro mundo:

— Sabia que você viria, meu irmão... Estava esperando você chegar... Diga a nosso pai — e mesmo então notei como Druso usava facilmente este termo em relação a Augusto — que cumpri minha tarefa. Mas não acredito que possamos... — ele parou. Apertei sua mão. Seus olhos se abriram novamente. — Cuide das minhas crianças, meu irmão, e da minha querida Antônia. Ela sempre gostou de você e... — Sua voz sumiu e ele engasgou. Levei a seus lábios um pouco de vinho diluído. — Sinto-me como um desertor... — ele suspirou, fechando os olhos, e pouco depois estava morto.

Fiquei sentado ao lado da sua cama enquanto a noite congelava meus ossos. Recordei sua candura e sua afabilidade, sua integridade, seu carinho. Certa vez ele me sugeriu que recomendássemos a Augusto que a República fosse restaurada em sua antiga forma.

— Ambos sabemos, irmão — ele disse —, que a restauração promovida pelo nosso pai foi falsa, e que apenas verdadeiramente ressuscitando nossas velhas instituições podemos devolver a Roma sua saúde moral e sua antiga virtude.

Coloquei minha mão sobre seu ombro em sinal de concordância e sacudi a cabeça.

— Você pede o impossível — retorqui.

Mas agora, enquanto ouço uma coruja na longa noite, sei que eram o desejo de Druso de conseguir o impossível e sua recusa a se sujeitar às aparentes necessidades que me faziam amá-lo.

Na manhã seguinte seu corpo foi eviscerado e embalsamado. Um dia depois o cortejo fúnebre começou sua longa jornada de volta para casa. Marchei a pé ao lado da roda da carroça que levava o ataúde. Assim atravessamos os Alpes sob chuva e marchamos através da Itália, onde os camponeses estavam colhendo as uvas e as oliveiras se curvavam ao peso dos frutos. Chegamos a Roma e o meu irmão foi colocado no mausoléu que Augusto construíra para a família; eu teria preferido que ele repousasse em uma tumba claudiana, mas ninguém me perguntou sobre os meus desejos.

Enquanto isso, Júlia permanecia em Aquileia, na Gália Cisalpina, no extremo norte do Adriático. Ela esperava outra criança e o médico a proibira de viajar.

Durante um jantar, Augusto falou sobre Druso. Ele foi sincero e constrangedor. Sempre que a sua voz ficava doce eu percebia o que tinha sido eliminado. Fiquei desconfortável pela compreensão da discrepância: meu conhecimento de que esta voz cálida e bela ordenara a morte de pessoas e a destruição de vidas. Encontrei-me procurando desculpas para ele, dizendo a mim mesmo que não era sua culpa, que ele fora colocado em uma posição na qual tinha de tomar decisões intoleráveis. Então recordei que ele estava lá porque queria poder.

Ele então falou sobre todos os que o deixaram: de Agripa, do poeta Virgílio, de Mecenas, que estava morrendo, e do próprio Druso. Ele elogiou minha... fidelidade, uma palavra que serve para cães. Então se virou para os netos, meus enteados, que também são — as coisas começam a ficar confusas — seus filhos adotivos: Caio e Lúcio. Disse que eles eram a luz que iluminava sua velhice, o fogo que esquentava seu coração e a esperança de Roma. Lúcio, o mais agradável dos dois, e um rapaz bom e afetuoso, teve o charme de enrubescer.

Mas na manhã seguinte o *Princeps* estava de volta a Augusto e o sentimentalista que me embaraçara tinha partido.

— Você deve partir para a Germânia — ele disse — para substituir Druso.

Observei que a situação na Panônia ainda era instável.

— Você trabalhou muito bem por lá — ele disse. — E Cneu Pisão é competente para consolidar seu trabalho. Mas a Germânia é outra questão. Druso começou, mas todo o seu trabalho cairá por terra se não lhe dermos continuidade. Você não percebe? A Germânia deve ser subjugada, as tribos trazidas para nossa esfera de influência, ou todas as realizações de Druso não terão servido de nada. Terá sido como se ele nunca tivesse existido. E você, Tibério, é o único homem capaz de conseguir a vitória total, que será o verdadeiro memorial para seu querido irmão, meu amado filho...

O tom de constrangedora sinceridade voltou à sua voz na última frase. Era a sinceridade do ator. Então ele disse:

— Acho que você tem dúvidas acerca da campanha contra a Germânia. — Ele olhou inquieto, enquanto eu permanecia em silêncio. — Não é?

— Desculpe-me, eu estava organizando meus pensamentos. Druso não tinha dúvidas.

— Foi por isso que o mandei para a Germânia, e você, Tibério, para a Panônia.

— Sim, a situação nas duas frentes me parece bem diferente. Precisamos apenas olhar o mapa. Panônia, a fronteira do Danúbio, está ao alcance de uma curta marcha desde a Gália Cisalpina, e, embora ainda utilizemos o termo, me parece que a província agora difere pouco da própria Itália…

— Era o que dizia Virgílio, que, como você deve recordar, era de Mântua, ao norte daquela província. Ambos estão certos. E então?

— Então precisamos manter a Panônia e a linha do Danúbio. Mas a Germânia é diferente. Três tribos não me parecem suscetíveis à civilização, enquanto a própria Gália precisa ser adequadamente protegida pela barreira do Reno. Assim, tenho dúvida quanto ao valor da Germânia em relação ao custo da subjugação. Temo que algum terrível desastre um dia se abata sobre Roma naquelas florestas selvagens. A Germânia é um deserto coberto de árvores.

— Contudo — ele disse, e quando ele pronunciava esta palavra eu sabia que os meus argumentos seriam em vão, que sua decisão estava tomada; quando ele proferia esta palavra, significava que ele admitia a validade dos seus argumentos, mas que ainda assim faria tudo a seu jeito —, um império como Roma não pode descansar. O dia em que desistir de crescer, será o dia em que renunciaremos à nossa tarefa. Os deuses prometeram a Eneias e a seus descendentes um império sem limites. Não podemos assumir a responsabilidade de decidir que já fomos longe o suficiente. Claro que por razões táticas tal decisão pode ser tomada momentaneamente. Mas não mais que isto. Ademais, é apenas a expansão do nosso império que faz com que a nobreza romana aceite a perda da liberdade. Nunca se esqueça disto.

— Que foi perdida precisamente em benefício do império.

— Uma verdade inquestionável, e que ainda assim não deve ser dita.

Augusto será um enigma para os historiadores. Quais de suas declarações devem ser levadas em consideração? Num momento ele se apresenta como o salvador da liberdade de Roma e o restaurador da República; no momento seguinte confessa que a liberdade acabou e que as instituições republicanas não passam de decoração. E ele deposita seu poder, ou pelo menos sua expressão legal, no *tribunicia potestas*, que representa o próprio princípio da liberdade republicana. Em quanto do que diz ele realmente acredita?

— Uma questão sem sentido — diria Lívia. — Seu pai usa as palavras como fichas, o que, em última instância, é o que elas são.

Ele é um hipócrita enganado pela sua própria hipocrisia. Qualquer coisa que diga a qualquer momento tem para ele uma aura de verdade. É por isso que ele gosta tanto de enganar os outros.

A Germânia não era lugar para Júlia. Eu precisava ir para lá rapidamente, no meio do inverno, porque as exigências da guerra moderna em remotas terras bárbaras determinavam um grau de preparação que teria chocado Júlio César, o genial improvisador. Como eu não era genial, detestava improvisação. Acima de tudo eu precisava aprender o máximo possível sobre as tribos que iria enfrentar. Há, é claro, uma grande semelhança entre uma tribo da Germânia e outra, mas nem todas são igualmente dedicadas à guerra, pois isso varia de acordo com o temperamento dos diferentes chefes. Uma das consequências é que, embora lutem entre eles, uma tribo frequentemente pode ter um número de estrangeiros, pois jovens bem-nascidos costumam procurar serviço em uma tribo vizinha se os seus próprios chefes não se interessam pela guerra. Contudo, em geral, a paz não é bem recebida na Germânia e os povos se distinguem mais claramente em meio ao perigo, pois, não tendo artes e refinamento civil, é apenas na guerra que um homem pode adquirir reputação. Ao mesmo tempo, um grande séquito, como gostam seus chefes, que medem seu próprio *status* pelo número de seguidores, só pode ser mantido por meio da guerra e da violência, pois eles dependem da generosidade dos seus chefes para conseguir cavalos e lanças. Seus guerreiros não recebem pagamento, o que não surpreende, já que os bárbaros desprezam o dinheiro. Por outro lado, eles aceitam presentes dos chefes, e esperam ser bem alimentados. São grandes bebedores, pois acreditam que a coragem na guerra está relacionada à capacidade de beber muito. São capazes de certa generosidade arrogante, mas são mais cruéis e selvagens que lobos. Eles sentem prazer em torturar seus prisioneiros antes de matá-los.

Como eu temia, o moral do nosso exército estava baixo. A morte de Druso abalara os soldados. Além disso, descobri que a conquista do meu irmão era menor do que esperávamos. Mas não era uma falha dele. Dava a medida da enormidade da tarefa. Embora ele tenha avançado pelas florestas até o rio Elba, foi apenas nas regiões costeiras que ele conseguiu dar início à política de civilização, que é fundamental para qualquer conquista que se pretenda fazer duradoura. Ele construiu um canal através dos lagos da Holanda, e isto persuadiu as tribos locais, os frísios e os batavos, a uma aliança com os romanos, pois eles viram não apenas a nossa grandeza, mas também a perspectiva de uma prosperidade antes inimaginável. É o comércio que lubrifica as rodas do império, e é a construção de estradas, pontes e canais que torna o comércio possível.

Não havia cidades na Germânia. De fato, os germanos viviam no que conhecemos como aldeias. Eles preferem viver separados, dispersos, e erguem suas aldeias com grandes espaços vazios entre as casas. Também se recusavam a aprender as artes e as regras da sociedade civil, e eu logo percebi que este era um grande problema. Ficou claro para mim que a Germânia não poderia ser inteira e efetivamente conquistada antes que a terra fosse povoada, cidades fossem construídas e colônias plantadas. Contudo, seria difícil convencer colonos a se estabelecerem ali antes que as tribos fossem totalmente subjugadas e levadas a reconhecer a majestade e o poder de Roma. Este foi um problema que eu não consegui resolver durante os meus três anos na Germânia. De fato, não posso dizer que tenha feito mais que definir o problema e fazer algumas poucas tentativas por meio de trabalhos de engenharia. Enquanto isso, os verões eram gastos perseguindo um inimigo furtivo que raramente podia ser atraído para a batalha. Contudo, em cada ocasião que conseguimos combater, o treinamento e a disciplina dos nossos exércitos prevaleceram, e derrotamos os bárbaros.

— Será um trabalho lento — eu disse a Augusto — e não podemos oferecer aos nossos jovens a esperança da glória. Eu cobro sacrifícios deles. Eles precisam estar prontos a dar suor e sangue, a trabalhar duro durante horas e a suportar o cansaço e as privações sem reclamar. Mas se os deuses permitirem, conseguiremos finalmente trazer estes malditos bárbaros para dentro das fronteiras da civilização.

Ele respondeu elogiando os meus esforços em prol de Roma:

— Dignos de seus antepassados claudianos em seus melhores momentos, e do filho de sua mãe.

Nossa segunda filha nasceu morta. Tive pouco tempo para sofrer. Júlia estava deprimida com a morte da menina e as suas cartas eram chorosas, lúgubres, e também eram curtas e cada vez mais raras. Eu não podia criticá-la, pois confesso que muitas vezes os dias passavam sem que eu pensasse nela. Então, na minha segunda campanha de verão, o pequeno Tibério pegou uma febre e morreu. Recebi a notícia quando estava em minha tenda às margens lamacentas de um afluente do rio Elba. Chovia havia três semanas e a nossa marcha fora interrompida. Era difícil trazer provisões para as tropas e os cavalos desde a nossa base, oitenta quilômetros na retaguarda. Alguns batedores disseram que o inimigo tinha desaparecido no interior da floresta, mas a informação não me acalmou. Eu tinha uma sensação de perigo, de desastre. A floresta estava quieta demais. Chamei Segeste, chefe de um dos ramos dos Queruscos, homem que fora tomado prisioneiro por Druso e convencido a se aliar aos romanos graças à eloquência do meu irmão e a seu exemplo de virtude. Para um germano, Segeste era um homem honrado. Mas eu não estava certo de até que ponto poderia confiar nele.

— Meus batedores disseram que o inimigo desapareceu completamente — eu disse. — Você acha que isto é possível?

Ele cuspiu no chão, um persistente hábito germano que sempre me desagradou.

— Isto é um comentário sobre a informação? — perguntei.

— Seus batedores estão mentindo, ou cometeram um erro — ele disse.

— Se o inimigo desapareceu é porque os batedores olharam na direção errada. Eles deveriam ter olhado na sua retaguarda. É onde eles encontrarão o meu povo. É como eles aprenderam a lutar. Eles pretendem massacrá-lo quando se retirar, tendo antes impedido que recebesse suprimentos.

— Mas hoje chegou um mensageiro. Recebi cartas.

— Eles não estão interessados em cartas ou em atacar uma pequena tropa. Interessam-se em permitir que você pense que a estrada está desimpedida.

— O que você recomenda?

— Você, um romano, pedindo conselho a um germânico?

— Perguntei-lhe como um homem bem informado e em quem a experiência me ensinou a confiar.

Ele olhou para o intérprete, como se estivesse duvidando que a minha resposta tivesse sido transmitida corretamente. Eu anuí e dei um sorriso.

— Meu nobre irmão confiava em você — disse —, e eu confio no julgamento do meu irmão.

Ele ouviu esta observação em silêncio, deu as costas, andou até a abertura da minha tenda e ficou olhando para a neblina. A chuva batia forte contra a lona, mas não havia vento para dissipar o nevoeiro que cobria os campos até o rio invisível.

— Se você retornar pelo caminho por onde veio, marchará em direção à armadilha. As garras se fecharão e, então, sem Imperador Tibério, sem exército romano, e muita felicidade entre os Queruscos.

— E então?

— Então você precisa encontrar outro caminho, através de um território que não conhece. Precisa manter o rio sempre a seu lado. Assim, só poderá ser atacado por um flanco. Não poderá ser cercado.

— Devemos subir ou descer o rio?

— Descer, talvez, pois nesta direção chegará ao Elba.

— E se subirmos?

— Mais tarde, chegará às montanhas.

— E há uma passagem através da qual podemos chegar ao Reno?

— Acredito que sim. Mas será muito difícil com as carroças. Contudo, se você se mover em direção ao Elba, será forçado a enfrentar um grande terreno pantanoso.

— E que rota seu primo, o chefe dos Queruscos, espera que tomemos?

Segeste cuspiu novamente.

— Ele não é um homem inteligente... É corajoso, porém um tolo. Não estará esperando nada de você, a não ser que refaça a rota. Contudo, há boas cabeças entre seus conselheiros. Eles concluirão que você seguiu em direção ao Elba, onde há fortes e uma frota esperando. Eles não esperarão que tome o caminho arriscado, pois não esperam audácia dos romanos, e sabem, general, que você é um homem cauteloso.

Pedi a um criado para trazer vinho. Os germanos não estão acostumados ao vinho, e muitos o veem como uma bebida efeminada, pois preferem engolir grande quantidade de cerveja ou vinho misturado com mel. Contudo, Segeste aprendera a considerar o vinho como um símbolo da civilização à qual ele aspirava (certo dia eu o encontrei recebendo uma aula de leitura com um dos meus secretários) e chegou mesmo a aprender a fazer algo que não é natural nos germanos: a beber sem claros sinais de gula.

— Estou honrado, general, que tenha pedido meu conselho, mas como pode saber que este é um bom conselho? Como pode estar certo de que não pretendo aproveitar esta oportunidade para recuperar meu crédito com meu próprio povo?

— Segeste, eu posso falar muito sobre a sua honra e pronunciar um longo discurso em seu louvor. Poderia dizer que acredito, o que é verdade, que você chegou à conclusão de que será bom para o seu povo fazer parte do império Romano. E haveria muita verdade nisto. Mas há outra forma de recordar a você que tipo de homem eu sou.

Bati palmas para chamar o criado e sussurrei uma mensagem para ele. Ele partiu e voltou alguns momentos depois trazendo um jovem germano, que ficou diante de nós com um olhar furioso.

— Quando você veio até nós — eu disse —, nos concedeu a honra de nos entregar seu filho, o jovem Segeste. Isto mostrou sua fé em Roma. Estou tocado com a sua confiança e pretendo retribuir fazendo do seu filho meu ajudante de campo. Ele permanecerá ao meu lado durante toda esta campanha, comerá em minha mesa, dormirá em minha tenda. Eu cuidarei dele...

— Percebo, general. Este é um argumento poderoso. Mas eu tenho muitos filhos, dezessete, creio, e alguns deles estão no outro exército. Por que eu deveria me preocupar com o destino de um entre dezessete?

— Bem, isto é algo que você deve decidir... Você me deu bons conselhos, que eu levarei em consideração. Não duvide da minha gratidão, que eu estenderei também a este garoto.

Então eu ameacei Segeste com a morte do seu filho, enquanto a morte de meu próprio garotinho permanecia como uma flor prensada no livro da vida. Terei gastado cinco minutos pensando no que ele poderia ter sido? Duvido. Eu estava ocupado com o perigo que pesava sobre o meu exército. Confortar Júlia e chorar pelo pequeno Tibério ficariam para depois.

Convoquei uma reunião, pois sempre acreditei que um general não deveria embarcar em algo sem antes debater com os seus oficiais. Quanto maior o perigo, mais importante que eles compreendam a situação. Contudo, paradoxalmente, quanto maior e mais imediato o perigo, maior a necessidade de que o comandante mostre sua autoridade. Neste momento, o debate é um luxo; embora sem abrir a possibilidade de debate o comandante possa perder a oportunidade de ouvir uma valiosa sugestão. A velocidade é fundamental, mas há muita verdade no provérbio *festina lent*e: apresse-se lentamente.

Apresentei a situação e contei-lhes minha conversa com Segeste.

— Que motivo temos para confiar na palavra de um bárbaro?

A pergunta foi feita por Marco Lólio, um homem que, tivesse eu a liberdade de escolher meus oficiais, jamais estaria comigo. Poucos anos antes, na Gália, ele foi derrotado numa incursão de germanos, na minha opinião, por culpa da sua negligência com a segurança, representada pela sua incapacidade de se manter adequadamente informado. Contudo, parecia o momento errado de lembrar aquele episódio, e eu sabia que tinha de tratar Lólio com luvas de pelica, como dizem, pois ele era um favorito de Augusto, a quem bajulava de modo absurdo. Mas nenhuma bajulação é absurda para um dinasta.

— Druso confiava em Segeste, e eu confio no julgamento do meu irmão.

Esta era uma resposta política, mais que uma resposta verdadeira; na verdade, confiava plenamente em Druso, menos na sua capacidade de julgar os homens, pois ele era facilmente influenciado por sua natural generosidade, portanto podia confundir versão com realidade.

— Ademais, penso que os interesses de Segeste estão ligados ao sucesso dos nossos exércitos e à sorte dos romanos.

Lólio lançou a cabeça para trás e riu, num gesto ensaiado.

— Então o plano de batalha de um exército romano agora é elaborado por um desertor bárbaro? Nunca ouvi tal coisa. Você nos forçará a marchar em direção a um território desconhecido baseado nisto, quando temos atrás de nós uma linha fortificada que conhecemos bem...

— E que atravessa uma floresta que o inimigo conhece ainda melhor e onde não podemos formar nossas tropas...

Houve um barulho de pés, como se cada homem estivesse recordando os sonhos que nos angustiavam à noite naquelas malditas florestas.

Debatemos os méritos das opções que tínhamos. Alguns concordavam com a opinião de Marco Lólio de que devíamos ignorar o conselho de Segeste e retornar pelo caminho ao longo do qual viéramos:

— São apenas oitenta quilômetros até a nossa primeira base — insistiam.

— Você pode destruir um exército em um tempo menor do que o gasto para marchar oito quilômetros — respondi.

Minha argumentação tinha força, embora Lólio continuasse debochando. Mas todos sabiam que a responsabilidade era minha e que eles não seriam culpados se eu escolhesse errado. Então apresentei as vantagens das duas rotas propostas por Segeste.

— Está claro, não? — ele perguntou, hesitante, com sua habitual timidez. Era Caio Veleio Patérculo, um homem honesto cujo avô lutou ao lado do meu pai no terrível cerco de Perúsia e caiu lutando quando tudo estava perdido. — Está claro, Segeste pensa que você deveria seguir a rota elevada porque eles não imaginarão isto. Mas ele imaginou, então parece razoável que um de seus chefes pense o mesmo. Assim, devemos descer para encontrar o Elba.

— Não — disse Cosso Cornélio Lêntulo, sonolentamente, como era sua característica —, você nunca jogou aquilo que os soldados chamam de "trapaça"? O objetivo é adivinhar quantas moedas cada um tem nas mãos. Bem, estamos na mesma situação. Precisamos fazer o jogo de adivinhação um estágio acima. Por isso digo que devemos pegar a estrada das montanhas.

Chega um momento na guerra, assim como na política, em que os argumentos perdem a importância. É hora de decidir. Todas as possibilidades foram examinadas e todas tinham vantagens e perigos. Nenhuma tinha uma vantagem extraordinária. Bem, o homem no comando precisa agir e seguir seu curso como se nunca tivesse havido opções. Olhei para a minha equipe. Vi hesitação, incerteza, medo. Pensei em como Patérculo e Lêntulo eram merecedores de grande admiração. Disse:

— Cavalheiros, avaliaram o problema com sabedoria. Apresentaram argumentos a favor de cada opção com uma lucidez digna de elogios. Vou ponderar tudo isto e darei as ordens pela manhã.

Falei com uma segurança que não sentia — precisamente nas circunstâncias em que a segurança é necessária. Retirei-me para a minha tenda. Mandei chamar o adivinho e tomei uma taça de vinho enquanto o esperava. O garoto germano, o jovem Segeste, estava encolhido num canto da tenda.

Ele colocara uma manta sobre os ombros e cobrira a cabeça. Um tufo de cabelos louros podia ser visto e, embora o resto dele estivesse oculto, eu podia sentir sua tensão. Coloquei minha mão sobre sua cabeça.

— Não tema — eu disse. — Você fala um pouco de latim?

Ele afastou minha mão. O adivinho entrou. Perguntei se ele tinha recebido presságios.

— Sim, mas ainda não os interpretei... — ele respondeu.

— Bem. Marcharemos pela estrada da montanha. Confio que os presságios são bons.

Há um alívio em tomar uma decisão. Eu me recolhi e dormi pesadamente. Mas acordei no meio da noite, tendo sonhado com o pequeno Tibério e a dor de Júlia. Ouvi um gemido vindo do canto da tenda onde estava o jovem Segeste. Chamei-o e só ouvi o silêncio. Chamei-o novamente, então ouvi-o levantar. Ele tropeçou no caminho e caiu sobre mim. Mantive-o junto a mim e o senti relaxar. Nos deleitamos e nos confortamos com nossa masculinidade. Ele cheirava a estábulo. Na manhã seguinte, ele levantou a cabeça e sorriu para mim.

Por dois dias não vimos sinal do inimigo, e mantendo sempre o rio à nossa esquerda, subimos a montanha. A trilha era ruim, sumia repentinamente, e logo dei ordem para que abandonássemos as carroças pesadas. No primeiro dia cavalguei diante da coluna, mas no dia seguinte, acreditando que tínhamos driblado o inimigo, surpreendendo-o, me transferi para a retaguarda, de onde acreditava que poderia vir um ataque. De qualquer forma, este é o modo como as tribos bárbaras costumam guerrear, preferindo atacar a retaguarda de um exército a arriscar um ataque frontal e o combate aberto. Enquanto isto, os batedores que vasculhavam a floresta não notaram nenhum movimento do inimigo. A tropa estava satisfeita, acreditando que tínhamos enganado os germanos. Eu não conseguia partilhar desta confiança, e quando consultei o velho Segeste ele não quis se comprometer.

Começou a chover na tarde do segundo dia. Fomos cobertos pela névoa e logo não conseguíamos ver mais longe do que um homem conseguia arremessar uma lança em uma batalha. Então uma das carroças leves que tínhamos mantido ficou presa na trilha, bloqueando a nossa passagem. O acidente aconteceu em uma garganta estreita. Enquanto os homens tentavam liberar a carroça, enviei um mensageiro até o corpo principal da tropa, avisando que iríamos nos atrasar. Naquele instante, grandes pedras caíram à nossa direita, bloqueando a passagem. À queda se seguiu o silêncio, quebrado apenas pelas imprecações e pelos gemidos dos homens que tentavam liberar o caminho. Alguns deles passaram sobre as pedras, mas a maior parte da retaguarda estava espremida, sem saber o que estava acontecendo, a um passo do pânico.

O ataque veio pela diagonal em nossa retaguarda, de um bosque de faias. A ladeira escorregadia e o nosso despreparo deram uma vantagem aos bárbaros. Minha primeira sensação foi de vergonha, não medo; vergonha e raiva. Sempre me orgulhara do meu uso da informação, e foi o nosso serviço de informações que nos abandonou, esta falha nos expondo ao perigo. Gritei quantas instruções consegui, mas não era exatamente uma batalha e sim um número incontável de combates individuais acontecendo ao mesmo tempo. Apenas os historiadores, a salvo em seus estudos, poderão dar um sentido a isto. Para os que estavam envolvidos, não há uma estrutura compreensível, apenas uma sucessão de encontros, um homem contra outro, dois contra três, e assim por diante. Esta é uma história de lanças sendo cravadas, de espadas sendo brandidas, do barulho do metal batendo nas armaduras, de gritos de raiva e uivos de dor. Não há nenhuma coerência, nenhuma narrativa pode dar uma noção do todo. Inicialmente nossos homens abriram espaço enquanto eram empurrados em direção ao paredão, então, aqui e ali, a onda era interrompida. De repente, encontrei um espaço aberto à minha frente e corri para ocupá-lo, gritando ordens que ninguém ouvia. Eu me vi diante de uma figura de barba loura e então quase fui derrubado enquanto seu corpo caía e eu tentava arrancar minha espada. Um golpe em meu ombro me lançou sobre ele e eu rolei de lado para ver uma figura girando um machado sobre a cabeça, com um sorriso de prazer no rosto. Tentei sair da direção do golpe, então ouvi um grito e um vulto se colocou entre mim e o machado, e o guerreiro e seu atacante caíram e começaram a rolar. O guerreiro ficou por cima, ajoelhou-se, com os braços rígidos enquanto tentava tirar a vida do seu inimigo. Golpeei-o no pescoço. Ele caiu para a frente com um uivo e o seu aperto afrouxou. Empurrei-o com a bota e o jovem Segeste deslizou sob ele. Estiquei a mão e o ajudei a se levantar. Por um momento se fez um espaço à nossa volta, e de repente estávamos atrás dos legionários, que perseguiam os inimigos, repentinamente em debandada em direção à floresta. Pressenti um desastre pior, agarrei um corneteiro e ordenei que ele desse o toque de retirada. Os legionários hesitaram por um instante, se recompuseram, se juntaram e, finalmente, ainda vigiando o inimigo em retirada, estacaram. Os centuriões os colocaram em forma até que a ordem fosse restaurada e pudéssemos retomar a marcha.

— Parece — eu disse ao jovem Segeste — que há um novo elo entre nós...

Estive em muitas batalhas e, ainda assim, quando estou só, é aquela pequena escaramuça — e não foi mais do que isto — que me vem à mente. Não consigo esquecê-la. Quando o jovem se jogou como um gato selvagem contra o meu atacante, foi, de certa forma, apenas aquela atitude altruísta, tomada sem nenhuma reflexão, que os soldados têm em cada batalha. Mas para mim foi mais do que isto. Outros homens salvaram minha vida em outras batalhas, e eu os esqueci. Há algo de anônimo na camaradagem da guerra. Mas isto era diferente. O garoto poderia ter obtido honra entre os de sua própria raça se tivesse ficado de lado e sorrido, se tivesse ajudado a me matar e depois fugisse com seus companheiros bárbaros. Eu não poderia culpá-lo. Ele compreendia a crueldade que eu estava pronto a usar contra ele para garantir a fidelidade de seu pai.

Naquela noite ele chorou e tremeu, como eu vira muitos outros fazerem quando percebiam que tinham sentido os dedos gelados da Morte. Ele tremia de terror e de alívio, e as suas pernas e os seus pés estavam tão frios quanto o rio abaixo de nós. Então reafirmamos a vida e ele riu com prazer, cheio de vigor, como um pônei. Ele dormiu e eu acariciei seus cabelos sujos e trouxe brilho de volta à minha vida.

Eu estava tentado a mantê-lo comigo, me permitir ser sustentado e envolvido pela sua força e juventude, pela sua tranquila aceitação das coisas como elas são. Mas esta simplicidade — a simplicidade do mundo de Homero — tinha terminado. Eu não poderia permitir que ele se transformasse em motivo de escárnio. Ele mesmo não via nada demais nisto. Muitos dos guerreiros germânicos tinham seus amantes e eram conhecidos por lutar com maior bravura ao lado deles. Os gauleses também estavam acostumados a escolher seus aurigas pela beleza e coragem. Mas, embora toleremos o amor dos garotos, os homens que se entregam a isto são desprezados pelos outros e passam a desprezar a si mesmos. Consequentemente, os rapazes desenvolvem modos efeminados e se tornam desprezíveis. Ainda assim, olhei para o jovem Segeste dormindo em meus braços com um sorriso no rosto e pensei em como a vida seria melhor e mais simples se fôssemos Aquiles e Pátroclo, embora eu soubesse que era absurdo. Não é mais assim em nosso mundo.

Ele não podia retornar ao seu povo, e eu não podia devolvê-lo a seu pai, que poderia, e isto me ocorreu, ter descoberto para ele um uso que não iria me agradar. Contei ao velho Segeste a dívida de gratidão que eu tinha para com o seu filho e que tinha a intenção de quitá-la encaminhando-o para uma carreira nas forças auxiliares do nosso império. A partir de então ele me veria como seu protetor, e assim eu considerava importante que o rapaz partisse para Roma para estudar latim e a Lei Romana, o que o prepararia para uma carreira no exército ou no serviço civil. O pai, adequadamente, apreciou as minhas intenções, e tudo foi acertado.

O jovem Segeste não queria me deixar, mas eu insisti. Ele me disse, para grande embaraço meu, que "se apaixonara pelo seu senhor como deveria um jovem germano". Conduzi a ruptura tão carinhosamente quanto possível, sabendo que estava agindo para o seu bem. Ele chorou quando foi separado de mim, e os meus próprios olhos não estavam inteiramente secos. Infelizmente as coisas não ocorreram como eu esperara. Embora estudasse bastante, ele rapidamente se entregou ao vício da bebida, ao qual todos os germanos estão condenados. Pouco depois da minha chegada aqui, soube que ele tinha sido esfaqueado até a morte numa briga de taberna. Foi triste. Ele era um rapaz virtuoso e promissor. Mas não poderia ter agido de modo diferente. Ainda penso nele com prazer e tristeza.

Minha última campanha na Germânia foi um sucesso sem precedentes. Fiz quarenta mil prisioneiros, que levei através do Reno e instalei em colônias na Gália. As tribos germânicas foram totalmente desmoralizadas e, até agora, subjugadas. Quando retornei a Roma, que pouco visitara em seis anos, fui aclamado como herói. Recebi um triunfo e regalias triunfais. Minha mãe, cujos cabelos ficaram brancos durante os anos em que estive ausente, me chamou de "digno dos meus mais ilustres ancestrais". Augusto me abraçou sem repulsa e me assegurou que nenhum outro homem fizera mais por Roma do que eu. Constituintes vieram todas as manhãs à minha casa para me honrar e adquirir vantagens. Mesmo as pessoas comuns, com as quais eu nunca fora popular, pois nunca me dignara a tentar conquistar sua simpatia, me saudavam quando eu aparecia em público. Eu deveria ser o homem mais feliz de Roma, finalmente reconhecido e aprovado.

Deveria ser, mas as coisas nunca são como deveriam, e nunca duram por muito tempo. Encontrei muitos problemas, tanto públicos quanto privados. Quando visitei o Senado, fiquei incomodado ao ver como o servilismo se desenvolvera nos poucos anos em que estivera ausente. A Assembleia de Livres Notáveis agora se curvava a Augusto. Poucos se dignavam a expressar uma opinião sobre qualquer assunto importante antes de conhecer a opinião dele. Chegaram a mim queixas indiretas, balbuciadas e murmuradas, sobre como os descendentes das grandes casas republicanas estavam sendo afastados de todas as posições de honra e influência em favor de membros da família do *Princeps* e daqueles chamados de suas "criaturas". Como membro da sua família, eu poderia me beneficiar disto, mas eu não precisava de Augusto para ascender. Minha posição como cabeça da *gens* Cláudia me garantiriam superioridade em qualquer tempo na História de Roma. Ademais, eu tinha simpatia por alguns daqueles que reclamam do rumo que as coisas tinham tomado.

— Para o senador não resta nenhuma esperança de glória — eles murmuravam —, nenhuma esperança de um monumento a uma fama que ele não tem mais direito a ambicionar. Nenhuma estrada ou cidade de província pode ter o nome de família nobre.

Eles se queixavam de que nenhum senador podia se ausentar da Itália e visitar uma província sem autorização do *Princeps*.

— Vivemos um monopólio do poder, a concentração do reconhecimento e da oportunidade — diziam os homens.

Eu era informado dessas queixas. Antigos amigos se encarregavam disto. Eles também se encarregavam de apontar as honrarias que vinham sendo dadas aos meus enteados Caio e Lúcio.

Cneu Calpúrnio Pisão foi nomeado meu colega, como cônsul. Ele é um homem de grande integridade e nobreza de espírito, a quem durante muito tempo amei profundamente. Pouco depois do meu retorno, ele me convidou para uma ceia.

— Uma refeição séria — ele disse —, não como os jantares oferecidos pelo velho devasso Céstio Galo, que, aliás, Augusto afastou do Senado... Você sabe o tipo de jantar que ele oferece, com serviçais nuas? Dizem que há uma garota negra do Sul do Egito, mas não se preocupe. Não é para este tipo de acontecimento que estou convidando você. Quero uma oportunidade para conversarmos.

Ele dispensou os escravos depois que comemos e empurrou uma jarra de vinho na minha direção.

— Meu próprio vinho — disse —, das colinas sobre Siena, onde tenho uma pequena propriedade. É o melhor vinho da Itália, você não encontrará nada mais refinado.

Tudo de Pisão é sempre "o melhor". Ele brincou com os pelos que nasciam de uma verruga em seu queixo.

— Então somos cônsules. Muito bem, se isto significa algo. Claro que você ocupou o cargo antes, então sabe que ele se tornou algo sem sentido.

— Ainda traz respeito e confere autoridade ao homem que o detém, pelo menos era assim antigamente.

— Precisamente. E como você se sentiria se eu dissesse que será manipulado de forma ainda mais vergonhosa do que nos acostumamos a ver?

— O que você quer dizer com isso?

— Quero dizer que o seu enteado Caio receberá a honraria daqui a cinco anos, quando ele completar vinte anos. Isso mostra como as coisas estão.

— Como sabe disso?

— É suficiente que eu saiba. Coisas desse porte não podem ser mantidas em segredo...

— Eu tinha 29 anos, cinco a menos do exigido, quando me tornei cônsul pela primeira vez.

— Precisamente, e o resto de nós é inelegível até os 33. Estou falando como amigo, Tibério, um amigo cuja família tem uma antiga ligação com a sua. Nossos pais combateram lado a lado em Perúsia e ambos seguiram Sexto Pompeu à Sicília. Você está a ponto de ser passado para trás. É o que tenho a dizer. O que você pretende fazer a respeito?

A pergunta era, como ele sabia, impossível de responder.

Pensei nisso enquanto caminhava para casa através da cidade agitada. A noite estava quente e abafada. Desci o Quirinal e cheguei ao Suburra. Júlio César tivera uma casa ali, uma arma na sua campanha para conquistar o coração dos plebeus, pois aquela sempre fora uma área popular. Percebi, enquanto caminhava, que Roma não era mais uma cidade romana, nem mesmo italiana. A algaravia de diferentes línguas enchia os meus ouvidos. Numa distância de duzentos metros, ouvi mais de uma variação de grego, a língua celta da Gália, a linguagem áspera das montanhas da Ilíria, os sotaques suaves da Síria e do Egito, melífluos e enganadores, e o murmúrio incompreensível do aramaico dos judeus. Um grupo deles estava do lado de fora de uma taberna chacoalhando seus instrumentos de contar; um homem saiu, se aproximou deles, conduziu uma negociação e retornou para dentro para retomar seu prazer; os judeus tagarelavam entre eles. Um pouco à frente, um açougueiro apregoava suas peças de porco, oferecendo-as aos judeus, que por algum motivo consideravam errado comer este tipo de carne. Ninguém compreendia as leis da estranha religião deles, com tantas proibições e exigências, mas ri ao pensar que o açougueiro sabia bem que eles considerariam seu oferecimento um insulto. A cada duas casas havia uma taberna ou um bordel: através de uma janela aberta vi uma moça morena dançando sobre uma mesa. O suor brilhava em suas coxas incansáveis e os seus olhos estavam apagados, como se ela tivesse ingerido alguma poção que nublasse sua consciência enquanto liberava sua pulsão animal. Ela interrompeu sua dança, juntou os joelhos e acariciou suas coxas com dedos longos; um rumor de prazer antecipado e proibido escapou da multidão que a observava. Então um homem usando uma cabeça de javali como máscara e um grande pênis de couro tingido de escarlate subiu na mesa ao lado dela, jogou-a sobre o batente da janela, de modo que seus longos cabelos negros flutuassem sobre os rostos dos espectadores, e começou a trabalhar com o falo, enquanto a garota gemia e mordia os lábios até um fio de sangue escorrer pelo canto da sua boca. Enquanto isto, em pé atrás da multidão, eu via um bando de punguistas se movendo entre as pessoas, aliviando os pobres tolos distraídos de seus bens.

— Deveria haver uma lei contra esta indecência... — resmungou um homem de cara fechada atrás de mim.

— E há — assegurei, antes de partir.

De fato há uma lei, mas ela não é aplicada. Não pode ser, porque está além do poder do Estado obrigar as pessoas a se comportarem bem. Quando o respeito pelos deuses diminui, quando as famílias estão desestruturadas, a licenciosidade se espalha; os impulsos secretos que os homens sufocam em uma sociedade decente e organizada são amplamente conhecidos.

Parei na barraca seguinte, onde uma pequena peça estava sendo encenada em um palco aberto. Um rapaz de cabelos encaracolados estava reclinado numa pilha de almofadas, com uma tigela de cerejas ao lado. Ele colocou uma na boca e revirou os olhos para a audiência. Então se endireitou, ficou de pé e tirou sua túnica. Fez isto com toda a naturalidade, como um rapaz se preparando para um banho. A ausência de qualquer sinal de lascívia excitou a multidão. Ele caminhou empertigado pelo palco e, como se a ideia tivesse acabado de lhe ocorrer, começou a se masturbar. Exibiu o falo para a plateia buscando aprovação, e com graciosa elasticidade começou a chupá-lo. O homem ao meu lado, um sujeito robusto e ensebado que parecia um confeiteiro, disse:

— Grande contorcionista este...

Então uma grande mulher de peruca vermelha entrou no palco com um chicote nas mãos. Ela o estalava ao redor das pernas do rapaz, gritando-lhe insultos. Ele pulava, dançava e uivava, como se sentisse dor, embora fosse claro que ela manobrava o chicote de modo a não tocar nele. Então ele se ajoelhou diante dela e abraçou suas coxas, apertando seu rosto contra elas. Ela segurou seus cachos com a mão esquerda e puxou sua cabeça para trás. Enfiou a mão direita na frente da saia, como se estivesse procurando algo, e então, com um grito de triunfo, exibiu uma cenoura, que enfiou na boca aberta do rapaz. A multidão rolava de rir. Ela segurou o rapaz, forçando-o a comer a cenoura, e então lamber seus dedos como um cão. Depois o colocou de pé e, segurando seu membro, retirou-o do palco. Voltou-se, piscou para a plateia e desapareceu com ele na escuridão. A multidão urrava, aplaudindo a palhaçada obscena.

A mão de alguém puxou a manga da minha túnica e me virei para encontrar um homem gordo de careca brilhante.

— Gosta de rapazes? — perguntou. Tinha uma voz rouca e cheirava a cebola — Quer um garoto? Um belo rapaz grego?

Ele apontou para um infeliz maquiado que piscou para mim e exibiu as costas. A imagem do jovem Segeste, bravo, aprumado, bem proporcionado, mordendo os lábios para reprimir suas lágrimas diante da dor, cruzou minha mente.

— Bonito, hein? — disse o proxeneta, ofegante.

Senti bile em minha boca. Afastei o infeliz do caminho e fugi daquele lugar doentio. Mas voltei outras noites para ver os espetáculos, para me expor à compreensão da degradação que se exibia diante dos meus olhos, convidando-me, de modo sutil e horrível, a participar. Voltei diversas vezes, porque não conseguia evitar, e porque... porque...

Por que me torturo com tais lembranças? Por que minha mente brinca com essas tentações com fascinado desagrado? Por que imagens terríveis e obscenas invadem a minha mente quando eu me deito para dormir à tarde e à noite?

Esta manhã participei de um debate na escola de filosofia. Dois sofistas discutiam se a moralidade era algo natural no homem. Um deles, da escola de Platão, argumentava que se temos a ideia de verdade e justiça, de absoluta verdade e absoluta justiça, embora nunca tenhamos encontrado estes absolutos no comportamento humano, significa que a ideia de verdade e justiça faz parte de nós. Seu adversário, um cínico, debochava: "Moralidade", ele dizia, "é um instrumento criado pelos covardes para enfrentar os fortes. As ideias não significam nada, o comportamento é que importa, e o homem superior ignora conceitos criados por covardes e age como quer. É neste exercício de liberdade que ele prova sua superioridade".

— Então seu homem superior deve ser muito cruel — disse o primeiro sofista.

— Crueldade é uma palavra que você inventou, como inventou verdade e justiça.

Neste momento, eu me senti compelido a intervir:

— Parece-me que vocês não podem concordar porque estão falando de absolutos, o que raramente encontramos. Até Sócrates perguntou a seus amigos, como nos é dito no *Fedro*, se eles nunca haviam percebido que "situações extremas são poucas e raras, enquanto as intermediárias são muitas e constantes", de modo que, se houvesse uma competição em maldade, poucos poderiam se destacar...

— Você não captou o cerne da discussão — gritou o cínico.

E naquele momento um membro da audiência me acusou de abraçar o argumento e apoiar o platônico:

— É ótimo — ele gritou. — Quando um príncipe de Roma não pode permitir o surgimento de uma discussão intelectual sem colocar seu peso a favor de um dos lados.

Poderia ter argumentado que se ele era, eu supunha, um partidário do cínico, não poderia me criticar pela minha intervenção, uma vez que eu estava apenas pondo em prática seus princípios de filósofo numa ação convenientemente sem princípios. Isto teria me garantido aplausos e encerrado a situação com risos. Mas eu estava furioso com sua presunção impertinente e parti com toda a dignidade que consegui demonstrar. Fui para casa, para retornar com um grupo de lictores, aos quais ordenei que prendessem o infeliz e o levassem para a cadeia.

Meu comportamento surpreendeu e, creio, alarmou o povo. Também fiquei surpreso, e não sinto orgulho disto. Creio que algum ponto fraco foi atingido.

Quando voltei daquela primeira noite do Suburra, Júlia não estava. Encontrei um bilhete em meu travesseiro. Não estava assinado, e dizia:

> Para onde sua mulher vai à noite?
> Tem medo de perguntar onde ela esteve?

Interroguei os escravos. Todos disseram que não sabiam de nada. Claro que é impossível arrancar a verdade dos escravos quando eles estão assustados, a não ser que você os ameace de tortura. Tenho medo de fazê-lo, e isto não me agrada. Ademais, os homens dirão qualquer coisa sob tortura, e você não estará mais próximo da verdade, mas daquilo que eles acreditam que você quer ouvir. Que, aliás, raramente é a verdade.

Tentei conversar com Júlia diversas vezes desde o meu retorno, mas não sabia como. Ficara claro que qualquer amor que ela pudesse ter sentido por mim acabara com a morte do nosso filhinho. Fizemos amor duas vezes. Então ela me negou na cama, e não era do meu temperamento obrigá-la a cumprir seus deveres matrimoniais.

— Estou cansada — ela disse. — Você me desagrada, cheira a germanos.

Recordo que lhe dei as costas quando me senti enrubescer.

— Preferiria fazer amor com um cadáver — ela disse —, pois você fede com tantas mortes.

— O que você esperava de um soldado?

— Guerra, brutalidade, prazer em massacrar, sede de poder, tudo isso me enoja.

— Júlia, você sabe, tem de saber, que nunca senti prazer em massacres, apenas tentei cumprir o meu dever...

— Como você é chato, que chato melancólico.

E não havia nenhum riso em sua voz, como já houvera quando ela fazia tal crítica. Ela me deu um olhar que era tão bonito e tão petrificante quanto o de Medusa.

Lívia me aconselhou a "vigiar" minha mulher.

— Você a transformou nisso, mãe — respondi —, o jogo não depende de mim. Eu tinha um casamento feliz.

— Essa não é a questão — ela disse. — Não sei se você está sendo intencionalmente cego, mas não fere seu orgulho a ideia de que a infidelidade dela é clara, que ela o faz de bobo diante de todos?

— Eu a ouço, mãe.

— Você sabe o que estão dizendo. A brincadeira é que Tibério pode ser páreo para os germanos, mas não é páreo para Júlia, e vão além, dizendo que poderíamos dar um fim à guerra contra os germanos mais rapidamente se, em vez de mandarmos o velho Tibério para subjugá-los, mandássemos Júlia para seduzi-los. O que você me diz disto?

— Nada, mãe. Você e o *Princeps* fizeram este casamento, não eu. Só vocês podem consertá-lo.

— Se você fosse homem de verdade a colocaria no bom caminho.

Quase respondi: *Augusto conseguiu isto com você?* Mas prevaleceu a prudência. Contudo, sorri ao relembrar a ocasião em que ele estava dizendo no Senado que os maridos devem exigir obediência de suas esposas e criticá-las quando saíssem da linha, apenas para ser interrompido por um senador que gritou:

— Gostaria de vê-lo colocar Lívia na linha!

Eu poderia ignorá-la, mas quando recebi um aviso do prefeito pretoriano, precisei dar atenção. Ele foi polido, sóbrio, mas assustador. Disse que minha mulher não apenas não era fiel a mim, mas tinha um comportamento que estava próximo do escandaloso. Ela tomava parte em orgias que não se limitavam à nobreza.

— Este seria um assunto particular, senhor, pelo menos até certo ponto. Mas quando a gentalha está envolvida, bem, pode imaginar que se transforma em assunto de ordem pública. Sem dúvida ela está normalmente mascarada, mas, senhor, uma máscara pode cair, não? E ela não é o tipo de dama que alguém esqueceria, é?

Ele passou o dedo indicador pelo nariz.

— O senhor não vai gostar que eu diga isto, mas se quiser nomes e endereços, os terá. Eu deveria dá-los ao *Princeps*, é a minha obrigação, mas francamente, senhor, eu não gostaria de fazê-lo. E eu ainda não disse o pior. Diria que para um bom entendedor, meia palavra basta: alguns dos nobres com que ela se relaciona são o que no meu negócio são chamados de "riscos para a segurança". São o tipo de rapazes que escapam à nossa "investigação positiva". Não sei se o *Princeps* o colocou a par disto, senhor.

— Não — eu disse. — Veja, sou apenas seu enteado e seu genro, o cônsul deste ano e um general a quem foi concedido um triunfo. Não foi confiada a mim nenhuma informação sobre seu sistema de... como o chamou?

— Investigação positiva, senhor.

— Investigação positiva? Um neologismo lamentável.

— Pode ser, senhor. Mas uma necessidade, acredite, pelo modo como as coisas estão. Bem, acredito que deva saber disto, senhor, então irei tomar a mim a responsabilidade de pelo menos expor o sistema em linhas gerais.

Ele então me explicou que Augusto começara a ficar preocupado com a possibilidade de colocar em posições de autoridade homens cuja fidelidade à "Nova Ordem" pudesse ser menor que o necessário. Embora se orgulhasse — corretamente, acredito — da sua capacidade de julgamento, ele tinha consciência de que tal julgamento era necessariamente subjetivo e frequentemente fruto de pouco conhecimento. Assim, ele elaborou um sistema, após consultar o prefeito pretoriano e a polícia secreta, por meio do qual todo candidato a um cargo era minuciosamente investigado: seus antecedentes eram checados, suas amizades verificadas, escravos eram escolhidos para dar conta das conversas nos jantares, suas finanças eram examinadas e seus gostos e hábitos sexuais checados.

— Desta forma, senhor, é montado um panorama geral. Como um mosaico, se posso simplificar. As pequenas peças não têm maior significado, mas cada uma ajuda a tornar o quadro compreensível e coerente. É um sistema maravilhoso e o senhor ficaria surpreso com o que descobrimos.

— Sem dúvida.

— Bem, lamento dizer, senhor, que muitos dos nobres com os quais a senhora Júlia se relaciona são o que chamamos de "categoria C". Alguns são mesmo "categoria D", o que significa que eles são muito felizes de poder permanecer em Roma em vez de confinados a suas propriedades rurais ou enviados para o exílio. Recebemos todo tipo de relatórios de nossos delatores profissionais; no escritório nós os chamamos de "esgoto", pois a função deles é trazer toda a sujeira da cidade para inspeção. E, acredite em mim, quando li alguns dos relatórios que eles fizeram sobre certos nobres, como Júlio Antônio, Crispino e o jovem Semprônio Graco, bem, senhor, fiquei de cabelos em pé e o meu sangue gelou. E estes são os tipos com que sua esposa circula, e pior que circular, temo. Bem, senhor, se tiver de levar tudo isso ao *Princeps*, não quero pensar nas consequências. Foi por isso que ousei procurar o senhor em primeira mão, digamos assim. Deixarei com o senhor esta pequena lista, de seus amantes nobres. Claro que há outros que não são nobres, portanto de nenhuma importância política.

Eu não podia acreditar nos nomes. Tinha, claro, conhecido aqueles homens por toda a minha vida, alguns muito bem, outros apenas de vista ou pela sua reputação. Lá estava meu primo Ápio Cláudio Pulcher; parecia estranho que ele fosse um dos seus amantes, pois pensava que ele só gostasse de virgens, e quanto mais jovens, melhor; e Públio Cornélio Cipião também me parecia uma escolha improvável de amante, pois sua efeminação era óbvia — ele fora um querido amigo de Mecenas e era amplamente desprezado por ser um sodomita passivo, um degenerado com predileção por homens maduros. (A este ponto chegara a casa de Cipião.) Mas era fácil acreditar nos outros: Júlio Antônio claramente revelara a mim seu interesse, e desde o meu retorno da Germânia me oferecia um sorriso de radiosa superioridade, dizendo:

— Alguns, meu caro Tibério, são abençoados por Marte, outros por Vênus.

E Graco, mentiroso desde menino, cínico, libertino, um homem desconfortável e sempre de mal com o mundo. E Crispino, um homem que, agora me ocorre, certamente teria em qualquer tempo saído vitorioso da competição de iniquidade imaginada por Sócrates. Um homem de quem se diz que teria forçado sua mulher a ter relações com escravos para que ele apreciasse o espetáculo e condenado à morte por inanição o próprio filho que protestara. A ideia de que Júlia se entregasse a tal tipo de criaturas como não se entregava a mim, de que usufruísse dos prazeres agora negados a mim, este pensamento ainda hoje, dois anos depois, me dá ânsia de vômito. Isto me leva a um desespero com a natureza humana.

Dispensei o prefeito.

Compreendendo, agora mais do que nunca, por que os persas costumam chicotear os portadores de más notícias. Teria ficado muito satisfeito de tê-lo silenciado para sempre cravando um punhal em sua boca; de ter cortado a língua que sentira tanto prazer em relatar esta imundície.

Ele me deixou com a lista; e não havia nada que eu pudesse fazer.

A Roma para a qual eu retornara tinha horrores que fariam as florestas da Germânia parecerem agradáveis como os campos de Clitumno. Não poderia falar com Júlia; não poderia sequer olhar para ela sem ver a decomposição da sua beleza. Mas eu pressentia perigo: estes homens, seus amantes, eram famintos, amargos, insatisfeitos. Júlio César, recordei-me, temia Caio Cássio pela sua aparência magra e faminta. Estes homens, ele notou, são perigosos.

Então eu precisava alertá-la, e como não podia falar com ela pessoalmente sobre o assunto, escrevi-lhe uma carta.

> Júlia,
> Não sei o que aconteceu de errado entre nós desde a morte do nosso amado filho. O que vejo e ouço sobre o seu comportamento leva-me a acreditar que a morte do nosso filho fez com que você se desinteressasse de tudo e a levou a duvidar da possibilidade de que há, ou mesmo possa haver, um caminho certo. Fico magoado por ver que você parece me incluir entre aquilo que a deixa repugnada.
> Nosso casamento não aconteceu pela nossa vontade. Nos foi imposto, sem que perguntassem o que sentíamos. Sei que você teria preferido desposar outro, e simpatizo com os seus sentimentos.
> Ainda assim, o casamento aconteceu. Desde o início eu me esforcei para cumprir minhas obrigações de marido e, agindo assim, fui recompensado com o despertar do meu amor e a retomada daquela paixão física que sentira por você quando éramos jovens. Acreditei que, com o nascimento do pequeno Tibério, você estivesse pronta, para minha grande satisfação, a partilhar meus sentimentos.
> O tempo e as exigências do dever, as circunstâncias e um cruel destino nos mantiveram afastados, mesmo quando o pequeno Tibério foi arrancado de nossos braços. Este foi o cruel desejo dos deuses, aos quais temos de nos submeter. Acredite em mim, compreendo sua relutância em aceitar a irrefutabilidade do destino. Sou mesmo capaz de admirar sua rebeldia e a condescender com o que vejo ser sua infelicidade.
> Estou pronto a aceitar sua rejeição como a expressão de impulsos que a dominaram e dos quais você não consegue se libertar. Sua rejeição amarga minha boca como vinagre. Ainda assim, eu me conformo com a força de sua repugnância e apenas rezo para que ela diminua com o tempo e sua afeição possa novamente florescer neste solo arrasado.
> Mas devo dizer: tenho meu orgulho e não posso aceitar a desonra. Não sou um Cláudio à toa. Se você não me ama, eu aceito, mas devo

> pedir-lhe que se comporte de acordo com o que se espera de uma mulher que pertença à *gens* Cláudia. Você deve isto a mim, assim como tem para com seu pai a responsabilidade de não fazer cair em descrédito sua legislação moral.
> E outra coisa: você só pode esperar felicidade se respeitar a si mesma. Acredito que você está a ponto de perder este respeito. Pode até mesmo já tê-lo perdido. Não estará segura até tê-lo recuperado. Há mais de um perigo no caminho que você está trilhando.
> Acredite, Júlia, estou pensando no seu bem.

Ela respondeu a minha tentativa de uma reconciliação e meu alerta com um bilhete curto:

> Você sempre foi moralista, mas agora também é estúpido. Você sempre foi frio e autocentrado. Considere a brutalidade do seu próprio comportamento. Sempre me foi negado tudo na vida, sempre fui forçada a viver segundo os desejos dos outros. Cansei disto. Agora estou cuidando da minha própria vida. Prefiro assim. Você é um idiota se pensa que sou infeliz. E não me ameace novamente. Tenho minhas próprias armas.

Quando recebi o bilhete, encontrei nele algo que despertou minha piedade e me enterneceu. Nas suas entrelinhas, percebi angústia. Corri para os aposentos de Júlia. A escrava que estava arrumando o quarto disse-me que ela partira pela manhã para uma *villa* em Baiae que lhe fora dada como um presente pelo seu casamento com Marcelo.

— Ela deixou algum recado para mim?

A garota corou e começou a gaguejar.

— Sim, meu senhor, mas não me arrisco a repetir...

— Percebo. Nada escrito?

— Não, meu senhor.

XII

O orgulho nos faz calar. Não abri a boca. Não comentei com ninguém sobre o meu infortúnio, e ninguém poderia imaginar meu estado pelo meu comportamento. A carta que enviei a Júlia, e da qual não tenho uma cópia, foi elaborada de modo a que não pudesse despertar nenhuma suspeita caso algum agente do governo a interceptasse. A linguagem comedida é o preço que pagamos pela ordem.

Meu padrasto continuou a me prestar honrarias. Recebi o *tribunicia potestas*, o farrapo arrancado dos tempos da República com que Augusto se vestiu para disfarçar seu despotismo e que Agripa também usou. O poder de tribuno tornou-me inviolável, deu-me autoridade sobre Roma, o poder de criar ou vetar leis, e deu à minha ascensão um discutível toque popular. Usando o *tribunicia potestas,* Augusto mostrou como era diferente dos senadores e conseguiu se apresentar (ou posar, diriam alguns) como protetor do povo. Nada, nem mesmo o comando dos exércitos, desagradava tanto aos homens de sentimentos republicanos quanto o uso desta peça enferrujada da máquina governamental republicana.

Embora ele me prestasse honras públicas e deixasse claro que eu era o maior general de Roma, não havia nenhum calor nisto. Eu me sentia menosprezado. Para mim, era claro que ele estava pronto a usar-me, e a descartar-me assim que eu tivesse servido aos seus interesses. Isto aconteceria quando os garotos, Caio e Lúcio, estivessem crescidos. Sua parcialidade para com eles era exagerada. Ele estava disposto até mesmo a trapacear em benefício deles. Durante uma partida do Jogo de Troia, um simulacro de guerra no qual os jovens bem-nascidos tinham a chance de mostrar sua bravura e habilidade, Augusto, que funcionava como uma espécie de juiz desta batalha de mentira, apontou uma falta, certa vez, quando um garoto atarracado e inculto estava sentado sobre o jovem Lúcio e a ponto de socá-lo no rosto. Não havia nada nas regras do jogo que permitisse sua interferência, e ficou claro que a sua atitude fora provocada pelo desejo de salvar Lúcio das consequências dos seus próprios erros de avaliação. Um golpe não lhe faria nenhum mal, além de ensinar-lhe muito. O cuidado que Augusto tinha com os garotos era tão exagerado quanto era absurdo seu impulso irrefreável de elogiá-los. Estou surpreso de que Lúcio tenha sobrevivido a esta mistura de mimo e admiração e tenha se transformado em um jovem encantador. Mas fico feliz em dizer que o meu próprio filho, Druso, escapou disto e se tornou mais sensível.

O cuidado de Augusto com os garotos era grotesco. Ele nunca os criticou, que eu tenha ouvido, e dizia-lhes, naquela época e depois, diante dos outros, que eles representavam o glorioso futuro de Roma:

— Tudo que faço é por amor a eles — certa vez eu o ouvi dizer, um sentimento que transformava em nada grande parte da sua vida e refletia uma distorção em sua concepção da responsabilidade que tinha para com o povo de Roma.

Claro que ele estava certo em encorajar a juventude, e particularmente orgulhoso da criação dos Ginásios da Juventude em todas as municipalidades da Itália; mas ele levava isto longe demais em relação aos seus netos. Mal pude acreditar quando ele lhes disse, candidamente, em minha audiência, que no momento adequado encorajaria o Senado a lhes conceder o título de *principes iuventutis* — Príncipes do Movimento Jovem. Isto era demais. Estava a um passo da monarquia hereditária.

Expressei minha indignação à minha mãe. Ela estava tecendo algodão, uma afetação, como eu já lhe dissera, naturalmente encorajada pelo seu marido. Ela o fazia por "relações públicas" — expressão desprezível que ele aprendera com um dos seus gregos libertos — para que soubessem que sua mulher cumpria tarefas domésticas tradicionais, como tecelagem e costura.

— Você realmente não gosta disto, não é, mãe?

— De fato, gosto. É calmante. Talvez você devesse experimentar. Você parece tenso...

— Não se preocupe.

— Você é idiota de enfrentar o amor do seu pai por esses garotos.

— Será que preciso recordar-lhe que tenho com eles a mesma relação que ele tem comigo? Não são maus garotos, mas ele está se arriscando a estragá-los.

— Ele está pensando no futuro, apenas isto. Quando envelhecemos, Tibério, algo estranho acontece conosco. Um dia descobrimos que o horizonte está muito perto, e que se aproxima mais a cada dia. Você não pode culpar Augusto por estar preocupado com o que acontecerá ao Estado quando ele se for.

— E eu não tomarei parte nisso? Não há um lugar para mim nos seus planos?

— Claro que há. Como poderia ser diferente, considerando sua idade, suas realizações e sua posição? Ademais, você deve se lembrar de que eu sou capaz de fazer meus próprios planos e de levá-los adiante. Por exemplo, estou manobrando para que Caio se case com a filha do seu irmão, a pequena Lívia Júlia.

— Muito bom. Assim você manterá sua influência, mãe.

— Não fale assim comigo. Não gosto disto. Nunca gostei. Sei o que significa. Você está de mau humor.

— Isto é ridículo. Estou preocupado com a minha posição pessoal.

— Você será o primeiro homem do Estado — quando seu padrasto morrer.

— Ele viverá vinte anos. E o que eu serei, então? Mas não estou preocupado apenas com a minha própria posição. Desaprovo vigorosamente, mãe, o rumo que as coisas estão tomando. Estamos correndo o risco de nos transformarmos em um despotismo oriental, com uma lei sucessória. Isto não é Roma.

— Sim, Tibério, você é um conservador. Isto é o que o deixa infeliz. Bem, eu partilho dos seus sentimentos, mas tenho a inteligência de perceber que as coisas têm de mudar se quisermos que elas permaneçam iguais. E eu sei que a criação de Augusto é boa, porque, ao contrário de você, eu me lembro das guerras civis. Não seja igual ao seu pai, Tibério, um homem para quem toda a virtude estava no passado, que via o novo mundo como algo criado para fazê-lo sofrer.

— Há momentos em que simpatizo com ele.

— Você é um tolo. Na verdade, é mais que um tolo. Estou satisfeita com a sua seriedade, não que eu costume ser diferente. Soube que você e Júlia não estão se falando, que vocês se comunicam apenas por cartas. É verdade?

— Então você esteve nos espionando, mãe?

— Então é verdade. Você quer destruir tudo?

Hesitei. Estava tentado a responder que sim.

— Júlia e eu decidimos, por ora, seguir caminhos separados. Apenas isto.

— Apenas? Você compreende o que está dizendo? Apenas isto? Sua mulher está correndo em direção à desonra pública e não percebe que você também será contaminado por ela?

— Minha mulher — disse — fará o que ela quiser. Sempre foi assim. Estou impotente.

Assim, eu me retirei e fui à terma. Suei minha irritação e passei a tarde vendo jovens lutarem no ginásio. Jantei em casa, e depois me sentei para beber vinho enquanto um escravo lia para mim o relato de Tucídides da Guerra do Peloponeso.

— Besteira! — disse, e dispensei o homem.

Bebi vinho e elaborei mentalmente cartas para Júlia que eu sabia que nunca enviaria. O dia raiou, frio, cinzento, prometendo pouco. Fui para a cama, mas dormi mal.

Augusto me convocou.

Ele se levantou com uma expressão de prazer no rosto assim que entrei; deve ter lhe custado muito, mas ele sempre gostava da sua atuação.

— Meu querido rapaz — ele disse —, sua mãe estava conversando comigo. Ela está preocupada. Diz que você se afastou dela. "Vejo apenas o que está na superfície, nada do que se passa nas profundezas", foram suas palavras exatas, lhe asseguro. Ela acredita que você nunca conseguiu se recuperar da morte de Druso, seu querido irmão. — Ele colocou a mão em meu braço, e ela ficou ali, pendurada como uma sanguessuga. — Ah, qual de nós conseguiu, qual de nós?

Então o tom da sua voz mudou. Ele adotou aquela maestria que eu sempre respeitei enquanto expunha nossa situação estratégica. Havia um surto de agitação na Armênia — "um país que você conduziu com hábil eficiência em sua juventude, meu caro". Era necessário enviar um homem forte para o Oriente. Ele me ofereceu o trabalho...

— Com *maius imperium*, claro, completa autoridade... Estou oferecendo a você exatamente o que Agripa teve. E o trabalho hoje é ainda mais urgente e necessário...

Ele deu aquele sorriso radiante e confiante que era parte essencial de seu famoso charme. Então uma sombra de dúvida surgiu em seu rosto.

— Você está bem? Parece estranho...

— Tenho um pouco de dor de cabeça... Apenas isto.

— Bem, porque o trabalho exigirá tudo de você.

— Não. Eu não irei.

— O que você quer dizer com isso? O que quer dizer com "não vai"?

— Exatamente o que eu disse.

— Mas isso é loucura. — Ele lançou as mãos para o alto, demonstrando incredulidade. — Vamos lá, garoto! Talvez você não tenha compreendido o que estou oferecendo a você. A posição de Agripa. Meu... — ele hesitou, engoliu o remédio amargo — ... meu parceiro no governo da República.

— Por quanto tempo?

— O que quer dizer com "por quanto tempo"? Ouça, garoto — ele segurou o meu braço, sacudiu-o —, *maius imperium*.

Ele prolongou a palavra como um canastrão e, depois, do mesmo modo, bateu na testa com a palma da mão.

— Agora compreendi. Você acredita que o seu lugar ainda é na fronteira germana, por ter deixado um trabalho incompleto. Bem, meu rapaz, você sempre foi muito consciente, e eu o admiro por isso. De fato, estou relutante, isto, relutante, em afastá-lo dessa tarefa. Mas não há nada a fazer, rapaz, este assunto é muito urgente. É uma missão da maior importância, que lhe dará grandes honras...

— Não — disse. — Já tive o suficiente. Quero sair.

— O que significa isso? Compreende o que está dizendo? É traição.

— Não. Não é, em nenhum dos sentidos da palavra. E se você não compreende, é uma pena, mas o que estou dizendo é simples, e estou determinado...

Eu o deixei de queixo caído. Fiquei pensando em quando ele teria sido desafiado assim pela última vez.

Para dizer a verdade, eu mesmo estava surpreso e perturbado. Não tinha planejado nada do que dissera. Eu tinha tão pouca intenção de recusar quanto tinha a expectativa de que ele fosse me oferecer tal posição. Minha recusa não foi premeditada. Parecia-me mais convincente exatamente por isso; viera das profundezas do meu ser: aquela simples e peremptória recusa. Percebi que durante toda a minha vida eu quisera dizer aquele grande "não". Voltei a pé para minha casa, aproveitando a luz de uma manhã de maio, com as floristas oferecendo seus produtos e o ar repleto do canto dos pássaros, e foi como se grilhões tivessem sido retirados do meu corpo.

Mas eu sabia que apenas vencera a primeira batalha. Augusto não podia me forçar a comandar seu exército, mas podia me punir pela minha desobediência. Além disso, como senador, eu precisava da sua autorização para deixar a Itália, e percebi que era o que eu mais desejava. E sabia para onde queria ir.

Eu visitara Rodes voltando da minha campanha na Armênia, e a lembrança daquela ilha e daquela cidade mágicas, como que um auditório natural em uma baía em forma de crescente, permaneceu comigo, estimulando minha imaginação subterraneamente, com a doçura de uma manhã de verão com o sol já alto. O Sol, claro, é o patrono de Rodes; sua grande estátua, esculpida por Cáres de Lindos enfeita o porto, apenas uma das três mil estátuas com as quais a cidade é adornada, de tal modo que mesmo uma rua vazia de gente é animada pelas imagens de deuses e heróis. Mas a minha lembrança mais forte era a de uma *villa* na extremidade oriental da cidade, uma *villa* de jardins cheios de árvores — ameixeiras, cerejeiras, azevinhos, carvalhos — e flores, com rosas vermelhas, rosadas e amarelas se enroscando na cantaria, debruçada sobre o mar, de modo que à tarde o perfume das rosas se mesclava ao sal do mar. Havia fontes entre o arvoredo, e quando o burburinho da cidade abaixo cessava, os rouxinóis cantavam. Jantei lá, a convite de um mercador grego de barbas brancas que recebeu com prazer minha avaliação rapsódica de sua criação de um *rus in urbe*. Ao morrer, dez anos depois, me deixou a *villa*; seu filho estava envolvido em um problema legal, e a minha ajuda foi de grande valia. Além disso, o mercador tinha muitas *villas*. Era para lá que a minha mente se voltava. Minha decisão de buscar repouso lá foi tomada antes que eu tivesse minha própria casa.

Não seria fácil. Assim, escrevi para Augusto o que se segue:

> Augusto, estimado padrasto e sogro,
>
> A oferta que você me fez honra-me mais do que mereço. Ela me dá, porém, a oportunidade de expressar minha gratidão pela confiança que sempre teve em minhas habilidades. Contudo, preciso recusá-la. Dei mais de vinte anos da minha vida a Roma e à República que você restaurou. Desejo retirar-me para uma ilha, para estudar filosofia e ciências. A República funcionará muito bem sem mim, pois não é recomendável que um homem acumule honras e comandos como você generosamente permitiu que eu fizesse. Ademais, acredito que Caio e Lúcio, meus queridos e brilhantes enteados, são capazes de iniciar sua própria carreira pública, que se afigura gloriosa, sem estarem, de início, à sombra das minhas realizações. Escolhi Rodes como o lugar do meu retiro. É um lugar sem outra importância que não a comercial. Sempre gostei muito daquelas ilhas, como minha venerável mãe poderá confirmar, e o clima é sabidamente agradável. Irá ajudar a curar o reumatismo que me persegue desde os charcos do Danúbio e do Reno.
>
> Assim, formalmente solicito a permissão de recolher-me a Rodes, pedido que acredito que sua natureza generosa e compreensiva não irá recusar.

— Sua carta foi um erro — disse Lívia —, deixou seu pai ainda mais irritado do que já estava.

— Eu a considero uma boa carta. Civilizada e bem escrita.

— Pare, Tibério, não é da sua natureza fazer jogos.

— O que você sabe da minha natureza, mãe? O que qualquer um sabe da minha natureza? O que eu mesmo sei? O que alguém realmente conhece do outro? Há realmente algo como a natureza de alguém?

— Há algo como estupidez, sem dúvida! Algo que você está demonstrando agora. Além disso, você não acredita no que está dizendo. Na carta você falou da natureza generosa e compreensiva de Augusto.

— Uma boa construção. Apenas linguagem formal, nada além disso.

— O que você acha que vai acontecer?

— Oh, Caio e Lúcio vão assumir.

— Não seja tolo. Lúcio tem apenas onze anos.

— Na verdade, dez.

— Onze.

— Bem, isto faz com que Caio tenha 15.

Ela se virou, colocando seu rosto nas sombras.

— Você está partindo o meu coração — disse. — Durante toda a minha vida eu trabalhei, e manipulei, sim, e algumas vezes agi errado em seu benefício. Eu ambicionei muito para você, e agora, quando você está a um passo de conquistar tudo, prefere jogar tudo fora. Por que, Tibério? Por quê? Por quê?

Ela chorou. Suas lágrimas eram as lágrimas de qualquer mãe, de Níobe e de Andrômeda. Meu coração acusou o golpe. Algo do meu antigo amor infantil por ela renasceu. Ajoelhei a seu lado e a abracei. Beijei seu rosto, que estava pálido e um pouco contraído.

— Lamento fazê-la sofrer, mãe. Tente compreender-me. Sei que ama seu marido, e a respeito por isso, e há momentos em que também o respeito, e outros em que chego a sentir uma estranha e inesperada simpatia por ele. Mas não gosto do que ele fez a Roma e receio o que ele faria comigo. Ele escravizou o mundo, submisso à sua terrível vontade. Homens de famílias nobres o adulam em busca de favores e ninguém se arrisca a dizer o que pensa. Mesmo quando lhe escrevi, o lisonjeei, fui compelido a fazê-lo. Isto é péssimo.

"E no que me diz respeito, mãe, você quis muito para mim, como deve querer uma mãe, e eu lhe sou agradecido. Mas o que as minhas realizações irão significar? Em poucos anos, quando Caio e Lúcio estiverem prontos, serei empurrado para as sombras. Eu terei me tornado... desnecessário. Bem, permita que eu mesmo escolha o momento de desaparecer. Estou cansado disso, apenas isto.

"Mas há outro assunto sobre o qual nunca conversamos honestamente: meu casamento. Sim, meu casamento com a filha do seu marido. Ele se transformou em uma tortura para mim. Não culpo Júlia, pois ela também é uma vítima do seu desejo destruidor. Não posso me divorciar dela, posso? Não posso puni-la por adultério como um marido é autorizado pela lei a fazer. Estou condenado a viver como marido traído e a ser objeto de escárnio. Não percebe, mãe, que já tive o bastante, suficiente hipocrisia e trapaça, suficiente luta insensata pelo poder, suficiente logro, suficiente... tudo? Lamento por tê-la decepcionado, mas se eu continuar decepcionarei a mim mesmo. O mundo está podre, e quero sair..."

Ela se recompôs. As lágrimas haviam secado em seu rosto.

— Tudo isso é tocante — ela disse. — Faz com que me recorde dos discursos que o seu pai costumava fazer. Pensei que você fosse um lutador. Deveria ter lembrando como você sempre foi sujeito a surtos de ignóbil melancolia. Compreendo você, não pense que não, melhor do que você mesmo compreende. Você não tem estômago para a luta, mas como é tanto meu filho quanto filho do seu pai, seu desejo retornará. Então você tem uma vagabunda como esposa. Bem, havia cornos antes de Agamenon e haverá muitos outros depois. Qual a importância disto para o resultado? Você pode escolher desistir, mas minha determinação é férrea, Tibério, e continuarei a lutar por você, queira ou não, e um dia você será grato...

Meus amigos me procuraram, alarmados. Descontei boa parte da preocupação deles, pois sabia que eles esperavam crescer comigo, e agora temiam o efeito da minha aposentadoria sobre o seu futuro. Eu compreendia o desapontamento deles, mas à medida que não fizera nenhuma promessa que não pudesse pagar, não me sentia culpado ou responsável. Por outro lado, o primeiro compromisso de um homem é com a sua consciência. Assim que compreendi como era profundo o meu desejo de afastar-me da vida pública, senti como se uma nuvem negra tivesse sido eliminada. Já não precisava de vinho para dormir. Minha respiração, que estava pesada, melhorou. Minhas dores de cabeça desapareceram. À noite eu sonhava com o mar quebrando nas rochas, escuro como o vinho, e com as montanhas da Ásia se elevando, majestosas e vermelhas, contra o céu da tarde. Mal podia esperar a hora de partir.

Augusto se esforçou para me manter preso ao trabalho burocrático. Ele me sufocava com cartas nas quais elogios, críticas e apelos à minha consciência se misturavam confusamente. Ele abandonou sua dignidade e desceu abaixo da linha do decoro. Quando forçou uma nova reunião, esta terminou com ele me amaldiçoando como uma megera.

— Você é um saco de merda vestido como homem! — ele disse.

— Uma lástima que um grande homem seja tão deselegante... — eu disse, sorrindo, pois sabia que estava ganhando, que ao perder o controle ele mostrava que estava sendo derrotado.

Explorei minha vantagem. Sabia que o amor de Lívia impedia que ele se rendesse à violência que a minha teimosia despertava nele. Então eu lhe disse que faria greve de fome até que ele me desse permissão para partir.

Naturalmente ele foi forçado a se curvar; minha mãe o levou a isto. Ela deixou claro a ele que temia as consequências caso ele não me permitisse partir.

Antes, contudo, ele se preocupou em informar-me que os homens estavam falando a meu respeito, e que os senadores consideravam meu desejo de retirar-me um desafio à autoridade deles, de que outros diziam que eu não tinha virtudes.

— Você foi um hipócrita durante toda a sua vida — disseram-me —, alimentando vícios secretos que tem vergonha de praticar em público. Agora perdeu o controle e pretende fugir para essa ilha para poder assumir seus prazeres depravados sem temer a opinião pública.

Respondi assim:

> Augusto,
> Como eu poderia querer desafiar uma autoridade à qual servi voluntariamente o melhor que pude, de acordo com minha limitada capacidade, nestes últimos vinte anos? Sei muito bem que a sua autoridade, a qual respeito, está baseada nos desígnios dos Pais Conscritos, que nenhum romano merecedor do seu nome desejaria desafiar.

Isso era mentira. Estava baseada na sua vitória nas guerras civis e ninguém tinha coragem de desafiá-lo abertamente.

> A sinceridade do meu desejo de aposentar-me me inocenta da acusação de ser ambicioso. Seria uma tática estúpida colocar-me nesta posição se eu fosse realmente ambicioso, pois basta que o meu pedido de aposentar-me seja atendido para que minha vida pública chegue ao fim. A acusação de vício é absurda…

Parei quando escrevia esta linha. "Será que algum homem", pensei, "pode realmente rebater uma acusação destas?".

> Repito mais uma vez que desejo dedicar o resto da minha vida aos estudos. Meus companheiros de retiro serão o astrônomo Trasilo e outros matemáticos. Não são exatamente a companhia que eu escolheria para uma orgia...

Será que eu deveria ter acrescentado que na realidade eu estava fugindo de orgias? Será que isto teria prevenido males futuros?

> Estou cansado, inquieto, nunca me recuperei da morte do meu irmão, e há agora uma nova geração pronta para servir a Roma. Minha presença constante à frente dos exércitos provavelmente seria um constrangimento para eles.

Em resposta, ele me perguntou:

> Que tipo de exemplo sua miserável e egoísta fuga do dever é para a nova geração da qual você fala? Trabalhei por Roma por mais tempo que você, e tão duramente quanto, mas nunca pensei em dar-me ao luxo de uma aposentadoria. Estaríamos bem se todos pudéssemos fugir das nossas responsabilidades como você egoísta e pusilanimemente pretende fazer. Você sabe como está magoando a sua mãe e a mim?

Temo que, ao pensar em Augusto abrindo mão do poder para chamá-lo de responsabilidade, um sorriso de superioridade visitou meu rosto. Quando li a carta pela segunda vez, sabia que ele estava derrotado.

Abracei minha mãe antes de partir — Augusto preferiu não me dizer adeus. Agradeci a Lívia pelo que fizera por mim e deixei meu filho, Druso, a seus cuidados. Ele manifestou o desejo de me acompanhar a Rodes, mas era impossível, claro; era necessário que ele fosse treinado para a vida pública ao lado dos seus pares.

O rosto de Lívia estava frio. Ela disse:

— Espero que fique bem e seja feliz, menino, mas temo que nunca seja capaz de perdoá-lo.

— Mãe — eu disse —, vou em busca de uma felicidade que nunca conheci.

— Felicidade. Uma ideia de poetas medíocres — ela respondeu.

Quando eu navegava diante da Campânia, chegou a notícia de que Augusto estava doente. Naturalmente, suspeitei de um golpe, mas era impossível não dar a ordem de lançar âncora. Permaneci sentado no tombadilho durante toda a noite, sob as estrelas, olhando para a terra e pensando se ele me derrotaria novamente, desta vez morrendo. Então meu amigo Lucílio Longo disse-me que minha demora estava sendo mal compreendida: que os homens haviam dito que eu estava torcendo pela morte do meu pai e que eu queria assumir o poder.

Como eu era mal compreendido. Suspirando, ordenei que retomássemos a viagem, embora os ventos não fossem favoráveis.

Os quatro anos que se seguiram à minha chegada a Rodes foram os mais felizes da minha vida. Tinha colocado de lado as preocupações e, embora tivesse todo o tempo disponível, não me entregava ao ócio. Estudava três horas pela manhã e lia durante duas ou três à tarde. Ia a conferências e debates nas escolas de filosofia e me exercitava no ginásio. Conversava amigavelmente em pé de igualdade com os cidadãos, gregos cultos e geralmente agradáveis que se mostravam livres dos vícios pelos quais os membros desta nação instalados em Roma desonravam a si mesmos e desagradavam a nós. Ao contrário, os cidadãos de Rodes se distinguem pelo seu conhecimento, bom senso e virtude; ninguém pode viver aqui sem aprender que a virtude não é, como alguns acreditam, monopólio dos romanos bem-nascidos, mas uma qualidade natural do homem, que para ser cultivada só depende de um bom ambiente. O comportamento dos cidadãos é tal que nenhum homem sensato pode esquecer que a Grécia é o berço da liberdade e da lei. Eu estava encantado de perceber que, pela discreta influência desta ilha encantadora, eu estava crescendo, tanto em virtude quanto em sabedoria.

Minha paz se devia em grande parte ao meu jardim, pois na minha opinião um belo jardim simboliza uma vida boa. Foi por causa do jardim e de sua localização que eu gostara tanto desta *villa* em minha primeira visita; e morar aqui apenas aprofundou o encanto. É cercada de plátanos, muitos deles cobertos de hera listrada de prateado. Os cumes têm seu próprio verde, mas na base a cor é tomada emprestada da hera, que se espalha, ligando uma árvore à outra. Entre os plátanos, plantei buxeiros, pelo perfume que desprendem à tarde, enquanto loureiros mesclavam seus matizes com os dos plátanos. Há vários passeios pelo bosque, alguns sombrios, outros cultivados com rosas, e o último ligava, em contraste agradável, o frescor das sombras com o calor da dádiva de Apolo. Tendo atravessado estas aleias sinuosas, que são tão sedutoras que se poderia passar horas usufruindo delas, chega-se a um caminho reto, que se divide em vários outros, limitados por cercas-vivas de buxeiros. Há novamente um contraste agradável entre o rigor e a beleza desordenada na natureza. No centro do jardim há um pequeno bosque de plátanos-anões e um grupo de delicadas acácias arqueadas. Na extremidade sul há um caramanchão coberto de videiras e sustentado por colunas simples. Há um pequeno lago, tão bem cuidado que está sempre cheio, sem jamais transbordar. Quando janto ali, o lago serve de mesa, os grandes pratos sendo colocados ao longo da borda e os pequenos flutuando como barcos. Do lado oposto, uma fonte cujo depósito é sustentado por quatro meninos cuidadosamente esculpidos, que levam tartarugas para beber da água. Em frente ao caramanchão há uma casa de verão, em mármore brilhante, que conduz à sombra verde de um cercado, fresco mesmo ao meio-dia, quando lagartos dormem sobre o muro escaldante. A construção é mobiliada com divãs e, sendo coberta de videiras, cria um clima tão agradável que é possível deitar ali e se imaginar numa floresta. Por todo o jardim há outras fontes e pequenos bancos de mármore, protegidos do tumulto da cidade abaixo e do fulgor do sol forte. Neste jardim podia repetir o poeta grego, que exclamava:

> Permita-me repousar à sombra dos plátanos
> Enquanto fontes gotejantes murmuram e acariciam...

E quando eu olhava para trás da *villa*, via pinheiros vigorosos subindo a montanha. Abaixo, o mar brilhava como um escudo.

Eu me ocupava buscando a perfeição. Vivia com simplicidade, comendo e bebendo pouco. Aspargos, pepinos, rabanetes, salmonetes, pão, frutas e queijo de leite de ovelha das montanhas me satisfaziam; não pensava em vinhos finos, o vinho resinoso da região era suficiente.

Por quatro anos vivi na Arcádia, sem ser perturbado por guerras, política, lascívia, sem pensar em Roma, poder ou intrigas. Vivia como minha natureza me dizia que tinha nascido para viver. À noite eu acompanhava o movimento puro e desapaixonado das estrelas.

Estava totalmente entregue a mim mesmo...

Mas sempre há um *mas* na vida. Meu uso dos tempos oscila. Estou descrevendo um estado, definido como uma tarde de verão, ou estou tentando recuperar e, recuperando, perpetuar algo que, mesmo quando percebo minha doce satisfação, está escapando de mim?

Eu não estava livre de perturbações. Um dia, por exemplo, exprimi o desejo de visitar algumas das pessoas doentes das redondezas, uma obrigação que assumira com prazer em intervalos regulares desde que cheguei à cidade. Desta vez, um novo servo não compreendeu bem minhas intenções, e quando eu descia para a cidade descobri com desgosto que um grande número de doentes havia sido reunido, à custa de um desconforto que eu não queria imaginar. Eles tinham sido separados em grupos, de acordo com suas doenças. Naturalmente eu me desculpei o melhor que pude, e o problema terminou. Mas a minha irritação aumentou ao perceber que estes infelizes consideravam normal passar por isso apenas para que eu pudesse demonstrar minha benevolência. Há algo desagradável, e para mim imoral, nas relações sociais que estabelecemos por meio do nosso exercício do poder. Um pensamento grosseiro veio a mim com uma lembrança. Uma vez, durante uma discussão, Júlia jogou na minha cara:

— Dá no mesmo se consigo com um trabalhador ou um nobre e, acredite-me, o primeiro normalmente é melhor.

Há, percebi com desgosto, uma estranha honestidade e decência nessa avaliação.

A frase parecia irônica.

Foi poucos meses depois daquele incidente que chegaram de Roma rumores inquietantes. O primeiro sinal veio numa nota enigmática anexada a uma carta de Cneu Calpúrnio Pisão. Ele sugeria que eu tomasse cuidado com a minha mulher. Compreendi muito bem. Consultei Trasilo, que foi evasivo. Quando pressionado, admitiu uma ameaça de má sorte; as estrelas estavam numa conjunção desfavorável. Escrevi a Lívia usando de discrição. Em sua resposta ela ignorou minhas perguntas ocultas, embora eu não pudesse acreditar que ela não as tivesse compreendido. Hesitei antes de escrever a Júlia, pois tinha certeza de que sua correspondência seria interceptada e examinada.

Aconteceu, porém, que um jovem oficial, Lúcio Hélio Sejano — cujo pai, Lúcio Seio Estrabo, fora prefeito pretoriano e era agora procônsul do Egito —, fez a cortesia de me procurar durante sua viagem de Antioquia a Roma. Eu o recebi, como fazia com qualquer jovem romano que demonstrasse tal respeito, e porque seu pai servira sob minhas ordens no Danúbio.

— Há muitos no exército que sonham com o seu retorno, senhor — disse o jovem Sejano.

Ele falou de modo franco e corajoso. Seus olhos, que eram muito azuis, encontraram os meus, e ele não evitou meu olhar penetrante. Gostei dele pelo seu sorriso sincero, pela sua desenvoltura e tranquilidade. Jantamos juntos e ele me fez rir com relatos das suas viagens pelo Oriente e também pelo seu claro desagrado com o Egito. Quando falou daquele país, sua linguagem trazia um toque de exagero do qual ele estava totalmente consciente. Ele o demonstrou para me agradar, e conseguiu. Mas isto não foi o que mais me agradou, e sim sua inteligente aceitação da experiência. Havia nele algo do meu irmão Druso, e quando olhei para ele deitado no divã ao meu lado, como um atleta descansando entre suas corridas, senti por ele aquela mistura de afeição e inveja com a qual me acostumei a ver Druso, e que não sentira mais desde a morte do meu irmão. O mundo e a natureza humana eram, e sempre seriam, assuntos menos complicados para ele do que para mim, e eu correspondi à sua sinceridade juvenil. Ele era pouco mais que um garoto, mas já merecia minha confiança.

— Se eu pedisse a você — perguntei — que fizesse por mim algo que poderia colocá-lo em perigo, e certamente, se descoberto, ameaçasse suas chances de promoção, mas que seria de grande valor para mim, estaria disposto a aceitar?

Ele corou com a pergunta.

— Sim, estaria — disse, e depois sorriu. Foi um sorriso tímido e estranhamente doce. — Pois sei que não me pediria para fazer nada desonroso.

Ainda assim, hesitei. Havia vergonha em minha hesitação, o que não me incomodava, e medo, que me perturbava. Os dois sentimentos estavam estranhamente interligados, pois uma parte da minha vergonha era fruto do medo que eu tinha de confiar nele. E isto também era estranho, pois este medo era natural. Mas eu também estava envergonhado por usá-lo, como pretendia, embora soubesse que ele esperava que eu o fizesse. Ele se levantou, radiante, e se ajoelhou diante de mim. Segurou as minhas mãos e as apertou:

— Confie em mim, senhor. Estou ansioso por servi-lo.

— É, em si, algo pequeno — eu disse. — Apenas entregar uma carta que não posso enviar pelos meios habituais. Mas esta pequena coisa pode ser sua ruína. Você precisa compreender isto.

— Sim, e já tem minha resposta.

— Sim, já tenho sua resposta, e estou grato pela sua disposição, mas minha perplexidade permanece. Não sei por que decidi colocá-lo nisto nem se tenho uma justificativa para usá-lo de tal forma.

A pressão das mãos dele sobre as minhas aumentou.

— Senhor — ele disse, com uma voz baixa e ansiosa, ainda mais terna do que a de uma mulher apaixonada —, estou a seu comando. Faça de mim o que desejar.

Seu sorriso impaciente parecia zombar da seriedade das suas palavras.

— Você é apenas um garoto, um garoto para quem o sol brilha todos os dias, e, se aceitar esta missão, eu o apresentarei a um mundo onde o sol não brilha. O que sabe da minha mulher?

Minha pergunta abrupta e minha voz amarga o perturbaram. Ele se levantou e me deu as costas. Seus dedos brincavam com a pele suave de um pêssego maduro numa cesta sobre a mesa.

— Não sei como lhe responder, senhor...

— Percebo. Talvez esta seja resposta suficiente. É à minha mulher que lhe peço que leve esta carta, e quando ela a tiver lido, aviso que ficará furiosa com o seu portador...

Mas, pensei, olhará para o portador, se imaginará acariciada por estas mãos fortes, enlaçada por estes membros jovens, e olhará para estes cachos de cabelos louro-arruivados que caem sobre seus olhos e que ele afasta de modo tão descuidado... e então tentará seduzi-lo; e isso não é o que eu desejo para ele. Mas preciso de alguém em quem possa confiar, e acredito que posso confiar neste garoto...

— Não há nada que possa esperar de mim — eu disse. — Sou um homem entrando na velhice e que abriu mão da luta pelo poder. Você compreende?

— Ouço suas palavras, mas também ouço que as estrelas dizem algo diferente, que elas lhe prometem um futuro glorioso. E também sei o que dizem no exército. Assim, estou feliz de aceitar esta missão...

Ele se voltou para mim com um sorriso radiante.

— Veja bem, senhor — ele disse —, escolhi unir o meu futuro ao seu. Estou, como disse, a seu comando para qualquer assunto.

A ternura nos pega de surpresa, como o vento da tarde, que invade o meu jardim, vindo do mar. Não é uma emoção que eu tenha sentido muitas vezes: por Vipsânia, quando ela olhava para mim com seu rosto bonito em resposta à dor ou à infelicidade dos outros, por Júlia, quando deitou-se com nosso pequeno filho em seus braços, por Druso, quando acompanhei seu corpo na longa marcha até o mausoléu, pelo jovem Segeste, quando o protegi do mundo. Em todos os casos, me parecia, a ternura era uma forma de protestar contra a crueldade e a insensatez da vida. Qualquer ser racional sabe que a vida do homem é feia e brutal, que nossa cultura tão cuidadosamente adquirida e cultivada não é mais do que alguns fragmentos de justificativa, um trabalho contra a realidade da existência, contra — para cunhar uma expressão — seu aniquilamento desapiedado. Os deuses zombam dos nossos pobres esforços ou os ignoram; por isso, nosso coração se abre para aqueles que lutam contra o destino e perdem, pois nesta derrota reconhecemos a verdade última sobre esta vida à qual estamos condenados.

Quem — como diz o poeta — teria ouvido falar de Heitor se Troia não tivesse sido conquistada?

Quando estava de pé no alto do penhasco, observando o barco que levava o jovem Sejano de volta a Roma sumir no horizonte, senti renovada aquela estranha ternura, e o via como Heitor, o herói arrasado, arrastado pela carruagem de quem o destruíra, seus longos membros que tanto encantavam quando em movimento, agora flácidos e cobertos de sangue, os cabelos ruivos cobertos pela poeira através da qual era arrastado, enquanto as pessoas vulgares o xingavam e aqueles de alma nobre permaneciam em silêncio, sofrendo pela derrota da beleza, da coragem e da virtude.

Uma gaivota mergulhou em busca de peixe. Afastei meu sonho desperto.

— Ridículo — disse para mim mesmo, e afastei-me do liso espelho do mar que parecia prenunciar a morte em direção às doces sombras da tarde sob os louros.

XIV

Minha carta para Júlia recomendava moderação, renovava meu aviso de que ela estava sendo submetida à investigação policial e a avisava de que estavam sendo consideradas uma tomada de medidas contra ela. Preferi não dizer mais. Na verdade, os acontecimentos se deram mais rapidamente do que eu esperara. Quando Sejano estava comigo em Rodes, tinham sido levadas informações a Augusto. Seu sofrimento com a revelação dos hábitos de sua filha era, estou certo, genuíno. Ele deveria ser a única pessoa em Roma que não sabia do seu comportamento. Sua conduta se tornara ainda mais escandalosa desde a minha partida. O relatório informava (ele me enviou uma cópia) que:

> A suspeita, depois de um banquete no qual muito vinho fora consumido, seguiu cambaleando com os seus companheiros até o Fórum, e lá ela subiu na tribuna, de onde convidava os passantes para o prazer dos seus acompanhantes, que gritavam:
> — Preparem-se, preparem-se para a f... mais aristocrática de Roma!

Quando recebi a carta na qual Augusto me relatava o que acontecera, anexando uma cópia do relatório policial, Júlia já estava condenada. Precisava apenas ler novamente a lista dos seus amantes nobres para perceber isso. Era um escândalo político de primeira grandeza, assim como um escândalo sexual. Em sua carta, porém, Augusto não me deu nenhuma pista de que compreendera então meu antigo desejo de me afastar. Por outro lado, também não me criticou por tê-lo feito, portanto, ele provavelmente adivinhara.

Eu não podia saber a que ponto isso tinha chegado enquanto a carta estava a caminho. Naturalmente, eu também estava preocupado por pensar que tinha despachado Sejano com uma carta que me comprometeria e poderia destruí-lo. Pensava sobre o que ele teria feito ou o que estava fazendo com ela. Mas estava além do meu controle, embora eu tenha escrito pedindo cautela "naquele assunto", o que provavelmente era, em si, uma frase comprometedora. Enquanto isso, era meu dever fazer o que pudesse para salvar Júlia das consequências da sua insensatez. Assim, escrevi a Augusto:

> Minha mulher, talvez sofrendo de uma espécie de desespero, que às vezes aflige as mulheres próximas da meia-idade, conforme dizem os meus médicos, portou-se de uma forma pior que insensata. A natureza singularmente pública da sua conduta deve tocar os limites do perdão, pois como *Princeps* você não pode deixar de interpretá-la como um desafio público às admiráveis leis que fez aprovar. Não obstante, apelo para suas pessoas pública e privada para que sejam indulgentes. Indulgência ficaria bem no Pai da nossa nação e no pai de sua desditosa filha. Imploro para que leve em consideração o fato de que a minha ausência, causada por um intenso cansaço do espírito e do corpo, e pelo meu desejo de permitir que Caio e Lúcio desabrochassem, pode ter contribuído para as aberrações da minha mulher. A indulgência é boa em si. A lei tomada duramente ao pé da letra será uma faca cravada em seu coração por suas próprias mãos...

Parei aqui. Havia mais uma frase que sabia que precisava escrever. Senti raiva com a ideia de fazê-lo — olhei com melancolia para a beleza serena do meu jardim — e fiz o que tinha de ser feito...

> Vivo um exílio feliz, afastado dos assuntos públicos e do burburinho da cidade, numa atmosfera livre de tentações, perfeitamente adequada ao desenvolvimento de uma mente filosófica. Posso sugerir, assim, que ordene a Júlia que volte para seu marido?

Não me cabia mais do que dar uma simples sugestão, agregar à recomendação súplicas que só podiam ser falsas, pois a ideia de ter Júlia novamente invadindo a vida que eu tão cuidadosamente reconstruíra me revoltava.

A resposta de Augusto foi seca:

> Recebi sua carta e analisei seu conteúdo. A solução que você propõe é impraticável. Quando uma mulher se transforma em prostituta, é como um cão que começa a perturbar as ovelhas: não tem cura. Como seu marido, você no passado falhou em exercer o controle adequado; não vejo por que deveria imaginar que poderia ter maior sucesso no futuro. Assim, estou preparando seu divórcio. Não quero nunca mais ouvir de você o nome daquela infeliz...

Júlia não teve direito a um julgamento público. A justiça desceu sobre ela secreta, implacável e violentamente. Sua liberta, Febe, parceira em sua licenciosidade, se enforcou. Júlia resistiu. Foi enviada para a ilha-prisão de Pandataria, onde não tinha direito a vinho nem a companhias masculinas. Enquanto isso, eram aplicadas as punições a seus amantes. Júlio Antônio foi condenado à morte; os outros, ao exílio perpétuo. Foi-me dito que Júlio Antônio morreu de forma abjeta; as notícias não me surpreenderam. Ele era um homem movido pela vaidade, mais que pelo orgulho.

Descobri que estava agradavelmente indiferente ao destino de Júlia. Ela, afinal, me rejeitara antes. Sejano escreveu-me para dizer que, em virtude do que descobrira ao chegar a Roma, achou mais sábio destruir minha mensagem. Ele beijava minhas mãos e dizia continuar sendo meu servo ardoroso e obediente. Aprovei sua prudência e implorei que me fizesse outra visita. Neste ínterim, aconselhei-o a dar atenção a seus estudos militares e legais.

> Ninguém pode chegar ao topo sem esforço. Assim, recomendo, usando as palavras de Virgílio: Ó, belo rapaz, não confie demais nas aparências. Portanto, estude bastante e, nas palavras de outro poeta, menor, talvez as ninfas tragam água para aplacar sua sede. Enquanto isso,

> você merece toda a minha gratidão e os meus melhores desejos. Embora tenha me afastado da vida pública, ainda tenho influência e amigos, e gostaria que me visse como seu pai, patrono e amigo...

Desde que Júlia me abandonara, eu me sentia, de modo profundo, embora incerto, como um homem supérfluo. Agora, na solidão, eu meditava sobre a estranheza do nosso casamento e do seu destino. Ela mesma gerou sua infelicidade, e o fez da mesma forma feliz e descuidada com que, por duas vezes na minha vida, me aqueceu e deliciou. E agora este fogo estava extinto totalmente. Mesmo meu ressentimento pela sua infidelidade, e pela vergonha que ela me impusera, diminuíra. Era quase como se ela nunca tivesse existido. Há amores dos quais uma pessoa sente saudade. Assim foi o meu por Vipsânia. Nunca pensei nela sem ternura, mas raramente pensava nela. Ela simplesmente pertencia a um estágio da minha vida do qual eu tinha sido separado pelos acontecimentos. Assim, era como se o nosso amor tivesse pertencido a duas pessoas bem diferentes. Meu amor por Júlia foi mais intenso, enquanto minhas emoções foram menos puras. Agora sei que esperava por sua desgraça como depois de alguns dias abafados esperamos por uma tempestade. E a sua desgraça teve o efeito de um trovão. Eu me sentia livre para viver novamente.

Tal percepção me deixou perplexo, pois eu acreditava estar possuído por uma felicidade completa; e julgava que minha felicidade baseava-se em ter aberto mão da ambição e da minha aceitação da falta de sentido da vida. E embora esta convicção tenha sido confirmada pelo que aconteceu a ela — que outra vida, em qualquer escala de valores, poderia ser considerada mais sem sentido do que a dela? —, eu agora tinha sido tomado por uma renovada insatisfação, provocada, sou forçado a admitir, pela sensação de liberdade.

Absurdo. Os acontecimentos em Roma não tinham confirmado minha avaliação de que a liberdade tinha sido a maior vítima de Augusto?

Eu não estava inteiramente livre dos efeitos da ignomínia de Júlia. Disseram-me que quando os homens mencionavam meu nome em Roma era sem respeito. Eu era um personagem que estava mergulhando no passado, de pouca importância. Apenas alguns poucos amigos permaneciam leais a mim.

Sejano era praticamente minha única ligação com a nova geração. Havia, contudo, outra ligação, embora tênue: meu enteado Lúcio. Se o seu irmão mais velho, Caio, me ignorava completamente, Lúcio me escrevia no meu aniversário, desejava-me felicidades, agradecia pelos presentes que eu enviava para ele — também enviava presentes a Caio nos momentos certos, mas nunca recebi um só agradecimento, embora os presentes não fossem devolvidos. Lúcio expressava sua infelicidade com o que acontecera à sua mãe, embora fosse honesto o bastante para acrescentar que sempre soubera que ela não se importava com ele. Tudo que podia dizer em resposta era que, pelo que sabia, ele não tinha motivos para se recriminar: consolo inútil, pois a autorrecriminação dispensa justificativas. Contudo, era irônico que a desgraça de Júlia coincidisse com a elevação de Lúcio, três anos depois do seu irmão, a Príncipe do Movimento Jovem. Ele estava excitado com isso, e tinha bons motivos, pois isso confirmava que Augusto pretendia que os dois irmãos dividissem o governo do império após a sua morte, ou até mesmo na sua velhice. Pelo mesmo motivo, isso aumentou o descontentamento em Roma, que já tinha sido estimulado pela perseguição movida contra as velhas famílias nobres que forneceram amantes para Júlia. Druso, meu próprio filho, me enviou apenas eventualmente algumas cartas breves e pouco esclarecedoras; talvez ele pensasse que eu o tinha abandonado, embora cuidasse da sua educação tanto quanto me era possível à distância.

Minha mãe continuou sendo meu esteio, minha defensora e minha fonte de informações. Ela estava contrariada com a rápida elevação de Caio e Lúcio, principalmente porque eles não tinham o seu sangue. Ela não desgostava deles por isso, embora tivesse certeza de que Augusto superestimava suas capacidades. Sua objeção era basicamente política. Embora fosse mulher, portanto sujeita aos preconceitos característicos do seu sexo, Lívia tinha uma clara percepção do modo como as coisas eram feitas. Augusto devia muito às suas ligações, mais ainda à sua sagacidade, mas agora ele estava, como ela dizia: "cego de amor pelos garotos, como estivera uma vez no caso de Marcelo." Lívia sabia que a nobreza romana se insurgiria contra qualquer sinal de monarquia hereditária. Ela sabia, melhor do que ninguém, que a ideia de que o seu marido havia restaurado a República era uma ficção; ela percebia que o segredo desapareceria se o poder passasse para Caio e Lúcio por causa do seu nascimento e não das suas realizações. Ela pediu moderação a Augusto e pediu-me que retornasse a Roma. Mas eu ainda me rebelava contra isto.

Então meu *tribunicia potestas* terminou e não foi renovado. Minha autoridade legal evaporou. Minha pessoa não era mais sacrossanta. Eu havia me transformado num mero nobre, de pouca distinção. Inicialmente isto não me preocupou; afinal, era o que eu queria.

Contudo, logo comecei a me sentir como um pássaro preso em um quarto. É livre para voar, mas ainda assim está confinado. Ele se choca contra as janelas, vendo uma saída que não consegue encontrar.

Caio foi escolhido para um comando no Oriente; novos problemas estavam surgindo na fronteira da Pártia, pois a morte do rei Tigranes da Armênia encorajou os partos a um novo envolvimento com aquele país turbulento. Era uma missão que provavelmente estava além da capacidade de um jovem inexperiente, e escrevi ao meu enteado oferecendo ajuda e relembrando-lhe minha experiência nos assuntos armênio-partos. Ele não me concedeu a gentileza de uma resposta. Felizmente, o jovem Sejano fazia parte da sua equipe e estava pronto para cuidar dos meus interesses. Ele me contou que normalmente se referiam a mim como "o exilado" e que o meu velho inimigo Marco Lólio, a quem Augusto atribuiu a responsabilidade de supervisionar o Príncipe do Movimento Jovem, não perdia uma oportunidade de denegrir-me, destilando veneno em ouvidos dispostos a recebê-lo. Sejano recomendou que eu fizesse uma visita ao meu enteado (que na verdade era meu ex-enteado desde o meu divórcio de sua mãe).

Fui encontrá-lo em Samos. Era estranho estar novamente em campo, ainda mais estranho que houvesse o clima de uma Corte. Ele me recebeu com estudada frieza. Quando nos abraçamos, Lólio, ao fundo, sorriu afetadamente. Eu me senti incomodado ao ver aquele rosto avaro e ganancioso novamente; ademais, ele estava mais gordo do que antes, e sua barriga balouçante dava-lhe uma curiosa característica aquática — você procurava os pés palmados. Ele fez de tudo para que, durante a minha visita, nunca ficássemos a sós. Enquanto isso, mantinha meus olhos abertos. Havia muito a criticar. A disciplina era frouxa e estava claro que Caio era um daqueles comandantes que esperam conseguir popularidade perdoando erros e não demonstrando virtude e eficiência. Lólio, claro, sempre foi deste tipo.

Durante a conversa, Lólio foi petulante e, vergonhosamente, era estimulado a ser insolente por Caio, que continha o riso quando seu mentor descartava, com negativas secas, minhas análises do comportamento e dos hábitos dos partos. Recusei-me a discutir. Estaria abaixo da minha dignidade. Naturalmente, minha recusa foi erradamente interpretada por Caio e pelos jovens afetados dos quais ele se cercara. Eles supunham que eu estivesse intimidado — como se um Cláudio pudesse ser desconcertado ou desafiado por um Marco Lólio. Contudo, nestes dias degenerados, quando a mera vaidade frequentemente supera o justo orgulho, não surpreende que a virtude e a dignidade não sejam reconhecidas e se transformem em objeto de leviandade.

Apesar disso, minha visita não foi totalmente sem valor. Serviu para confirmar o que eu pensava do jovem Sejano, ao me dar a oportunidade, mesmo breve, de aprofundar minhas relações com ele de modo muito bom. Admirei seu tato, a forma pela qual ele não se colocava a meu favor nem deixava isso claro. Também admirei seu intelecto poderoso, sua perspicácia e rápida compreensão.

Ele facilitou conversas confidenciais com outros amigos que eram membros da equipe de Caio: Caio Veleio Patérculo e Públio Sulpício Quirino. Estes homens foram sutis o bastante para demonstrar sua falta de confiança em Lólio sob uma aparência de afabilidade. Eles me contaram que a inimizade dele por mim era uma obsessão:

— É fria e cortante como o vento norte. Ele não perde nenhuma oportunidade de envenenar o *Princeps* contra você.

— Algo supérfluo — observei.

— Contudo — garantiu Veleio —, Lólio pode não estar tão seguro quanto acredita. Ele tem mantido uma correspondência secreta com o rei da Pártia e tenho motivos para acreditar que ele recebeu suborno para mudar a política de Roma a favor da Pártia. Talvez a mera sugestão de que ele tenha feito isto seja suficiente para destruí-lo.

— Não — disse Sejano —, dê corda a ele. Não é possível ganhar nada com uma acusação que não possa ser provada. Claro que não tenho experiência em tais assuntos, sou apenas um jovem, mas me parece que nestes casos de traição é melhor a espera que a afobação. Assim você permite que o suspeito se comprometa ainda mais e no momento adequado estará pronto para destruí-lo completamente.

Eu concordei.

Enquanto isso, era necessário que eu mesmo tomasse algumas precauções. Quando retornei a Rodes, deixei de me exercitar na pista, como era meu hábito, e cheguei mesmo a usar uma capa grega e chinelos em vez da toga. Eu queria deixar claro que estava afastado da vida pública e que não poderia ser considerado como ameaça a ninguém. Apesar disso, uma carta de Sejano me informou que Lólio acusara-me de colocar em risco a lealdade dos oficiais de Caio. O próprio Sejano fora interrogado a respeito das suas conversas comigo:

"Eu não disse nada", ele escreveu.

A acusação era preocupante, ainda mais porque Sejano a levou tão a sério que fez com que sua carta chegasse a mim dentro de uma caixa de salmonetes que ele fez com que um pescador entregasse como um presente. Respondi-lhe do mesmo modo cauteloso e escrevi uma carta formal a Caio dizendo que a acusação de Lólio me tinha sido relatada e que, portanto, eu estava pedindo que minhas palavras, ações e correspondência fossem mantidas sob estrita vigilância. Este era, em si, um pedido desnecessário, já que isso já estava sendo feito.

A próxima carta de Sejano (desta vez dentro de uma caixa de figos) era ainda mais perturbadora. Ele me contou que um jovem nobre sentado à mesa de Caio se oferecera para viajar a Rodes e "trazer a cabeça do exilado". O oferecimento foi recusado, mas provocou muitos risos e o jovem não foi repreendido. Ao contrário, Marco Lólio fez com que uma nova jarra de vinho fosse dada a ele.

— Cuidado, pai e benfeitor. Confie em seus amigos, o menor dos quais agora beija suas mãos.

Engoli meu orgulho e escrevi a Augusto dizendo que, tendo desaparecido as razões do meu exílio voluntário, eu estava pronto a assumir quaisquer tarefas que ele desejasse me dar e pedia autorização para retornar a Roma.

Ele não respondeu minha carta. Em vez disto, escreveu a Caio pedindo sua opinião. Naturalmente, com Lólio enchendo seus ouvidos, o pobre Caio, que não conseguia pensar sozinho, disse que eu deveria permanecer onde estava.

"Ele não pode fazer nenhum mal onde está, e não pode fazer nenhum bem em outro lugar", escreveu.

Mais tarde vi a carta, e pude reconhecer o tom e os sentimentos que eram ditados por Lólio.

Escrevi a Lívia. Ela era incapaz de ajudar. Mesmo ela preferia não escrever claramente, sabendo que toda a minha correspondência estava sendo copiada e examinada pelos meus inimigos. Eu podia sentir o frio da noite cair sobre mim; parecia que a minha vida seria resumida na fraude do meu casamento e na minha carreira interrompida. À noite, eu era assaltado por tentações às quais não poderia me entregar, nem mesmo em pensamento.

Meus amigos, porém, agiram em meu benefício, sem que eu soubesse. Talvez em virtude do meu longo afastamento dos acontecimentos, eu tenha me tornado excessivamente cauteloso; de qualquer modo, eu não teria cogitado, como eles fizeram, lançar um ataque contra o todo-poderoso Lólio. As acusações o pegaram de surpresa, principalmente porque eram fundamentadas. Ele não pôde responder. Caio retirou seu apoio rapidamente, pois temia ser de algum modo envolvido na derrocada de Lólio. Seu temor revelava como ele mal conhecia Augusto, pois ele estaria pronto a perdoar tudo a seu amado neto, como no passado perdoara a Marcelo. De qualquer forma, Caio, preocupado, com o rosto congestionado e a voz saindo de controle, repreendeu Lólio numa reunião com toda a sua equipe, exigiu sua renúncia e o ameaçou com um processo. Lólio estava abatido e amedrontado; não parou para pensar que suas próprias relações com Augusto tinham sido muito boas, que ele mesmo já fora um dos favoritos do *Princeps*. Por outro lado, talvez temesse que Augusto fosse menos condescendente, exatamente devido a tudo o que fizera pelo general, e que interpretasse a traição de Lólio a Roma também como uma traição pessoal; o que de fato era, uma vez que Lólio não tinha como alegar em sua defesa ter agido pelo interesse público. Um exame do que conseguira mostrava claramente o interesse de quem tinha agido. Com sua carreira arruinada, sua reputação destruída pela sua própria ambição e ingenuidade, o infeliz se suicidou, cortando a própria garganta.

A força da sua influência maligna logo ficou clara. Um mês após a sua morte, fui autorizado a retornar a Roma, embora apenas com os direitos de um cidadão, não me sendo permitido participar da vida pública.

Lívia veio a Óstia me receber. Ela chorou ao me abraçar e senti o patético amor de uma mãe.

— Senti sua falta — ela disse.

Gostaria de poder dizer o mesmo, mas eu sentia pouco por ela, apenas uma ternura distante e sem efeitos práticos. Desde que eu crescera, ela tinha exigido de mim mais do que eu podia dar. Agora ela se desculpava pela ausência de Augusto, apresentando justificativas nas quais eu não podia acreditar.

— Não esperava que ele me recebesse. Ademais, este não é um retorno triunfal.

— Não, e de quem é a culpa, se posso perguntar? Não foi pelo meu desejo ou pelos meus conselhos que você desperdiçou tantos anos da sua vida. Se você foi um exilado, foi por sua própria escolha. Contudo, meu filho, este é um retorno do qual o triunfo pode brotar.

— Tenho dúvidas, mãe...

O sol se punha atrás das montanhas de Alba quando subimos o Capitólio para eu agradecer a Júpiter pelo meu retorno em segurança. O mármore do templo resplandecia com uma cor rósea e Lívia gritou que via um halo dourado sobre a minha cabeça. Mas isto não fazia sentido, e eu me sentia extenuado enquanto olhava para a multidão espremida abaixo de mim. Eu me sentia mais solitário do que estivera em meu retiro na ilha. Poucos dias depois, retirei-me para uma casa no Monte Esquilino, construída em jardins que haviam pertencido a Mecenas. Cumpri com os meus deveres de responsável pela *gens* Cláudia. Examinei Druso e fiquei satisfeito ao ver que sua educação estava se desenvolvendo bem. Fora isso, vi apenas velhos amigos, entre eles Cneu Calpúrnio Pisão, seu irmão Lúcio e Cosso Cornélio Lêntulo. Todos os três tinham conseguido muito, mas nenhum estava satisfeito. Todos concordavam comigo a respeito dos assuntos públicos e cumpriam suas tarefas sem nenhuma ilusão a respeito de sua natureza ou propósito. Muitas noites pedimos a Baco que nos consolasse pela morte da liberdade em Roma e buscamos no vinho o que não conseguíamos encontrar nas questões públicas ou nas particulares: satisfação e algum motivo para prolongar a vida, proteção contra o desapontamento e libertação passageira da desilusão.

A PRIMEIRA PARTE DA AUTOBIOGRAFIA DE TIBÉRIO TERMINA AQUI, ABRUPtamente, e é impossível determinar se ele a abandonou ou se as páginas que descrevem os acontecimentos até a morte de Augusto em 14 d.C., se perderam. A primeira hipótese é a mais plausível, pois o tom dos últimos capítulos é elegíaco. É provável que ele tenha escrito estas Memórias parte em Rodes, parte depois de seu retorno a Roma, onde ele vivia recolhido ao Esquilino. De qualquer forma, um pequeno resumo dos acontecimentos nos anos que se seguiram pode ser útil na lamentável ausência do relato do próprio Tibério.

Tibério retornou a Roma em 2 d.C.. Poucas semanas depois, o mais jovem dos príncipes, Lúcio, morreu em Marselha, a caminho da Espanha. Tibério compôs uma elegia (também perdida) para seu antigo enteado, mas a morte de Lúcio não mudou em nada sua posição política. Contudo, dezoito meses depois, Caio também morreu, em consequência de uma febre que se seguiu a um ferimento. Isto mudou tudo, destruindo todos os planos de Augusto para o futuro. Apenas um dos filhos de Júlia com Agripa sobrevivera: Agripa Póstumo, assim chamado por ter nascido após a morte de seu pai. Infelizmente, ele era um imbecil. Quando cresceu, ficou claro que ele não servia para o gabinete, embora isto não fosse claro em 4 d.C..

A morte de Caio forçou Augusto a se voltar para Tibério, que se transformara no homem fundamental. Augusto o adotou relutantemente, dizendo ao Senado que era obrigado a fazê-lo por culpa do "destino cruel" que o privara dos seus "amados netos". Ele adotou Agripa Póstumo ao mesmo tempo, mas três anos depois, devido ao seu comportamento violento, o infeliz jovem foi confinado numa ilha. Tibério foi forçado a adotar seu próprio sobrinho, Germânico, filho de Druso e da sobrinha de Augusto, Antônia. Germânico foi forçado a se casar com Agripina, filha de Júlia e Agripa, portanto neta de Augusto. Desta forma, Augusto esperava fazer com que a sucessão retornasse ao seu próprio sangue. Neste momento, o sacrificado foi, claro, Druso, filho de Tibério.

Tibério passou a maior parte da década seguinte fora de Roma, combatendo na fronteira do Danúbio e na Germânia. Foi muito bem-sucedido. Nesta época, porém, houve um dos maiores desastres da História de Roma, quando Públio Quintílio Varo perdeu três legiões nas florestas da Germânia. Novamente Tibério fora forçado a consertar a situação e superar o desastre. Sua conquista foi formidável. Contudo, a derrota de Varo convenceu Augusto de que a Germânia não poderia ser conquistada e de que o império Romano não deveria ser ampliado. Tibério contribuiu para tal decisão.

Em 13 d.C., Tibério foi formalmente associado a Augusto no governo do império, partilhando o poder, como Agripa fizera muito antes. No ano seguinte, Augusto morreu, aos 77 anos.

LIVRO II

I

A VELHICE É UM NAVIO NAUFRAGANDO. VI ISSO EM AUGUSTO E CHEGUEI mesmo a ouvir isso dele, embora, se eu me lembro bem, ele não estivesse se referindo a si mesmo. Agora reconheço que é verdade para mim. Estou colidindo contra as rochas, empurrado por ventos cruéis. A paz de espírito e a agilidade me abandonaram. O poeta grego Calímaco reclamava de ser atacado pelos telquinos — uma tribo canibal pronta a arrancar seu fígado. Eu pensava em erguer uma barricada por meio dos estudos, reunindo a sabedoria das eras como encontrada nos livros. Mas não era uma defesa. A filosofia, concluí, só oferece consolo para as mentes que não estão perturbadas, que, enfim, não precisam dela. A filosofia não conseguia aplacar os demônios malévolos e maledicentes que me atormentavam. Eu sou, dizem, o imperador do mundo. Alguns tolos na Ásia estão mesmo prontos a me consagrar como um deus. Quando me relataram isso, disse a mim mesmo que a única semelhança que via entre mim e os deuses era a nossa indiferença para com a humanidade e o nosso desprezo pelos homens.

Augusto morreu aos 77 anos. Passei a gostar dele em sua velhice, quando ele teve consciência da profundidade da sua ruína. Acredito mesmo que tenha havido momentos em que ele percebeu como corrompeu Roma, criando uma geração de escravos, portanto de mentirosos, já que não se pode esperar a verdade de um escravo e sim que ele diga exatamente o que acredita que o seu senhor espera ouvir. Ele adoeceu quando eu estava prestes a retornar ao exército. Naturalmente, mudei meus planos e não retornei. Ele ainda estava consciente e lúcido. Ele confiou Roma, e Lívia, a mim.

Sabia que não era o que desejava fazer, mas sabia também que passara a me dar valor em seus últimos anos. Ele me escreveu certa vez:

"Se você adoecer, a notícia matará sua mãe e a mim, e todo o país estará em perigo."

A primeira parte da apódose era caracteristicamente hiperbólica, mas ele sabia que a segunda parte era verdade, e eu gostei deste reconhecimento do meu esforço.

Depositamos suas cinzas no mausoléu que ele construíra para a família. Pronunciei o panegírico, evitando mentiras diretas, escolhendo ficções delicadas. Dois dias depois, o então pretor Numério Ático obsequiosamente informou ao Senado, que durante a cerimônia de cremação, vira o espírito de meu padrasto subindo aos céus em meio às chamas. Ninguém ousou duvidar.

Augusto foi declarado um deus.

O que eles teriam dito se soubessem que provavelmente seu último ato foi enviar ordens determinando que seu neto sobrevivente, Agripa Póstumo, deveria... deixar de viver?

Nada, imagino. Eles não teriam se importado.

Deveria estar agradecido a Augusto por ter tomado ele mesmo essa decisão. Mas, infelizmente, o rapaz foi morto apenas alguns dias após a morte do avô; assim, naturalmente, havia muitas pessoas prontas a acreditar que eu ordenara a execução. Na verdade, eu não tinha autoridade para isso.

A questão da autoridade deve ser colocada de imediato. Em seu testamento político, o *Res Gestae*, publicado a seu pedido, Augusto afirmou que, com o fim dos poderes especiais dados a ele pela lei que estabelecera o triunvirato com Marco Antônio e Marco Emílio Lépido, ele não tinha "mais poder do que os outros que eram meus colegas, embora os excedesse em autoridade".

Isso era uma dissimulação. Ele assegurara que um poder superior fosse concedido a ele, o que, de fato, significava que o seu poder legal não podia ser questionado, mesmo naquelas províncias do império que formalmente estavam a cargo do Senado. Ele elaborara uma Constituição que disfarçava seu poder, mas não o impedia de exercê-lo onde quer que desejasse. Era seu desejo que eu herdasse sua posição.

Eu não tinha nenhuma dúvida sobre isso. Ele o revelara em numerosas conversas em seus últimos anos. Lívia estava segura de que essa era a sua intenção. Quando retornou após velar as cinzas do seu marido, ela me abraçou e disse:

— Finalmente, meu filho, você tem tudo o que me esforcei durante anos para conseguir para você.

— Mãe, se tenho algo, é fruto do meu próprio esforço; e, de qualquer modo, não estou certo do que quero.

— O que quer... — ela repetiu minhas palavras e sacudiu a cabeça. — Você não compreende, querido, que os seus desejos nunca importaram? Você tem o que é seu, o que os deuses deram a você, o que, durante quarenta anos, eu me esforcei para garantir!

— Veremos.

— Oh, não, você verá. Verá que não tem escolha. Vá ao Senado e se ofereça para restaurar a República em sua antiga forma. Não encontrará ninguém que compreenda o que você quer dizer.

Cneu Calpúrnio Pisão me deu o mesmo conselho:

— É claro que você é um republicano, assim como eu. Claro que você odeia a tirania imposta a Roma, assim como eu. Mas é o que há. Não há escolha entre o império e a República. É uma escolha entre Tibério e algum outro imperador. Você tem de agarrar o império pelos bagos, meu amigo, ou alguém pegará os seus com força.

Não consegui dormir na noite anterior à minha ida ao Senado. Era uma noite calma de setembro. A lua estava alta e a cidade, calma. Um gato se esfregou em minhas pernas assim que cheguei ao terraço da minha casa sobre a cidade e o mar invisível. Eu me agachei, peguei o gato e o segurei nos braços, acariciando suas costas e ouvindo seu ronronar satisfeito. Tudo o que Lívia e Pisão haviam dito era verdade; ainda assim, eu me rebelei contra o inevitável.

Procurei ser enfadonho para impressionar o Senado com a magnitude do império. Li para eles a descrição do império que Augusto preparara. Sufoquei-os com estatísticas sobre o número de tropas regulares e auxiliares servindo no exército, o poderio da marinha, detalhes sobre as províncias e os reinos que dependiam de nós, o recolhimento de impostos, diretos e indiretos, os gastos anuais. Foi um balanço do império, impressionante e intimidador por sua escala. A última frase repetia a avaliação que Augusto e eu havíamos feito separadamente após o desastre na Germânia: o império não deveria ser estendido além de suas presentes fronteiras.

Então coloquei o documento de lado e disse o seguinte:

— Pais Conscritos, somos todos herdeiros da grande História de Roma, filhos da grande República. Minha própria família, como todos sabem, desempenhou um papel fundamental no desenvolvimento da grandeza de Roma. Meu finado pai, Augusto, zelou pela segurança do império e guiou seu destino por mais de quarenta anos, tanto quanto muitos de vocês viveram. Vocês não conheceram outro Pai da nação. Ele restaurou a paz nos territórios da República. Depois das guerras civis, ele restaurou as instituições da República. Ele levou as fronteiras do império a terras onde os símbolos de Roma eram desconhecidos. Nas palavras do poeta que ele honrou, ele fez o mundo gritar: "Vejam, conquistadores, todos em togas romanas!" Ele seguiu o costume romano: preservar os indivíduos e subjugar os presunçosos. Mas agora, cidadãos, devemos nos perguntar não apenas qual seria o seu desejo, mas, antes, se é certo que algum homem, não tendo suas qualidades supremas, deva ter o mesmo grau de poder. Da minha parte, acho que é uma tarefa além da capacidade de qualquer um de nós. Certamente está além da minha capacidade. Em seus últimos anos fui honrado com a permissão de partilhar com ele o fardo e, acreditem-me, conheço seu peso. Sei como é um trabalho duro, difícil e penoso comandar um império como Roma. Ademais, gostaria de pedir que refletissem sobre se é adequado que um Estado como o nosso, que pode contar com tantos homens de valor, entregue tal poder a um único homem e concentre a administração do império nas mãos de uma única pessoa. Não seria melhor, Pais Conscritos, dividi-lo entre vários de nós?

NA NOITE ANTERIOR, LÍVIA PEDIRA QUE EU ENSAIASSE O MEU DISCURSO. Eu me neguei a fazê-lo, dizendo que comida requentada não tem bom sabor, mas revelei os pontos principais.

— Eles não saberão do que você está falando — ela disse —, e irão temer que você esteja querendo enganá-los! Além disso, embora você não saiba, eles têm medo de você. Você esteve muito tempo longe, é praticamente um estranho em Roma, portanto um enigma. Eles estarão procurando descobrir o significado oculto do seu discurso.

— Não há significado oculto. Estou lhes dando uma oportunidade. Durante anos eu ouvi, ou soube, tantos resmungos e tantas queixas sobre essa concentração de poder, tantas reclamações de que o caminho para a honra e a glória desfrutados pelos nossos ancestrais estava fechado, interrompido, que quero lhes dar a oportunidade de trilhá-lo. Apenas isso.

— Apenas? Eles ficarão em pânico!

Quando terminei o meu discurso, houve um silêncio prolongado na Cúria, quebrado apenas pelo ruído de pessoas se mexendo e alguns pigarros. Voltei ao meu lugar e esperei. Nada aconteceu. Quando olhei para um senador, ele desviou o olhar.

Suspirei.

De repente, fui abjetamente conclamado a assumir o lugar de Augusto...

— Não há alternativa! — alguém gritou.

Levantei-me novamente e, fazendo um esforço para falar com cortesia e não demonstrar meu desagrado, expliquei que, embora não me sentisse capaz de assumir inteiramente o fardo do governo, estava, naturalmente, pronto a assumir qualquer parcela dele que eles decidissem atribuir a mim.

Caio Asínio Galo levantou-se para falar. Eu sabia que ele era um homem ambicioso, mas imprudente. Seu pai fora um dos generais de Augusto, mas Augusto nunca dera ao filho o comando de um exército. Mais do que isto, tinha motivos para desgostar dele, além de desconfiar: ele se casara com minha querida Vipsânia logo após o nosso divórcio, e a tratara mal, em parte porque gostava de jovens virgens e costumava dizer que o corpo de uma mulher madura o desagradava. Assim, quando ele se levantou, me preparei para algo desagradável.

— Diga-nos, César, que função gostaria que fosse dada a você.

— Não sou eu quem devo dizer. Francamente, eu ficaria feliz em me afastar imediatamente dos assuntos de Estado. Contudo, estou pronto a aceitar qualquer missão que o Senado decida me atribuir.

— Não é o suficiente, e sabemos disto. Pois se dermos a você uma função que não o agrade, então poderemos estar cometendo uma ofensa, e como você de fato detém o poder, como tribuno, de anular qualquer decisão que tomemos, e tendo em vista que você já demonstrou seu desejo de utilizar o poder dado a você ao ter aceitado uma guarda pretoriana, nenhum de nós fará a proposta específica que você pede. Ademais, você não compreendeu a natureza da minha pergunta. Nunca foi minha intenção dividir atribuições que, francamente, são indivisíveis. Apenas apresentei a questão para deixar claro que o Estado é um todo orgânico que precisa ser comandado por uma única mente. E quem, Pais Conscritos, melhor do que Tibério, que mereceu tantas honrarias, que na guerra ofuscou o resto de nós e na paz prestou tantos serviços ao Estado e a Augusto?

Depois desse discurso houve uma algaravia geral, com senador após senador (e muitas vezes mais de um ao mesmo tempo) dizendo que não desejavam mais que colocar em minhas mãos o poder que pertencia a eles. Quinto Hatério chegou a ponto de gritar:

— Durante quanto tempo, César, deixará o Estado sem um comando?

Como se Augusto estivesse morto há anos e não há dias!

Finalmente, Mamerco Emílio Escauro, que sempre tinha nos lábios um sorriso debochado, lembrou que, uma vez que eu não utilizara meu poder de tribuno para vetar a moção de que eu deveria substituir Augusto, ele esperava que as súplicas do Senado não fossem ignoradas. Sua observação foi recebida com júbilo. Ele sorriu, satisfeito por ser alvo da atenção de todos e por ter me forçado na direção do cálice indesejado. Pois Escauro era um dos poucos senadores inteligentes o bastante para perceber que eu estava sendo sincero e sentia prazer em destruir minha esperança de que alguém aceitasse parte da responsabilidade, assim tornando possível a tentativa de restaurar a República.

Eu fora derrotado. Levado ao poder por uma geração feita para a escravidão, tinha o coração pesado ao aceitar. O que eu estava aceitando? Miséria e trabalho duro. O que eu estava deixando de lado? A esperança de felicidade.

— Farei o que querem — resmunguei — até que esteja tão velho que vocês decidam me dar um descanso.

Naquela tarde, fui derrubado por uma enxaqueca. Dispensei os escravos com remédios inúteis. Sejano colocou sobre a minha cabeça um lenço embebido em vinagre.

— Você não deveria se permitir ficar assim. É porque você vive em um mundo criado pela sua imaginação, um mundo no qual os homens ainda são virtuosos. Mas não é assim. No fundo do coração você sabe que não é assim. É apenas o seu obstinado orgulho de Cláudio que insiste em que os outros homens têm padrões como os seus. Você não compreende a natureza humana... É feita de lobos, chacais e ovelhas. E um eventual leão, como você.

— O que você é, meu rapaz?

— Quando estou com você, eu me sinto um filhote de leão. Só me vejo como um lobo.

Ele embebeu o lenço novamente.

— E isto é melhor? Da mesma forma, você não admite a verdade acerca do império, embora saiba, no fundo do coração, o que ele é. É impossível que sejamos um império fora da Itália e uma República em casa. As duas formas de governo não são compatíveis e a República jamais poderia administrar o império.

Ele enxugou minha testa novamente.

— Bem... — ele suspirou — você está destinado a isso. Não tem como fugir. Agora precisa dormir. Vou apagar a luz.

SEJANO ME CONFORTOU COMO NINGUÉM MAIS CONSEGUIRIA. ELE JÁ não era o rapaz alegre, embora circunspecto, que eu conhecera em Rodes, mas um homem no auge da vida, de incomparável vigor e capacidade. Seu discernimento era admirável e sua capacidade de trabalho, extraordinária. Mas era sua vivacidade o que eu mais valorizava. Sou melancólico por natureza, dado ao recolhimento e à depressão, sempre consciente dos perigos e dificuldades. Sua energia e disposição me animavam. Bastava vê-lo caminhar na minha direção, com um sorriso franco e confiante no rosto e aquele ar de atlética satisfação, para sentir as nuvens se dissipando. Além do mais, ele tinha outra grande virtude: parecia sempre me dizer a verdade. Isto é raro, pois a verdade é o que os homens procuram esconder daqueles que exercem o poder.

As pessoas, claro, tinham ciúme e tentavam me envenenar contra ele. Minha sobrinha Agripina, por exemplo, o desprezava pelo seu nascimento comparativamente modesto e ausência de antepassados ilustres — como se Sejano não fosse, afinal, tão bem-nascido quanto seu pai, Marco Agripa. Ela também estava sempre se queixando dos seus modos, apenas porque ele não praticava a falsa polidez. Outros o denunciavam em cartas anônimas, e Escauro me puxou de lado para informar que "tinha certeza" de que, em sua juventude, Sejano tinha sido amante do depravado agiota Marco Gávio Apício e que tudo o que tinha era fruto deste relacionamento.

— Ademais — acrescentou —, Apício ainda lhe dava uma mesada, e em retribuição Sejano conseguia jovens soldados para ele... O que pensa sobre isto, Tibério?

— Você parece esquecer — respondi — que Sejano é casado com a filha de Apício, Apicata, e é o pai de seus dois filhos. Acho que isto contradiz suas afirmativas maliciosas.

Contudo, minha negativa não me convenceu inteiramente, pois conhecia Apício e podia imaginar como ele deve ter achado o jovem Sejano desejável. Nem acreditava que, quando jovem, Sejano tivesse resistido à tentação do prazer físico. A segunda parte da acusação me parecia apenas rancorosa. Ainda assim, determinei que as relações de Apício fossem mantidas sob observação.

A preocupação com tais assuntos foi colocada de lado abruptamente. Chegaram notícias de que o exército tinha se amotinado na Panônia. Isto era particularmente doloroso para mim, pois as legiões lá estacionadas tinham sido comandadas por mim durante muito tempo. Suas queixas eram muitas e antigas, pois eles estavam vivendo uma daquelas periódicas insatisfações com o serviço militar que podem afetar mesmo os veteranos. O líder era um tal de Percênio, que, tendo trabalhado como animador profissional no teatro antes de se tornar soldado (para escapar à justa vingança de um pai ofendido, descobri mais tarde), sabia como incitar as multidões com sua língua viperina. Vergonhosamente, muitos dos soldados deram atenção a ele, na vã esperança de mudar a realidade das suas vidas; mesmo aqueles mais bem preparados também foram arrastados pelos acontecimentos, ou não tentaram dialogar com seus inflamados camaradas. Alguns dos oficiais foram agredidos, outros fugiram em pânico; um deles, um comandante de companhia conhecido por sua rígida disciplina, teve a garganta cortada.

Um motim é tão simples quanto grave. Quaisquer que sejam as exigências dos amotinados, não importa quão justas, elas não podem ser atendidas antes de a ordem ser restaurada. Este é um requisito fundamental da vida militar. Assim, não hesitei em agir para restaurar a ordem.

Dei a tarefa a meu filho, Druso. Ele era jovem para a missão, claro, mas eu confiava em seu bom senso. Além disso, me parecia que o envio do meu próprio filho convenceria os homens mais sensatos de minha benevolência e confiança. Mandei com ele dois batalhões da guarda pretoriana, reforçados por homens escolhidos a dedo, e três tropas de cavaleiros e quatro companhias dos meus mais confiáveis auxiliares germanos. Naturalmente, Sejano, que escolhera como comandante da guarda ao lado de seu valoroso pai, Lúcio Seio Estrabão, liderou estas tropas, e, para aumentar sua autoridade, fiz dele chefe da equipe de Druso.

Antes que partissem, disse-lhes:

— Não há ninguém em quem eu confie mais do que em você, Druso, meu filho único, e você, Sejano, por quem tenho os mais ternos sentimentos paternais. Vocês estão partindo para a honra e o perigo. Não posso dar instruções precisas. Vocês precisarão usar de senso crítico de acordo com as circunstâncias que encontrarem. Mas tenham em mente duas coisas: primeiro, muitas das reivindicações dos soldados serão legítimas e deverão ser atendidas; segundo, vocês não podem satisfazê-los com segurança até que eles tenham se submetido à disciplina e a ordem tenha sido restabelecida. Levem esta carta e a leiam para eles como um ponto de partida. Ela reafirma que os heroicos soldados de Roma, que foram meus camaradas em tantas campanhas árduas, mas gloriosas, são muito estimados, e que, assim que eu tenha me recuperado do choque de minha perda — me referia, claro, à morte de Augusto —, encaminharei suas reivindicações ao Senado. Enquanto isso, você, Druso, tem autoridade para fazer quaisquer concessões que considere seguras. Faça com que os soldados compreendam que o Senado é capaz de generosidade, assim como de severidade...

Abracei os dois e os vi partir com o coração mais leve que o meu. Isto era natural: eles eram jovens e se encaminhavam para o centro dos acontecimentos; eu estava velho e condenado a permanecer em Roma, incapaz de qualquer coisa além de influenciar os acontecimentos. As semanas seguintes seriam de grande ansiedade.

A ansiedade aumentou com as notícias chegadas do Reno. Possivelmente influenciadas pelos relatos de motins no Danúbio, as legiões também se rebelaram. Estas eram responsabilidade do meu sobrinho e filho adotivo Germânico. Como ele era comandante supremo na Gália e na fronteira do Reno, eu não tinha opção a não ser confiar-lhe a repressão aos motins, colocando de lado qualquer dúvida que pudesse ter acerca de sua capacidade de fazê-lo. As dúvidas eram bem reais, pois Germânico, embora jovem e de grande encanto e iniciativa, tinha sido contaminado pela ânsia de popularidade. Além do mais, alguns relatórios davam conta de que certos homens entre os rebelados esperavam convencê-lo a liderá-los em uma guerra civil, embora ele tenha jurado sua lealdade a mim como sucessor de Augusto.

A reação dos três jovens aos perigos aos quais tinham sido expostos foi significativa: Druso e Sejano se comportaram com diplomacia e firmeza exemplar; Germânico se comportou como um ator. Os relatos de cada um diziam muito de suas personalidades e sugeriam as dificuldades que eu iria experimentar no futuro.

Druso me escreveu assim:

> Quando cheguei aqui, pai, a situação era bem pior do que eu imaginara. Os soldados, pois prefiro pensar neles assim, e não como amotinados, nos encontraram no portão do campo. Era chocante ver a desordem. Os homens estavam imundos, mas não estavam tão desorganizados quanto pareciam, pois assim que entramos no campo eles fecharam os portões e colocaram vigias armados em pontos-chave. Era como se fôssemos seus prisioneiros; e de certa forma éramos reféns. A despeito disto, subi ao rostro e li para eles a sua carta. Isto os acalmou um pouco, e eles escolheram um oficial, Júlio Clemente, hábil no trabalho de equipe, para apresentar suas exigências. Clemente, devo dizer, concordou em se juntar aos amotinados de modo a tentar servir como uma ponte entre eles e as autoridades. Devo dizer que ele demonstrou grande coragem e espírito público assumindo esse papel perigoso, que desempenhou de tal forma que conquistou minha admiração. Ele apresentou exigências a respeito das condições do serviço militar — pedindo que seja limitado a dezesseis anos, que o pagamento seja aumentado para quatro sestércios por dia e que lhes seja dada a garantia de que não serão reconvocados após a baixa. Respondi-lhe que tais exigências não pareciam totalmente absurdas, mas que eram assuntos que precisavam ser submetidos ao imperador e ao Senado. Acrescentei que pediria que você, meu pai, e o Senado vissem com bons olhos seus pedidos.
>
> Essa resposta aplacou grande parte da multidão. Infelizmente, contudo, um dos líderes, um praça chamado Vibulênio, percebeu que o motim que tanto agradava a ele e a seus iguais, já que dava uma sensação de

poder que nunca tinham experimentado antes, estava a ponto de acabar. Então ele avivou as chamas:

— Por que — ele gritou — quando diz respeito a decisões acerca das nossas condições o imperador consulta o Senado e quando é uma questão de decidir punições ou batalhas não ouvimos falar do Senado? Nos velhos tempos, Tibério costumava se esconder atrás de Augusto na hora de se negar a atender nossas reivindicações; agora é Druso que se esconde atrás de Tibério...

Bem, o encontro terminou sem nenhuma decisão, mas, pelo menos, sem o risco da explosão de violência que em dado momento se afigurava. Mas a situação ainda era tensa. Cada oficial ou membro da guarda que os amotinados encontravam era insultado, e alguns foram atacados. Cneu Cornélio Lêntulo, por exemplo, foi ferido na testa com uma pedrada e salvo do linchamento pela chegada de uma tropa da guarda. Fomos para os nossos alojamentos e começamos a debater.

Estava claro que a maioria dos homens era razoável, como costumam ser os homens individualmente, mas que estavam sendo conduzidos a uma espécie de insanidade temporária por uma minoria subversiva que não tinha em mente o bem-estar dos homens, queria apenas usufruir do poder inesperado e da indisciplina. Alguém lembrou que deveríamos separar as ovelhas dos lobos, ou melhor, dos cães selvagens. Dividir para governar seria a nossa estratégia. Autorizei oficiais da minha equipe a sair pelo campo tendo tantas conversas privadas quantas eles considerassem seguro, numa tentativa de identificar os cães selvagens e persuadir as ovelhas de que iríamos considerar cuidadosamente suas reivindicações, sempre relembrando-lhes a preocupação que você sempre teve com seu bem-estar e destacando que seria difícil tratar com honradez soldados que pareciam ter abandonado a disciplina e a noção de dever que são características do seu cargo. Devo dizer que a coragem dos oficiais que desempenharam essa tarefa foi marcante; sua habilidade altamente elogiável, pois naquela noite os bons soldados lentamente começaram a se separar daqueles que os tinham incitado. A noção de obediência rapidamente se espalhou pelo campo, como a primeira luz da manhã. Os soldados se afastaram dos portões e as águias e os estandartes exibidos desde a eclosão do motim foram devolvidos a seus lugares.

Isto foi encorajador.

> E na manhã seguinte convoquei uma nova reunião. Encontrei os homens com uma nova disposição, mais amena. Inicialmente falei com severidade. César, disse, certa vez se referiu a tropas amotinadas como civis e não como soldados. No dia anterior eu não pudera sequer dar a eles este nome tão pouco digno. (Pois você sabe bem como os soldados desprezam os civis, assim como os cidadãos, a não ser quando em perigo, desprezam os soldados.) Agora, continuei, parecia que o bom senso tinha prevalecido e que eles estavam novamente prontos a retomar a postura adequada. Ameaças e intimidação não tinham efeito sobre mim, nem sobre meu pai, nem sobre a dignidade do Senado Romano. Se, porém, eles estivessem dispostos a pedir perdão, poderia recomendar misericórdia e, como prometera antes, uma análise cuidadosa das suas reivindicações, pelas quais eu não deixava de ter simpatia. Eles me pediram que lhe escrevesse imediatamente. Despachei a delegação que levou esta carta. O motim está debelado, por ora, e propomos prender e isolar seus líderes. Mas os homens foram tratados com severidade nos últimos meses. Eles agora estão intimidados, e se as suas reivindicações não forem atendidas, ficarão ressentidos.

Eu mesmo não teria agido melhor do que Druso, e o meu coração se encheu de orgulho pelo meu filho.

Uma carta de Sejano chegou alguns dias mais tarde:

> Você deve ter sabido, por Druso, como ele agiu com habilidade, de um modo que mostra ser ele filho de seu pai. O motim foi debelado. Meu próprio papel nisto foi secundário, e deve ser considerado menor. Gostaria, contudo, de chamar sua atenção para o modo admirável como a guarda se comportou. Não tenho dúvida de que o exemplo da sua disciplina contribuiu para o fim do motim.
> Quando chegamos, a confusão era indescritível, mas para mim os momentos mais interessantes se deram durante a primeira noite, quando conduzimos um experimento em propaganda que deve se transformar em modelo para o treinamento de oficiais. Devo dizer que isto me ensinou muito sobre a natureza humana. Foi interessante ver como a moral pode

ser totalmente destruída quando alguém começa a despertar as ansiedades naturais. Os homens tomaram um caminho que no fundo os preocupava. Assim que percebi, comecei a discutir a questão:

— Vocês realmente pretendem jurar lealdade a Percênio e a Vibulênio? Vocês realmente acreditam que eles podem fazer algo por vocês? Acham que este ex-animador de auditório e praça maluco substituirá Tibério e Druso como líderes e senhores do mundo romano?

Era possível perceber que eram perguntas com as quais eles já estavam se debatendo. Então eu disse:

— Querem mais dinheiro? Certo? Acreditam que estes dois palhaços serão capazes de pagar a vocês? Como eles poderão levantar dinheiro quando os estoques do campo acabarem? E darão terras a vocês quando se reformarem? Não me disseram que eles tinham fazendas para distribuir. Onde estão suas propriedades? Não percebem que eles estão conduzindo vocês pela coleira?

Foi divertido. Asseguro-lhe, Tibério, vi um dos pobres tolos tocar o pescoço como se estivesse procurando a coleira por intermédio da qual era conduzido!

Se Druso tem alguma falha, é reflexo da sua natureza nobre e generosa. Foi por isso que eu insisti para que os líderes fossem sumariamente detidos assim que a massa recobrasse os sentidos, pois seria preciso muito pouco para enlouquecê-los novamente. Ele hesitou, temendo que a punição dos delinquentes pudesse perturbar os homens. Mas eu sabia mais. Sabia que isto os satisfaria e ao mesmo tempo os assustaria. Assim, sem dizer nada a Druso para não o perturbar, mandei um destacamento de guardas para prender Percênio e Vibulênio e os executei. Seus corpos foram expostos e o efeito foi marcante. Alguns dos outros líderes tentaram escapar, mas foram facilmente capturados pelos meus guardas. Outros foram capturados pelos membros de suas próprias unidades, que estavam ansiosos para se dissociarem desses infelizes.

É impressionante como uma combinação de simpatia e terror pode derrubar mesmo os movimentos que parecem mais formidáveis.

Inicialmente Druso não ficou satisfeito com minha ação decisiva, mas demonstrou compreensão ao ver sua eficácia.

As notícias da Germânia são perturbadoras. Tenho certeza de que você pode confiar em seu sobrinho, mas recebi relatórios que me permitem duvidar dos seus métodos.

> Confio que você esteja cuidando de si mesmo, a saúde de Roma e do império dependem da sua própria saúde. Rezo para que você não sofra de enxaqueca enquanto este seu servo não estiver por perto para aplacá-la.

De fato, as notícias da Germânia eram preocupantes. O motim assumiu uma forma diferente na região, pois alguns dos homens queriam que Germânico os liderasse. Se ele queria o trono, diziam, então eles o dariam a ele. Era mais uma rebelião que um motim. Germânico se sentiu tentado a fazê-lo. E mais tarde o admitiu. O relatório de um jovem cavaleiro que eu colocara em sua equipe, Marco Friso, me convenceu disso. Mas, seja porque sua lealdade foi mais forte, seja porque temia o grande risco e não tinha força para desempenhar o papel de César ou Sila, ele agiu como se tivesse se sentido ofendido, gritando que a morte era melhor que a deslealdade.

Friso relatou:

> Ele tirou a espada da cinta e apontou-a para a própria garganta.
> — Vocês irão me forçar a tirar minha própria vida se insistirem nesse pedido! — ele gritou.
> Ninguém estava convencido de que ele o faria. Um soldado raso chamado Calusídio o desmascarou, oferecendo ao general sua própria espada, dizendo que era mais afiada. Posso dizer que Germânico empalideceu com o oferecimento e não se sabe o que teria acontecido depois se os seus amigos não o tivessem tirado de lá. Não foi uma cena edificante.

Naturalmente, o relatório de Friso me perturbou. Não conseguia deixar de pensar em quão envergonhado meu querido irmão Druso ficaria com o comportamento do seu filho.

E no dia seguinte Germânico fez outro discurso absurdo, no qual proclamou:

— Quando vocês afastaram a espada que eu estava pronto a cravar em meu coração — na verdade, segundo os relatos, era próximo ao pescoço, onde um maior número de soldados podia vê-la —, sua preocupação comigo não era desejada. Um amigo melhor, verdadeiro, foi o homem que me ofereceu a própria espada, pois eu deveria morrer com minha consciência livre dos crimes que os meus próprios soldados cometeram e que estão planejando.

Então ele conclamou os deuses, invocou a memória de Augusto e de seu pai Druso e, nas palavras de Friso: "... despejou retórica sobre limpar as manchas da deslealdade criminosa... Repito que fiquei envergonhado ao escutá-lo..."

Ainda assim, ele conseguiu, por acaso, desferir o golpe de mestre que despertou os soldados. Alguns dos que estavam presentes disseram que ele o fez timidamente, outros elogiaram sua estratégia. Nestes assuntos não há unanimidade, pois ninguém conhece os impulsos secretos que determinam as ações de um homem. Em sua carta ele mesmo a descreveu (naturalmente) como estratégia. Talvez tenha sido.

Seu relato:

> Ficara claro para mim que a minha mulher, minha querida Agripina, embora tivesse a força de uma leoa, não estava segura no campo, assim como meus amados filhos não estavam. Então determinei que eles fossem retirados sob uma escolta fortemente armada. Ela estava relutante. Como você sabe, sua coragem é inigualável. Ela me fez recordar que era a neta do Divino Augusto e filha do grande Agripa, e estaria à altura de seu sangue, a despeito do perigo. Mas não podia permitir que ficasse aqui em suas condições (ela está novamente grávida, como você deve ficar feliz em ouvir) e com nosso filho mais novo, o pequeno Caio, precisando dos seus cuidados. Assim, insisti.
>
> Então aconteceu um milagre. Um milagre — digo sem querer me gabar — que eu previra. Assim que convenci minha mulher a partir, ela desatou num choro que atravessou o campo, como o lamento de Andrômaca sobre o corpo morto do seu senhor, Heitor, ecoou sobre os campos de uma Troia vazia. Por que ela chorava? Respondi que ela chorava porque não podia mais confiá-la e a nosso filho, o pequeno Caio, nascido no campo e querido pelos soldados (eles o chamam de Calígula, você sabe, não é lindo?), não podia mais confiá-los ao cuidado e à proteção dos soldados romanos, então precisava mandá-los a nossos aliados, os Treviri.
>
> Isso, como imaginei, partiu o coração dos homens:

> — Calígula partirá? — eles gritaram. — Não somos confiáveis para cuidar de nosso querido?
> — Não — eu disse. — Não o são. Não enquanto agirem mais como lobos vorazes do que como soldados romanos.
> Fui bem-sucedido. Não sabia que podia falar assim...

Portanto, ele foi beneficiado pela sua avaliação ou pela sorte. Os homens se renderam. Depois aconteceu algo extraordinário. Eles mesmos prenderam os líderes rebeldes e os puniram com seu modo cruel. Os homens formaram um círculo, empunhando suas espadas. Os prisioneiros eram apresentados, um de cada vez, numa plataforma. Se os soldados os considerassem culpados, eles eram arremessados para eles e mortos no mesmo instante. Os homens se deleitavam com o massacre; parecia, disse Friso:

> ... que eles expiavam suas próprias culpas. Germânico não fazia nada. Na minha opinião, ele achava que quando os homens se sentissem envergonhados da exibição de selvageria, ele não seria responsabilizado, embora tivesse se beneficiado dela.

HAVIA MUITO DE PERTURBADOR EM TAIS RELATOS. GERMÂNICO TRIUNfara. O resultado fora bom. Mas a forma pela qual conseguira triunfar não me dava confiança em meu sobrinho e, pela vontade de Augusto, futuro herdeiro. Certamente seu comportamento exagerado contrastava, desfavoravelmente, com o tranquilo bom senso e a serenidade demonstrados por Druso e, claro, Sejano.

Eu mesmo fora obrigado a suportar muitas críticas por permanecer em Roma enquanto tudo isso acontecia. Duas crianças, resmungavam os homens, não conseguiriam controlar soldados rebelados. Eu mesmo deveria partir para colocá-los frente a frente com a dignidade imperial. Ou então eu deveria ter enviado um marechal experiente. Eu tinha conhecimento do que estava sendo dito e não via motivo para responder às críticas. Se eles não conseguiam perceber que eu inspirava mais respeito e temor estando longe, além de poder revogar quaisquer concessões impróprias que os generais possam ter feito assim que fosse seguro, bem, eu não podia ser responsabilizado pela falta de percepção dos meus críticos. E no caso da insinuação de que eu deveria ter enviado um marechal experiente, não era minha obrigação assinalar o perigo de tal conduta. Mas eu tinha lido o suficiente sobre a história de Roma, o que meus críticos não tinham feito, e não estava disposto a criar um novo agitador, um novo César ou Marco Antônio, apoiado por um exército que ele reconduzira à ordem por intermédio de promessas vãs de futuros favores e recompensas. Eu aprendera com Augusto a desconfiar de generais que se esforçam para extrair compromissos de lealdade pessoal e sabia bem o perigo que estas pessoas representavam para o Estado. Nosso equilíbrio era precário e eu não iria perturbá-lo abrindo espaço para o surgimento de novos dinastas.

E a minha estratégia dera certo. As rebeliões foram sufocadas e as fronteiras eram novamente seguras. Ao mesmo tempo, não podia ignorar o fato de que Germânico, em virtude de suas juras de lealdade, deveria ser mantido sob vigilância. Havia em seu comportamento uma imprudência e um destempero que eu não aprovava.

Recordei o comentário de Sila ao ser convencido a ajudar o jovem Júlio César a escapar da condenação e do destino dos outros seguidores de Caio Mário:

— Nesse jovem há vários Mários...

Sim, Germânico deveria ser mantido sob vigilância. Por sorte, tinha o jovem Friso, e Sejano de reserva.

III

Eu tinha mais de 50 anos quando o peso do império foi colocado sobre os meus ombros. Naturalmente, procurei ajuda. Para minha tristeza, não consegui encontrar. Quem não foi responsável pela administração de um corpo tão grande e pesado quanto o império Romano não pode imaginar as exigências. Augusto frequentemente reclamava do seu ofício; mas, ao contrário de mim, ele buscou sua posição. Ele era um homem que estaria perdido sem o poder. Sou diferente, e não se passa um dia sem que eu lamente minhas responsabilidades, em que não me lembre com saudade dos anos do meu retiro em Rodes e sonhe com o dia em que irei soltar as rédeas e ser eu mesmo novamente.

Era uma esperança vã. Sabia disto desde o começo. Eu aceitara uma missão que não podia abandonar.

Lívia não compreendia minha repugnância. Ela me cobria de sugestões, conselhos, avisos e encorajamentos. Cheguei a temer o som da sua voz, o anúncio da sua chegada, as convocações para ir a sua casa.

Eu me sentia sozinho. Poucas semanas depois da morte de Augusto, enquanto eu ainda lutava contra as consequências da minha herança, Júlia morreu na Ilha de Pandataria, onde fora confinada pelo pai. Não tinha havido nenhuma comunicação entre nós durante anos; o que poderíamos ter dito um ao outro? Eu poderia ter me desculpado pela destruição da sua vida, que não fora obra minha? Ela poderia ter pedido o meu perdão? De qualquer maneira, ordenei que suas cinzas fossem trazidas para o mausoléu do seu pai. Eu lhe devia isso, mas cuidei para que tudo fosse feito secretamente, sem nenhuma cerimônia.

Esperando me agradar, o governador do Norte da África, Lúcio Nônio Asprenas, determinou a execução do amante de Júlia, Semprônio Graco, que ficara quatorze anos preso na ilha africana de Cercina. Ele tentara me agradar com sua atitude, mas o único prazer que eu tive foi com a notícia de que Graco honrara mais seus ancestrais com sua morte do que com sua vida.

Essas duas mortes delimitaram o passado.

Contudo, o passado não desaparecera. Germânico retomou a guerra contra os germanos. Eu a aprovei, por dois motivos: era necessário reforçar a fronteira do Reno, e seria bom que as legiões recém-amotinadas se envolvessem numa batalha real. De mais a mais, seria bom fazer com que os germanos recordassem o poder de Roma, pois eles ainda estavam animados com o triunfo sobre Varo seis anos antes.

Assim, Germânico avançou fundo na floresta e, empurrando o inimigo, chegou à Floresta de Teutoburgo, onde Varo foi destruído. Eles chegaram ao primeiro campo do general derrotado, e então a uma linha de defesa semidestruída onde lutaram os remanescentes das legiões. O dia estava chuvoso e ventava, como naquele dia, muito tempo antes. Ao redor deles, os charcos desolados zombavam da ambição dos mortais. Depois de uma trincheira, ossos brancos, fantasmagóricos, naquele final de tarde, mostravam onde os romanos tombaram; havia pequenas pilhas onde tropas apavoradas se reuniram para uma última tentativa. Fragmentos de lanças, armaduras abandonadas e membros de cavalos estavam espalhados por toda parte, e havia caveiras, fincadas em troncos pelos bárbaros. Eles chegaram mesmo a encontrar os altares onde oficiais romanos foram sacrificados numa paródia às cerimônias religiosas.

Meu sobrinho ordenou que todos os ossos fossem enterrados, ordem que mais tarde eu aprovei, naturalmente. Ele mesmo fez o primeiro buraco, embora, como membro da antiga ordem dos áugures, não pudesse tocar em objetos pertencentes aos mortos, o que fez. Ainda assim eu aprovei, pois isso demonstrava respeito. Fiquei menos satisfeito ao ser informado por Friso de que Germânico não apenas lamentou os muitos anos durante os quais os corpos permaneceram expostos, como acrescentou que o fato de não se ter feito nenhuma tentativa de entrar na floresta para dar-lhes um enterro decente era, em suas palavras, "vergonhoso". Ele, claro, não tinha ideia da extensão do desastre e das dificuldades que eu mesmo enfrentei na tentativa de restaurar um mínimo de estabilidade na fronteira do Reno, ou da impossibilidade de, naquelas circunstâncias, ter feito o que ele considerava fundamental.

Alguns dos que ouviram suas palavras ficaram chocados ao perceber os limites da sua compreensão e desaprovavam sua crítica implícita à minha conduta, o que eu mesmo atribuí mais à sua juventude do que a algum motivo sinistro.

Contudo, sua ambição era preocupante. Ele acreditava ser desejável trazer para o império todos os germanos vivendo a oeste do Elba. Eu podia compreender seu fascínio pela ideia, pois eu mesmo o sentira anos antes. Mas Augusto e eu nos convencemos de que era impraticável. Também temíamos que as condições fossem tais que qualquer comandante viesse a ter o mesmo destino que Varo, um destino do qual o próprio Varo escapou por pouco no ano seguinte.

Não havia nenhuma dúvida acerca do seu fervor, mas havia sobre o seu discernimento. Também estranhei quando chegaram relatórios sobre o papel proeminente que a sua mulher, minha antiga enteada Agripina, estava desempenhando nos bastidores. Ela estava sendo estranhamente relevante.

Pedi a Sejano que fizesse uma viagem de inspeção pela fronteira norte, de modo a estabelecer a veracidade ou não do que se dizia. Por razões de segurança, disse-lhe que fizesse o relatório pessoalmente. Se algo estivesse sendo preparado, seria melhor, para sua própria segurança, que ele não colocasse suas suspeitas por escrito.

Sejano veio a mim diretamente da estrada, sem sequer parar para um banho, e (como era seu hábito) se acomodou num divã, suas coxas respingadas de lama.

— Algo está acontecendo... — ele disse.

— O que você quer dizer?

— Gostaria de saber, gostaria de ter certeza. Há um clima estranho no exército, não exatamente entusiasmo, o que se pode esperar após uma vitória. É mais como se eles estivessem se fortalecendo para algo grande e perigoso. Agripina, claro, não me suporta, portanto não dei importância à sua rispidez. Ela sempre olhou para mim como se eu cheirasse mal. Mas Friso me disse que quando Germânico estava em campanha, ela agia como um comandante, tudo passava por ela. Sua carta de congratulações foi eliminada. Em vez disso, ela agradeceu pessoalmente aos homens por tudo o que eles tinham feito em benefício do Estado romano e de Germânico, sem fazer uma única referência a você. Quando se acrescentam a isto os relatos que ouvi sobre como ela saía em visita aos doentes e feridos, como distribuía presentes em dinheiro, comida e vinho, e como levava o pequeno Calígula com ela a toda parte e parecia estar tentando incutir nos homens uma lealdade pessoal, bem... é fácil chegar a uma conclusão.

— Deixe-me ouvi-los.

Ele ajeitou um cacho de cabelos que caíra sobre os olhos e sorriu:

— Não sei se devo.

— O que você quer dizer com isso?

— Veja, eu devo tudo a você. Estou ciente disto. Sei que tem afeto por mim, e sou inteiramente leal a você. Tenho de ser, além de qualquer outro motivo, porque sou seu. Compreende isto, não?

— Vejo-o como um filho e meu melhor amigo.

— Isso é bom, pois se eu tivesse alguma dúvida a respeito dos seus sentimentos por mim, teria medo de dar minha opinião, mesmo sendo meu dever fazê-lo. Acredito que Germânico e Agripina estão desempenhando o papel de César e o escalaram como Pompeu. Eles acreditam que se conseguirem conquistar as legiões, poderão desafiá-lo e chegar ao trono.

— Não gosto desta palavra.

— Muito bem, ao poder, então...

— Mas por que eles...?

Parei. Ele sorriu novamente.

— Não me diga — ele disse. — Você sabe bem...

Não pude olhá-lo nos olhos.

— Estou grato — disse. — Grato e chocado...

— Aceito a gratidão. Lembre-se disto: Augusto o forçou a adotar Germânico como seu herdeiro, mas você tem seu próprio filho, Druso. Seu sobrinho não pode ignorar isso...

Sejano usou uma palavra forte para despertar meus temores: o nome de César assusta todos os romanos. César, o destruidor da liberdade, o homem que levou a guerra civil a Roma. Claro que César foi mais ou menos isto. Ele foi, talvez, um instrumento da História, pois, nas circunstâncias, teria havido uma guerra civil mesmo sem sua ambição. E tal ambição, pode-se dizer agora, não era inteiramente egoísta (embora minha mãe possa discordar). Pode-se mesmo sustentar que César tinha alguma espécie de visão regeneradora, que ele percebeu, mesmo sem ter completa consciência, como o Estado precisava ser reformado. De qualquer modo, o que quer que se possa atribuir a ele, e ninguém nega sua genialidade, César, o lobo, o destruidor, o rebelde que se transformou em rei, ainda é uma figura de encher os olhos.

Roma nunca se recuperou da catástrofe à qual foi lançada pela sua ambição. Eu, que agora, por ironia, me descubro seu herdeiro, sei disso melhor do que ninguém. Sou o mais infeliz dos homens: um governante relutante que despreza aqueles a quem governa. César libertou os cães de guerra da guerra civil, a pior das guerras; seus assassinos e seus herdeiros lutaram outras batalhas, uma longa e sangrenta sequência de guerras. Augusto saiu delas como o único vitorioso e começou a reconstruir o Estado. Algumas vezes, ele mesmo se enganava dizendo que o fizera. Mas ele sabia a verdade, que Lívia conhecia, e que eu tentei afastar de mim mesmo. Por trás da fachada de respeitabilidade republicana que ele erguera, estava a verdade: poder através do medo. E eu herdara aquela realidade, aquele poder e aquele medo. Eu esperava reanimar o espírito republicano e o encontrei corroído pelo medo.

Aparentemente as coisas eram diferentes. Debatíamos no Senado com algum grau de liberdade. As Cortes de justiça funcionavam de acordo com as velhas práticas. Havia eleições. Os exércitos foram banidos da Itália (exceto os pretorianos). O comércio florescia. Os homens conduziam seus negócios com tranquilidade e segurança. As colheitas se sucediam, crescentes. A Itália repousa ao sol. A riqueza se acumula. Os prazeres da arte, do teatro e do circo são amplamente desfrutados. Tudo foi, para usar uma das palavras prediletas de Augusto, consolidado.

Ainda assim, precisava ser respondida a pergunta básica que eu só conseguia formular no silêncio da minha mente: por que as pessoas estão se comportando assim? Por que elas fazem todas essas coisas que, vistas em conjunto, dão a impressão de que temos uma sociedade unida? Por que dão alegremente esse apoio a um governo benevolente? Qualquer homem esperto diria que a resposta é óbvia: eles são levados a essa simulação de satisfação pelo medo. Nós somos dominados pelo medo: medo dos bárbaros externos e internos. É o medo que faz com que homens, mesmo de grandes famílias, cometam certos atos de autocrítica e de renúncia, medo que revela a falsidade da nossa vida pública. É o medo que impede que os homens — talvez a maioria dos senadores — digam o que pensam, mesmo em particular; eles temem que alguém possa denunciá-los.

Claro que não é um medo constante. Não estamos todos tremendo de medo cotidianamente. Ao contrário. A superfície da nossa vida é exatamente o que parece ser; observe o Senado e verá cidadãos ricos, felizes, confiantes. Não, não podemos ter certeza de nada, nem do amor, da afeição, da lealdade da própria família ou dos amigos. Roma pulsa no ritmo de uma ansiedade difusa. Ninguém é invulnerável.

Nem mesmo o imperador. Foi o medo que levou Augusto a tratar com crueldade a própria filha e seus amantes; medo da sua própria criação que o levou a planejar o assassinato do seu neto Agripa Póstumo de modo que, como resultado da sua prudência, eu tive um legado de sangue. E Agripina, Sejano me assegurou, me considera responsável pela morte do irmão, que ela credita a mim, e não ao seu avô.

— Segundo Friso — disse Sejano —, ela está sempre martelando na cabeça de Germânico que você é um inimigo do seu ramo da família, e o convencendo de que ele não pode confiar em você.

Assim, o medo infectava até mesmo os membros daquilo que as pessoas começavam a chamar de família imperial.

O medo é disseminado. Dificilmente se passa um dia em que eu não seja alvo de versos anônimos e obscenos. Diariamente, quando residi em Roma, informantes conseguiam me trazer provas de conversas subversivas e de complôs. Eu não dava atenção à maioria. Quando me diziam que alguém estava falando contra mim, eu dizia que a possibilidade de qualquer um pensar e dizer o que quisesse era o maior teste pelo qual passava um país livre. Qual foi a consequência de eu ter verbalizado este simples sentimento republicano? Segundo Românio Hispo, homem de origem incerta, mas algum mérito que considerei útil em virtude do volume de informações que coletava, os homens viam minha resposta como um indício de dissimulação. Eles diziam que eu estava estimulando as críticas de modo a poder identificar meus inimigos. Era um artifício destinado a encorajá-los à traição. Esse era o efeito desmoralizante do medo. Mas é de estranhar que, em tais circunstâncias, eu mesmo tenha começado a ver inimigos por toda parte?

Claro que as pessoas estavam prontas a utilizar as leis contra a traição em seu próprio benefício, esperando tanto arruinar aqueles que invejavam ou odiavam quanto obter as recompensas que a lei determinava que fossem dadas aos informantes. Algumas das acusações apresentadas eram triviais. Por exemplo, foi apresentada uma queixa contra um certo Falânio, membro da Ordem Equestre, por ele ter insultado a divindade de Augusto. Foi dito que ele teria admitido entre os adoradores de Augusto um certo ator de comédias musicais chamado Cássio, que seria um notório prostituto. Ele também foi acusado de desaparecer com uma estátua de Augusto ao vender uma propriedade. Ao mesmo tempo, um amigo dele, Rúbrio, foi acusado de blasfemar contra a divindade de Augusto.

Eu condenava essas acusações e informei aos cônsules que as analisavam que na minha opinião Augusto não fora considerado divino de modo a arruinar os cidadãos romanos. Assinalei que Cássio, embora merecesse críticas pela sua vida privada, era um bom ator, que participara dos jogos organizados pela minha mãe, a Augusta, durante a última honra concedida a seu marido. Se a questão era blasfêmia, eu disse, os deuses deveriam se encarregar dos seus próprios erros.

Alguém poderia ver nos meus argumentos algo além de bom senso? Sem dúvida. Fui acusado de demonstrar inveja de Augusto. "Tibério deveria estar muito mal para insultar Sua Excelência", disseram.

De fato não estava. Românio Hispo me informou que o senador Marco Grânio Marcelo estava espalhando o boato de que eu descartara as acusações contra Falânio apenas porque Cássio era meu próprio amante. Ele acrescentou que Marcelo colocara sua própria efígie sobre a de Augusto e a minha e estaria dizendo que eu planejava mandar para o exílio senadores importantes como Escauro e Galo. Embora eu objetasse, ele insistiu em apresentar uma acusação de traição contra Marcelo. Anunciei que ouviria as provas no Senado e, na ocasião, votaria abertamente e sob juramento, pois esperava que tal declaração colocasse em xeque acusações maliciosas por expor os acusadores à opinião pública. O que aconteceu? Meu amigo Cneu Calpúrnio Pisão apresentou a hipocrisia do Senado em duas frases:

— César votará antes ou depois de todos? Se for antes, eu me sentirei obrigado a seguir o seu voto. Se for depois, temo que eu possa, inadvertidamente, votar contra você.

Fiquei grato a ele pela sua observação; ela me convenceu de que era impossível que o Senado desse um julgamento justo a qualquer acusado de traição. O medo impediria que os senadores expressassem sua opinião. Assim, votei que Marcelo era inocente da acusação de traição, embora, tecnicamente, ele fosse culpado.

Essas eram as preocupações menores, embora sintomas da doença que atacara o Estado, se fossem comparadas ao problema criado por Germânico. Suas vitórias na Germânia não asseguravam nenhuma vantagem sólida ou duradoura, embora dando-lhe honras e aumentando sua reputação eu estivesse exagerando sua importância; assim, eu lhe concedi um triunfo. Confesso que também esperava que um reconhecimento público da minha consideração promovesse uma reconciliação entre ele, Agripina e eu, e pelo menos reduzisse as suspeitas que tinham inculcado em mim. Esperança vã.

Contudo, tinha outro motivo: meu sobrinho estava prestes a dar continuidade à guerra lançando uma nova expedição — a quarta — contra os germanos. Não havia nenhuma perspectiva de sucesso substancial. Suas campanhas haviam fortalecido a opinião à qual Augusto e eu chegáramos independentemente: os limites seguros do império tinham sido alcançados e os planos para uma nova expansão deviam ser abandonados. Agora o entusiasmo de um jovem impetuoso colocava em xeque nossa avaliação. Isso era intolerável e não podia ser permitido.

Lívia defendia uma resposta seca:

— Ele precisa ser colocado no seu lugar, forçado a compreender que tem um papel secundário. Como esse jovem imaturo ousa contestar as nossas opiniões?

Ela estava sentada ereta em sua cadeira, e batia no chão com a ponta de sua bengala de ébano. Os nós de seus dedos estavam brancos; sua cabeça, cada vez mais parecida com a de uma ave de rapina, tremia. Isto, somado a um ligeiro tremor em sua voz, traía sua idade.

— Germânico tem amigos, admiradores, aliados — eu disse. — E deve ter garantido a fidelidade pessoal dos seus soldados.

— Isso, em si, já é traição.

— Não digo que ele o tenha feito formalmente, exigindo um juramento pessoal. Mas deve ter conseguido.

— Seu pai nunca teria permitido isso.

Talvez não, mas Lívia vivia então no mundo da imaginação, onde tudo é possível e as dificuldades desaparecem por si mesmas ou são eliminadas segundo os nossos desejos. Se eu pelo menos compreendesse Germânico como compreendia minha mãe... Mas eu compreendia bem Agripina: ela estava cheia de hostilidade contra mim.

Eu cobri de honras o jovem. Dediquei-lhe um arco junto ao Templo de Saturno, para celebrar a retomada, sob sua liderança e meus auspícios, das águias perdidas com Varo. Acertei para que o seu triunfo fosse celebrado em maio, com esplendor sem igual. O cortejo incluiria despojos, prisioneiros e cenários de montanhas, rios e batalhas. Para o meu desagrado, Agripina insistiu em acompanhar o marido em seu carro; todos comentaram a visão nobre representada por eles cercados pelos cinco filhos, sorrindo em meio a tanta adulação. Em nome do meu sobrinho, distribuí à população trezentos sestércios por cabeça, e naquela noite Roma foi regada a vinho e música. Anunciei que, para dar ainda mais honras ao jovem, partilharia com ele o posto de cônsul.

Germânico estava enlevado com toda essa atenção; encantado com sua popularidade. Todos o adulavam e ele acreditava no que diziam. Alguns eram sinceros, claro, mas a maioria era movida pelo medo. As pessoas acreditavam que ele seria o próximo. Estavam intimidados pelo poder que acreditavam que ele viria a ter.

Porém, mesmo encantado, ele não desistia da sua opinião de que a guerra contra os germanos deveria continuar. Agripina estimulava isto, alimentando sua vaidade. Ela dava festas, nas quais se esforçava para conseguir o apoio dos senadores. Ela não o fazia utilizando a sedução pessoal. Seus traços eram secos e sua voz áspera; ela não herdara a sensualidade da mãe. De fato, ela era ostensivamente fiel ao marido e uma crítica ácida das damas que falhavam na monogamia. De fato, ela era moralista.

Fiz o que pude para aplacar a hostilidade do jovem casal. Consultei a mãe de Germânico, Antônia, com quem eu sempre me dera bem, uma mulher de extraordinário bom senso e virtude. Ela confessou que achava sua nora "difícil":

— Sei que você agiu corretamente com o meu filho, e até mesmo com grande generosidade. Não foi fácil para você aceitar o desejo de Augusto e favorecê-lo em detrimento do seu próprio filho, Druso. Acredite, meu querido Tibério, estou grata pela sua imparcialidade neste caso e compreendo que qualquer divergência entre vocês é uma questão política, na qual sabidamente um homem com a sua experiência tem um julgamento mais sábio que o de um jovem, mesmo que brilhante. Acredito no seu amor por Germânico, como acreditava no seu amor pelo seu irmão, meu querido marido Druso.

Antônia propôs que demonstrássemos publicamente a harmonia que havia entre nós acertando um casamento entre meu filho e sua filha mais velha, Júlia Livila, que quando menina fora prometida a Caio César.

— Ela é pouco mais velha que o rapaz — disse —, mas nunca considerei isto ruim. Seguramente, este casamento convenceria meu filho de que você é bondoso com nosso lado da família.

Concordei. O casamento foi acertado e celebrado. Qual foi o resultado? Agripina imediatamente começou a dizer a todos que isto era parte de uma trama para derrubar Germânico e garantir que seria Druso a me suceder. O que fazer com uma mulher assim?

— Você pode fechar sua boca — Sejano sugeriu, rindo de sua própria ideia. — Pode lembrar-lhe que há uma ilha reservada para as mulheres da sua família...

Ele não falava sério. A posição de Germânico não permitia que eu fizesse com sua mulher o que Augusto fizera com sua mãe e sua irmã mais velha; esta última, chamada Júlia como a mãe, recebeu a mesma sentença por motivos semelhantes. O obsceno poeta Ovídio, é bom lembrar, estava entre os que partilharam seus crimes e sua desgraça.

IV

FELIZMENTE, OS ACONTECIMENTOS EXTERNOS OFERECERAM UMA SOLUÇÃO temporária para os problemas levantados por Germânico. Fui levado a acusar o velho rei da Capadócia, Arquelau, no Senado, e foi decidido que o seu reino seria incorporado ao império, sob meu comando. Isto não me desagradava, pois Arquelau me ofendera durante minha estada em Rodes, quando se sentiu seguro para fazê-lo por considerar que eu tinha caído em desgraça. A supervisão da transição da Capadócia de um *status* a outro era um trabalho importante, e achei que Germânico servia bastante bem para o papel.

Tinha acabado de tomar essa decisão quando chegaram notícias de que o Rei Vonones, da Armênia, fora derrubado por uma facção que preferia Pártia à Roma. Uma vez que a importância estratégica da Armênia é enorme, esta era uma situação muito perigosa. Assim, decidi que Germânico deveria ter autoridade suprema sobre as províncias orientais do império e me propus a solicitar ao Senado que lhe concedesse *maius imperium.* Eu não poderia ter expressado maior confiança nas suas capacidades. Ainda assim, Agripina achou motivos para se queixar, embora Germânico parecesse estar bastante satisfeito. Ele, contudo, deixou claro que estava lhe sendo negada a glória na Germânia e insistiu em dizer que a árdua tarefa confiada a ele não passava de "um trabalho de policial".

Ela também criticou minha decisão de escolher Cneu Calpúrnio Pisão como governador da Síria. Isto me parecia prudente: Pisão era um homem em quem eu confiava, de grande experiência e, além disto, conhecido pela sua virtude e pelo seu bom senso. A Síria era um posto de grande responsabilidade, pois o governador comandava quatro legiões. Dada a instabilidade do Oriente, era necessário que o governo fosse entregue a um homem capaz de agir com independência. Agripina divulgou que eu tinha escolhido Pisão como meu "espião" — ela realmente usou esta palavra. Na verdade, eu não fizera mais do que sugerir que ele poderia considerar necessário agir como um freio na nobre impetuosidade de Germânico. Eu temia que o desejo do jovem de receber glórias militares pudesse nos colocar em uma guerra de grande escala com a Pártia...

Assim, antes que ele partisse, eu disse a Pisão:

— Sua missão, meu amigo, é estar pronto a domar o cavalo!

Foram minhas únicas instruções.

O avanço de Germânico em direção à Armênia parecia mais o de um candidato a um cargo público do que o de um general. Ele visitou Druso na Dalmácia e conversou com ele, "em confiança, claro, meu irmão", de uma forma que meu filho depois descreveu como "nos limites da sedição". Ele disse a Druso que a minha capacidade de julgamento estava diminuindo e que estava próximo o dia em que eles teriam de me declarar incompetente para o cargo.

— Ele falou com aquele seu sorriso, para o caso de que pudesse passar como brincadeira, caso fosse necessário. Mas creio que realmente queria dizer isso.

Ele seguiu pela costa da Dalmácia, através da Albânia, em direção à Grécia, até chegar ao Golfo de Nicépolis. Lá, ele visitou o cenário de Ácio e fez-me recordar em uma carta que o lugar lhe despertava muitas emoções.

"Eu me orgulho de pensar", ele escreveu, "que em meus filhos a rixa entre estes dois grandes homens foi apagada".

Ele visitou Atenas, chegando à cidade ostensivamente, com apenas um auxiliar, em consideração à nossa antiga aliança. Os atenienses, sempre frivolamente encantados com as novidades, o receberam entusiasticamente; lançaram flores à sua passagem e o regalaram com feitos de oratória que ele suportou com uma galhardia não totalmente insincera. Seu progresso posterior através da Ásia foi lento: a julgar pelas suas cartas, ele estava viajando mais como um turista do que como um homem encarregado de uma missão urgente. Recebi três páginas de descrições insípidas mas entusiasmadas de Troia, que eu já visitara. Em Clarus ele consultou o oráculo de Apolo, onde o sacerdote, embora ignorante e desconhecendo a métrica, surgiu de uma caverna onde bebia de uma fonte sagrada, com os versos apropriados. Como nem Germânico nem Agripina tinham alardeado sua importância, os versos não devem ter contemplado o jovem casal.

Quando finalmente chegou à Armênia, o perigo imediato já havia passado. Certos nobres armênios — pessoas que eu mesmo conhecera ou cujos pais haviam me conhecido — tiveram o bom senso e a iniciativa de buscar meu conselho diretamente. Cartas foram trocadas, presentes foram despachados de acordo com suas recomendações e, quando o meu sobrinho chegou, eu já definira que ele deveria coroar Zeno, filho do Rei Ptolemo, do Pontos, como o novo rei. Zeno havia muito adotara os hábitos dos nobres armênios e se dedicava à caça, à dissipação e a outras práticas bárbaras. Contudo, embora o perigo imediato tivesse sido eliminado, a chegada do meu sobrinho emprestou dignidade à ocasião e deve ter impressionado os impressionáveis armênios. Não gostaria de negar que Germânico desempenhou suas funções de modo igualmente exemplar.

Enquanto isso, Pisão chegara à Síria e se comportara de uma forma inesperada por mim. Talvez a promoção lhe tenha subido à cabeça; talvez tenha sido levado a isto pela mulher, Plancina, uma protegida da minha mãe; Plancina detestava Agripina e estava determinada a ofuscá-la. De qualquer forma, logo surgiu uma disputa entre Pisão e Germânico. Eu soubera disto pouco antes, e estava insatisfeito. Eu pedira a Pisão para ele supervisionar Germânico, não para atrapalhá-lo, mas cada mensageiro que chegava trazia queixas do meu sobrinho. Pisão, ele dizia, estava tentando assegurar a fidelidade das suas quatro legiões a ele e não a Roma. Mais do que isto, se recusara a enviar uma legião quando Germânico a requisitara; isto era uma desobediência ao *maius imperium* de Germânico. Em sua defesa, Pisão sugeriu que desconfiara das intenções de Germânico e, portanto, temia ceder uma de suas legiões. E quanto a levar seus homens a chamá-lo de "pai do exército", como se queixara Germânico: bem, ele não podia evitar ser popular, podia? Ademais, disse, ele suspeitava das intenções do próprio Germânico. Eu sabia como ele se comportara na Germânia, e agora ele estava agindo da mesma forma. Pisão temia que Germânico estivesse sendo malicioso; "lembre-se de César", ele disse. As cartas de Pisão eram longas e detalhadas. Não posso citá-las com exatidão, ou longamente, pois mais tarde achei prudente destruí-las, mas me lembro daquele aviso.

No outono, Germânico visitou o Egito. Ele não tinha o direito de fazê-lo, como relembrei ao Senado, pois um senador, mesmo ligado ao Divino Augusto, dependia da minha permissão para entrar nos meus domínios. Disse isso principalmente para que nenhum outro senador se sentisse livre para seguir o exemplo do meu sobrinho, e a reprovação dirigida a ele foi suave. Eu simplesmente assinalei que ele deveria ter pedido a minha permissão, que, claro, teria sido concedida, e que esta falha era um mau exemplo. Naturalmente, ele estava interessado em conhecer o Egito. Recordo-me de que certa vez perguntei-lhe se ele vira os Colossos de Mêmnon, duas gigantescas estátuas marcantes, que emitem o som de uma voz quando tocadas pelos raios do sol. Eu o aconselhei também a visitar a grande biblioteca do museu de Alexandria e pedi que enviasse minhas saudações ao grande acadêmico Ápio, que descrevi como "o sino do mundo"; sua história do Egito está repleta não apenas de informações escondidas, como também de reflexões; seu artigo *Contra os Judeus*, embora destemperado, discute com acuidade e vigor o obstinado monoteísmo deste povo estranho. Tais Memórias, em si mesmas não tão importantes, talvez sirvam para convencer os céticos das boas relações que geralmente eu mantinha com o meu sobrinho, embora as dele com Pisão tenham se deteriorado rapidamente. Havia erros dos dois lados. Pisão acreditava que Germânico estava utilizando seu *maius imperium* de um modo que diminuía sua própria autoridade. Germânico se queixava de que Pisão mudara ordens que ele dera aos comandantes de divisões. Num surto de ressentimento, Germânico o expulsou da Síria, e Pisão, embora furioso, achando sua situação insustentável, obedeceu; se retirou para a Ilha de Cós. Tudo isso aconteceu repentinamente, sem que eu fosse consultado.

Então Germânico adoeceu, com uma febre comum na região. Quando pareceu melhorar, teve uma recaída. Foi relatado que ele acusara Pisão e Plancina de terem-no envenenado. Agripina, sem condições de fazer qualquer julgamento, foi feroz nas suas acusações. Ordenou que seus escravos encontrassem provas de envenenamento e magia; naturalmente, eles encontraram o que esperavam que encontrassem, como bons escravos. Um exame do piso e das paredes do seu quarto revelou ossos humanos, sinais de bruxaria, maldições e invocações. Havia pastilhas com o nome do meu sobrinho, cinzas ensanguentadas e outros "objetos malignos capazes de entregar as almas ao poder das tumbas", como disseram.

Segundo Marco Friso, que posteriormente me apresentou um relatório completo dos acontecimentos, Germânico disse, então:

— Mesmo que esteja morrendo de morte natural, tenho legítimo direito ao rancor contra os deuses por eles terem me separado da minha mulher, dos meus filhos, do meu país e dos meus amigos, e por me negarem a merecida recompensa pela minha virtude. Mas não culpo os deuses, e sim aqueles demônios em forma humana, Pisão e Plancina. Contem a meu pai, o imperador, sobre a conspiração que levou à minha morte. Vocês terão a oportunidade de protestar junto ao Senado e invocar a lei. A principal missão de um amigo não é a de caminhar de luto atrás de um corpo, mas se lembrar dos desejos do morto e fazer com que eles sejam realizados. Mesmo estranhos chorarão por Germânico. Mas se era a mim que vocês amavam, e não a meu posto, então os encarrego da vingança!

Um escravo enxugou sua testa com um lenço úmido, enquanto Agripina permanecia de pé, com o olhar paralisado e uma expressão sombria no rosto.

Germânico se apoiou sobre os cotovelos e continuou:

— Mostrem para Roma minha mulher, a neta do Divino Augusto. Exibam o rosto dos nossos seis filhos. A simpatia irá para o lado dos acusadores. Será difícil acreditar em qualquer história de instruções criminosas dadas a Pisão, mas, caso acreditem, será mais difícil ainda perdoar!

Foi um discurso marcante para um moribundo, ou teria sido caso Friso realmente o tivesse escutado. Na verdade, como ele deixou claro, ele estava apenas repetindo a versão autorizada por Agripina. O único ponto verdadeiro foi o contraste entre o cuidado do escravo e o olhar fixo dela. Friso acrescentou que Agripina também dissera aos mais íntimos que Germânico a alertara para investigar cuidadosamente até que ponto eu estava envolvido.

ELE MORREU. NO SEU ELOGIO FÚNEBRE, FOI COMPARADO A ALEXANDRE, o Grande. Ninguém está obrigado a dizer a verdade nestas circunstâncias, mas foi um absurdo. Foi dito que, após derrotar os germanos diversas vezes, não lhe foi permitido subjugá-los. Se ele estivesse no comando, não apenas teria igualado-se a Alexandre militarmente, como o teria facilmente superado em decência, autocontrole e em todas as boas qualidades.

Era fácil perceber qual era o alvo do discurso e quem o tinha inspirado.

Seu corpo foi exposto na praça central de Antioquia. Alguns dos que o examinaram encontraram claras evidências de envenenamento, o que deve ser considerado um milagre médico. Então o seu corpo foi cremado, e não embalsamado, como deve ter sido considerado adequado nas circunstâncias. Agripina indicou Cneu Sêntio Saturnino como comandante das legiões do seu marido e, de fato, governador da Síria; então partiu de navio para a Itália com as crianças, levando as cinzas do seu marido. Eu disse "ela indicou" porque, como Friso relatou, foi exatamente o que aconteceu, embora tivesse sido feito de modo discreto, tendo sido dito que a decisão fora tomada por funcionários do governo, oficiais e senadores. Sêntio então fortificou a província contra Pisão. Ele também prendeu e enviou a Roma uma mulher chamada Martina, amiga de Plancina e conhecida como notória envenenadora.

Pisão, certo de que ainda era legalmente o governador da Síria, com o poder concedido a ele por mim e que eu não tivera oportunidade de revogar, tentou retornar a sua província. Sêntio resistiu. Houve pequenas escaramuças, e Pisão, não tendo apoio nem mesmo daquelas legiões que comandara (cujos oficiais tinham sido, na sua maioria, suspensos por Germânico ou Sêntio), se rendeu. Foi detido e enviado a Roma, acusado de lutar contra as forças de Roma.

As notícias chegavam aos poucos, enquanto Agripina viajava lentamente, com muitas escalas, por mares gelados em direção à Itália. Fiquei horrorizado com a morte de Germânico. Lamentei o fim de um jovem muito promissor e filho do meu amado irmão Druso. Contudo, nossas emoções raramente são simples e a minha dor não estava separada da sensação de que os deuses tinham feito um favor a Roma. Lamentei também a sorte do meu velho amigo Pisão e não pude acreditar nas acusações feitas a ele. Ainda assim, tinha de ser investigado, e se tudo fosse provado, eu teria de admitir minha profunda decepção com Pisão. Nunca poderia perdoar o assassinato do meu sobrinho — se ele tivesse sido mesmo assassinado. Eu estava confuso, perdido entre a escuridão e a claridade. Era impossível saber o que era melhor fazer.

Naturalmente, ordenei luto oficial para o jovem. O povo estava ansioso para expressar a profundidade da perda, numa linguagem que era compreensível, embora exagerada. Nestas ocasiões, o exagero costuma ser a regra. Mesmo pessoas sensíveis são envolvidas pela disposição geral e pensam que as questões públicas as afetam mais diretamente do que acontece na realidade. É fácil pensar que a vida de alguém é arruinada por acontecimentos que na realidade perturbam apenas a imaginação.

Enviei dois batalhões de guardas pretorianos para receber Agripina em Brundísio. Inicialmente eu hesitara em dar a tarefa ao meu caro Sejano, pois sabia da profunda antipatia da mulher por ele. Porém, refletindo, cheguei à conclusão de que era necessário ter ali um homem em quem eu pudesse confiar, e não havia outro, exceto Druso, em quem eu confiasse mais que em Sejano. Foi o correto, pois o estado de ânimo era tal que poderia ter afetado até mesmo os guardas. E um incidente curioso teve lugar em Brundísio: a suposta envenenadora, Martina, chegou lá quase ao mesmo tempo, em outro navio. No dia seguinte, foi encontrada morta, enquanto Agripina ainda estava na cidade. Não havia marcas de violência, mas foi encontrado veneno na raiz dos seus cabelos. Naturalmente, alguns disseram que ela se matara; outros argumentaram que ela teria sido morta por alguém com medo do que ela pudesse revelar. Sendo a natureza humana como é, esta foi a base da pior teoria. Poucos pararam para pensar que o motivo para o assassinato (se é que houve um assassinato) poderia ser o conhecimento de que a feiticeira não tinha nada para revelar.

A viagem de Agripina para Roma, levando as cinzas do marido, foi soberbamente dirigida. Em cada cidade ela organizou, ou lhe foi oferecida, uma recepção, e ela não desperdiçou nenhuma oportunidade de angariar simpatia, apoio e de se apresentar como uma mulher profundamente prejudicada. Sejano não podia fazer nada, a não ser observar tudo e depois me contar. Sua prudência natural o alertou para o fato de que era impossível deter a onda de simpatia, embora a cada passo isso ameaçasse se transformar numa revolta.

A mãe de Germânico, Antônia, estava tão enojada com o comportamento da sua nora que se recusou a sair de casa para receber o cortejo em Roma. Naturalmente, eu também não o fiz, e por um motivo simples: Sejano me dissera que a minha presença poderia provocar tumultos. Seu conselho foi bom, mas minha ausência foi criticada. Druso, porém, aprovou; sua mulher, Júlia

Livila, embora cunhada de Agripina, sugeriu que o melhor a fazer com a viúva enlutada seria jogar sobre ela um balde de água fria.

— Mesmo na enfermaria — ela disse a Druso —, ela estava sempre atuando. E no que diz respeito ao seu amor pelo meu irmão, ela transformou a vida dele num inferno com os seus resmungos e queixas constantes.

As multidões, porém, desconheciam isso; elas reverenciavam Agripina como um modelo de tudo o que uma mulher deve ser.

Fiz com que as cinzas de Germânico fossem colocadas no mausoléu próximas as de Augusto. Uma multidão foi às ruas e o Campo de Marte estava repleto de tochas. Agripina estimulava a turba a cair numa orgia de dor; ela tomara o cuidado de distribuir certa quantidade de ouro, e suas "criaturas" pagas se desdobravam em elogios às suas virtudes e em violentas acusações a Pisão e a quem o teria "encorajado". Isto foi eficaz; houve terríveis tumultos no Suburra, no Trastevere e no próprio Campo de Marte. Parecia-me que a situação estava fugindo do controle de forma absurda, e preparei a seguinte declaração para tentar acalmar o povo.

> Romanos de grande fama já morreram antes, mas nenhum foi tão intensamente pranteado. Agradeço sua devoção à memória de Germânico, meu querido filho e sobrinho, mas deve haver moderação. A conduta de famílias e comunidades comuns não deve ser o modelo para cidadãos imperiais. Depois das primeiras lágrimas, devemos manter a calma. Lembrem-se da dignidade com que Júlio César chorou sua filha e Augusto pranteou seus netos. Lembrem-se de como os nossos antepassados corajosamente enfrentaram a perda de exércitos, a morte de generais e a destruição de grandes famílias, evitando as lágrimas permitidas apenas às mulheres. Os romanos não devem se assemelhar aos histéricos e efeminados orientais. Grandes homens morrem; o país deles permanece. Assim, peço aos cidadãos que retornem às suas ocupações e, visto que os Jogos Megalésios estão prestes a começar, a seus prazeres habituais.

Minhas palavras tiveram o efeito desejado. As pessoas ficaram envergonhadas das suas extravagâncias. A vida voltou ao normal — para indignação de Agripina.

Infelizmente não duraria muito tempo. O que chamamos de "normal" costuma ser aquilo que desejamos e não aquilo que realmente vivemos. Daquela vez a calmaria foi breve. Era preciso considerar o caso de Pisão. Ele retornara a Roma e estava numa espécie de prisão domiciliar. A justiça fez vista grossa a isso e Plancina começou a atrair uma atenção indesejada promovendo reuniões numa tentativa de conseguir apoio para seu sitiado marido.

Seu caso era desesperador, e me pareceu ainda mais quando recebi informações a respeito da sua conduta temerária e indisciplinada. Minha mãe tentou me convencer a impedir um julgamento:

— Plancina é uma boa amiga — disse — e tenho conversado muito com ela. Estou convencida de que as acusações feitas a ela e a seu marido são infundadas. É impossível que eles tenham assassinado Germânico. Você acha que se eu pensasse de outro modo poderia manter qualquer espécie de diálogo com a assassina do meu neto? Tudo isso é fruto da imaginação deformada de Agripina. Ela está fora de si de tanto ódio, desgosto e desapontamento.

— Não posso impedir um julgamento, isto daria força aos rumores de que sou pior que um cúmplice. Tudo precisa ser exposto na Corte e estou certo de que eles serão inocentados da acusação de assassinato.

— Não sairá nada de bom disso. Conheço as pessoas melhor do que você. Se houver um julgamento, servirá apenas para dar às pessoas a oportunidade de espalhar boatos piores e mais sinistros. Os plebeus não conseguem perceber a diferença entre julgar um homem e considerá-lo culpado. Você lamentará esse julgamento se permitir que ele aconteça.

Ela estava certa, claro, mas eu não podia evitar o julgamento. A lógica de Lívia era meramente abstrata; ela se afastara da realidade dos assuntos políticos, regidos pelas contingências, e as pessoas agem em resposta à pressão. Impedir o julgamento seria o mesmo que declarar não apenas que Pisão era culpado das piores acusações, mas que os rumores eram verdadeiros e ele agira sob o meu comando. Do contrário, por que eu teria decidido protegê-lo?

Ademais, eu não queria fazê-lo. Eu confiara em Pisão e de alguma forma ele traíra esta confiança. Eu o considerara competente e sagaz, mas ele se revelou um tolo.

Quando o Senado se reuniu, ele foi acusado, primeiramente por Lúcio Fulcínio Trião, depois por dois membros da equipe de Germânico, Públio Vitélio e Quinto Vernaio. Fui convidado a assumir o interrogatório, mas afirmei que ele deveria ser ouvido pela totalidade do Senado. Contudo, apresentei minha opinião sobre o caso:

— Cneu Pisão merecia a confiança e a admiração de Augusto, e minha mesmo. Com sua aprovação, Pais Conscritos, fiz dele ajudante de Germânico na sua missão no Oriente. Infelizmente, como todos sabem, eles não concordavam plenamente e houve desdobramentos desagradáveis e imprevistos. Agora é sua responsabilidade decidir, objetivamente e sem maldade, se, tendo irritado Germânico com sua desobediência e protestos, ele simplesmente se satisfez com sua morte (pois a respeito desta satisfação não há dúvidas) ou se fez mais do que isto e realmente contribuiu para a sua morte. Se decidirem pela primeira opção, concluindo que Pisão excedeu as atribuições de seu posto e depois se regozijou com a morte de Germânico, e com a minha dor, tenham isso em mente, então devo abdicar da sua amizade e fechar minhas portas para ele. Mas não devo usar os poderes que vocês decidiram conferir a mim apenas para me vingar de ofensas pessoais. Se, por outro lado, encontrarem provas de assassinato, um crime que exige vingança seja qual for a posição da vítima, será sua responsabilidade dar uma satisfação aos filhos de Germânico e a nós, seus pais e familiares. Há ainda outras questões que devem considerar. Primeiro: Pisão incitou suas tropas ao motim ou à rebelião? Segundo: ele as incitou a apoiarem-no? Terceiro: ele promoveu uma guerra temerária e ilegal para recuperar sua província? Mas vocês também devem pensar se essas não são mentiras espalhadas por pessoas cujo ódio obscureceu a razão. Neste contexto, devo dizer que o excessivo entusiasmo demonstrado por alguns que estão ansiosos em atribuir um crime a Pisão me causou irritação. Pois desnudar o corpo de meu filho e expô-lo à observação pública, até mesmo encorajando, inclusive entre estrangeiros, a ideia de que ele fora envenenado, não serve a nenhum bom propósito, já que esta questão não está definida e é o objetivo desta investigação. Devo relembrar, Pais Conscritos, que o sensacionalismo é inimigo da justiça, e que a justiça é fruto da razão, não da emoção. Choro pelo meu filho, Germânico, e o farei sempre, até que a morte me leve. Mas ofereço ao acusado todas as oportunidades de apresentar provas que evidenciem sua inocência, ou provas de que Germânico o provocou ou maltratou, se for o caso. Chego a dizer que espero que ele seja capaz de explicar-se, pois, de minha parte, a descoberta de que um nobre romano no qual eu depositei minha confiança tenha se tornado indigno dela seria um novo golpe. Imploro a vocês que não considerem acusações como provas apenas por estarem conscientes da minha própria dor. Aqueles cujas relações com Pisão ou cuja lealdade para com ele tenham feito deles seus defensores, devem ajudá-lo sem medo neste momento...

Assim foi o meu discurso, e eu não me arrependo dele. Seria desonroso se eu falasse de outra forma. Ainda assim, a noite caiu e eu sabia que tinha falhado. Minhas palavras tão bem escolhidas foram condenadas por todos. Aqueles que acreditavam que Germânico tinha sido vítima de Pisão e Plancina se queixavam raivosamente de que eu levara o Senado a inocentá-lo. Por outro lado, os que o apoiavam, acusavam-me de tê-los abandonado. Lívia disse:

— Nunca pensei que um filho meu pudesse ser tão covarde: abandonar seus amigos numa tentativa de aplacar seus tradicionais inimigos. Isto é pior que um crime, é uma asneira, e as consequências o levarão ao túmulo.

Eu não podia ter dito nada diferente, embora fosse inútil tentar explicar à minha mãe.

O julgamento foi conduzido durante um tempo péssimo. O tramontana soprava gelado, açoitando o prédio do Senado e agitando a cobertura das barracas. O tempo não deteve a multidão, que também se agitava como uma tempestade furiosa, atacando os senadores e os ameaçando de agressão caso não votassem no que queriam. Eles se aglomeravam ao redor da liteira que diariamente conduzia Pisão, gritando que ele poderia escapar do Senado, mas não escaparia deles; eles o enforcariam se fosse inocentado. Alguns deles pegaram sua estátua e começaram a levá-la para os Passos Gemonianos, mas eu enviei guardas para prendê-los. Eu estava decidido a não permitir que a cidade fosse entregue à violência da turba.

Havia muitos rumores. O mais perigoso era a sugestão, disseminada por alguns dos aliados de Pisão e ansiosamente abraçada pelos meus inimigos, de que ele iria exibir uma carta minha que justificaria suas atitudes. Não existia carta alguma. Ainda assim fiquei perturbado com os boatos, não apenas porque eles foram tão facilmente aceitos, mas também porque temia que pudessem ter forjado uma carta. Assim, ordenei a Sejano que interrogasse Pisão e vasculhasse sua casa.

Sejano se jogou numa cadeira e esticou seus braços acima da cabeça, ele riu. Eu tenho visto leões na arena, que detesto, se moverem como Sejano, com a mesma graça e perigo. Ele riu novamente:

— Pobre Pisão — ele disse —, pobre malandro, ele sabe que está tudo em suas costas.

— Mas o documento, a carta?

— Não há carta. Você sabe.

— E nenhuma foi forjada?

— Meus homens viraram o lugar de pernas para o ar. Pisão estava indignado. Ele me disse: "Você sabe perfeitamente que não há nada para ser encontrado." O fato é que, estranhamente, ele chegou a pensar em forjar um documento, claro que sim, mas algo o impediu.

— Honra?

— Talvez… Mais provavelmente o medo. Ele ainda espera que você impeça a execução. Ele ainda sustenta que não fez mais do que aquilo que considerou que fossem suas intenções. Não até o último momento, quando invadiu a Síria. Ele sabe que agiu errado neste caso. Ele sabe que foi por isso que o pegaram.

— Sejano — hesitei, embaraçado como nunca estivera antes —, quando você se encontrou com Pisão antes que ele partisse, até onde você foi?

Ele sorriu, bocejou e se esticou novamente.

— É um pouco tarde para perguntar isso — ele respondeu. — Tibério, você não tem com o que se preocupar. O que tem a fazer é deixar que a lei siga o seu curso.

— Deixar que a lei siga o seu curso? — Lívia fechou com violência seu leque. — Você está louco? Quando você começa a sacrificar seus amigos a seus inimigos… Acredito que você tenha perdido o juízo. Você não compreende, criança, que aquela mulher é implacável? Quando ela ataca Pisão, este é apenas o primeiro passo. Você é o verdadeiro alvo. E é absurdo pensar que Plancina poderia ser culpada de assassinato. Eu a conheço desde criança.

Não havia provas de assassinato, nada além de boatos. Alguns eram ridículos. Foi sugerido que Pisão inicialmente tentara envenenar Germânico numa ocasião em que estavam lado a lado num jantar. Mesmo alguns dos amigos de

Germânico consideraram um exagero imaginar que ele pudesse ter tentado isso diante de uma série de testemunhas que incluíam o próprio Germânico e seus escravos. Pisão debochou da acusação e ofereceu seus próprios escravos para tortura, pedindo também que os que serviram naquele jantar fossem questionados. Mas a defesa vacilou em todo o resto. As provas de que Pisão subornara as tropas, subvertera a disciplina e invadira a província eram esmagadoras. Assim, Plancina, percebendo que partilharia seu destino, e desesperada para salvar a própria pele, decidiu ter sua própria defesa. Naquela tarde foi necessário dobrar o número de guardas que o escoltavam para casa.

Ao cair da noite fui informado de que o secretário de Pisão solicitava uma audiência, eu me recusei a vê-lo. Não havia nada que eu pudesse fazer, e eu não pretendia me comprometer recebendo tal emissário para uma conversa. Assim, mandei dizer que confiava que Pisão se comportaria de uma forma que estivesse à altura dos seus antepassados.

Não sei como Pisão recebeu minha mensagem. Em algum momento da noite ele deixou de ter esperanças. Ele deu uma nota a um de seus escravos e anunciando que estava pronto para dormir, fez com que Plancina e seus serviçais deixassem seus aposentos. Ele foi encontrado pela manhã com a garganta cortada. Uma espada ensanguentada estava no chão, ao seu lado.

Recebi a notícia pela manhã. Nuvens negras cobriam o céu. Vi uma procissão de devotos se dirigindo ao Templo de Marte, o Vingador. Gralhas precipitavam-se, empurradas pelo vento. O escravo se postou no chão, diante de mim, estendendo a mão que trazia um documento selado.

Pisão escrevera:

> Conspiração e ódio me arruinaram. Não há mais lugar para a inocência e a honestidade. Invoquei o testemunho dos deuses, César, de que fui leal a você e obediente a Augusto. Peço a ambos que protejam meus filhos. Marco me acompanhou à Síria, mas me avisou para não o fazer; seu irmão Cneu nunca deixou Roma. Rezo para que eles, que são inocentes, não partilhem de minha infelicidade. Pelos meus quarenta e cinco anos de lealdade, pelo nosso consulado partilhado, em memória de nossa amizade, eu, que fui honrado pelo seu pai, o Divino Augusto, e que você estimou, imploro que poupe meu desafortunado filho. É a última coisa que peço a alguém.

Entreguei a carta a Sejano.

— Ele não mencionou Plancina uma única vez — eu disse. — Bem, a amizade agora não passa de uma lembrança, mas vamos garantir que o seu filho não sofra...

Para satisfazer minha mãe, argumentei a favor de Plancina no Senado.

Pisão foi precipitado e imprudente, mas foi assassinado pela opinião pública, como se tivesse sido linchado pela turba, como ela ameaçara fazer.

No dia do seu funeral, Agripina ofereceu um jantar. Recusei o convite.

Quantas noites fiquei observando a majestade do céu e pensando nas últimas horas de Pisão na Terra, abandonado, sem esperança, finalmente pronto para a morte. Muitas vezes eu o invejei.

V

Houve um momento de alegria: a mulher de Druso, Júlia Livila, deu a luz a gêmeos. Eu esperava que isto os unisse. Não foi assim. Acusei Druso de ignorar sua mulher.

— Pensei que eu lhe tivesse dado o bastante para se ocupar, pai — ele respondeu. — De qualquer modo, é fácil para você dar tal conselho. Não é você que tem de lidar com seu péssimo temperamento.

— Talvez, mas não é conveniente que eu receba tantos relatórios sobre suas brigas.

— E quem faz os relatórios? Sejano, imagino... Você confia demais naquele homem. Na verdade, magoa-me, pai, que você pareça confiar mais nele do que em mim, seu próprio filho.

Ele não tinha motivo para pensar assim, e eu lhe disse isto. Mas este desentendimento entre Druso e Sejano era um novo motivo de preocupação.

Logo haveria outro, embora este nos colocasse, Druso e eu, do mesmo lado. Sua mãe, minha pobre Vipsânia, estava morrendo. Nunca pensei que ela pudesse morrer antes de mim... Embora tenhamos nos encontrado apenas uma vez desde o nosso divórcio, ela fora uma presença importante na minha vida, como um lugar onde fui feliz. Druso e eu viajamos sob um clima úmido para Velletri, onde ela vivia numa *villa* herdada de seu pai; ela estava havia muito tempo separada do seu marido, Galo.

Vipsânia recebeu Druso primeiramente. Então ele pediu que eu entrasse. Até o fim eu não estava certo de que ela gostaria de ver-me.

Eu não a teria reconhecido imediatamente, pois a doença a devorara, a carne desaparecera do seu rosto e os seus olhos mostravam a dor que ela sentia. Ela esticou a mão. Eu a tomei nas minhas, as beijei e ajoelhei-me ao lado da sua cama. Permanecemos assim por muito tempo. Havia um cheiro rançoso no quarto, e o ar estava abafado, pesado.

— Não tente falar — eu disse. — Basta que estejamos juntos novamente.

Ela soltou sua mão e acariciou o meu rosto.

Terá acontecido assim? Ou estarei sendo traído pela minha memória? Algumas vezes esses poucos minutos com Vipsânia têm a limpidez de um sonho, daqueles que você acorda com a tranquila segurança de ter tido uma visão de uma realidade mais profunda do que aquela na qual se passa a vida cotidiana. Há uma reordenação das experiências, como se um véu tivesse sido retirado. E o seu aposento era um caminho para o túmulo. Druso não sentiu nada disso. Ele chorou por ter perdido a mãe, enquanto os meus olhos permaneceram secos. Mas a perda daquilo que tivera muito tempo antes foi marcante: foi-me dado um vislumbre do que fora negado a mim. Quando eu me curvei para beijar o rosto do qual a vida tinha acabado de partir, confirmei nosso conhecimento, com o qual tínhamos vivido trinta anos, de que o amor e a ternura são impotentes diante do poder. Saí do seu aposento e preparei-me para o funeral com uma expressão tão árida quanto uma montanha no inverno.

— É estranho pensar — disse Druso — que a minha mãe era meia-irmã de Agripina, aquela bruxa.

— Eu não sabia que você detestava Agripina tanto assim.

— Detestar? Você compreende, pai? Ela está determinada a nos destruir.

— Não sei mais o que compreendo...

— E o que é pior, ela criará seus filhos como nossos inimigos.

Druso me estendeu vinho. Bebemos.

— Parece — ele disse — que nossa família tem um grande número de mulheres impossíveis.

— Sua mãe nunca foi impossível.

— Não — ele concordou, e pediu mais vinho —, mas a minha mulher é, e Agripina, e a minha avó, e, como eu me lembro, minha madrasta, Júlia. O que fizemos para merecê-las?

Ele dormiu pouco depois. Foi assim que pranteamos Vipsânia: com bebedeira e autopiedade. Mas não era apenas Vipsânia que pranteávamos, pensei. Nossa tristeza tinha raízes bem mais profundas. Afinal, a morte chega como uma amiga; a morte traz alívio para a dor, como no caso de Vipsânia, talvez para a desonra, como no caso de Pisão; talvez para a tirania do eterno "Eu".

— Deseja mais vinho, senhor?

Levantei os olhos, um dos escravos de Druso estava curvado sobre mim. Ele se chamava Ligdo, um eunuco da Síria, um presente, recordei-me, de Pisão. Ele sorriu meio nervoso, ansioso em agradar. Um perfume de rosas chegou até mim. Ele colocou sobre a jarra sua mão marrom-clara, com dedos magros. Senti um surto de crueldade que me desagradou e excitou. Estas criaturas, pensei, estão totalmente à nossa mercê. Mas quem não está à minha mercê? Eu não sou o senhor do mundo? Não é o que dizem? Um senhor que despreza os homens teme ser morto (mas por quê, quando sonho com a morte para me livrar das minhas responsabilidades?) e evita companhias. O rapaz esperou. Olhei para ele; ele baixou o olhar. A apreensão demonstrava o desejo de agradar. Ele esperou.

Eu recebera relatórios sobre este Ligdo, claro, tais coisas tinham se tornado necessárias. Diziam que ele era próximo ao seu senhor, um favorito. Há sempre alguém assim na casa de qualquer homem virtuoso. É nossa forma de suavizar nosso arranjo social, que por sua natureza contraria as noções de humanidade. E os homens dificilmente são indiferentes aos eunucos; ou eles os desprezam ou os desejam, muitas vezes ambas as coisas. Um eunuco ocupa uma posição singular na nossa imaginação; ele é uma espécie de objeto sobre o qual podemos esbanjar uma ternura irresponsável ou utilizar para satisfazer nossa crueldade inata.

— Você gosta do seu senhor?

Perguntei em grego, para deixá-lo à vontade. Ele respondeu na mesma língua, porém hesitante.

— Meu senhor é muito bom para mim.

Seus dedos brincavam com a manga da sua túnica curta.

— Ele normalmente fica assim?

— Não, senhor, isso é raro. Ele está perturbado pela morte da mãe. Devo servir-lhe mais vinho, meu senhor?

— Não — respondi —, o vinho não é a resposta para hoje. Cuide do seu senhor. Ele é muito querido por mim.

Ele se curvou para levantar a cabeça de Druso, que deslizara do divã, para colocá-lo numa posição mais confortável. A túnica curta com franjas douradas subiu até seu traseiro. As pernas morenas eram longas e bem-torneadas.

— Vá para a cama — eu disse, torcendo os dedos até que os nós doessem. — Vou cuidar do seu senhor esta noite.

Druso era muito querido por mim, assim como Sejano; a animosidade entre eles se intensificou. Cada um deles tinha ciúme do que imaginavam que fosse a influência do outro sobre mim. Meus esforços para eliminar as suspeitas que cada um tinha do outro foram em vão. Meu único conforto era a minha certeza de que ambos eram totalmente leais a mim.

Suas brigas, porém, me perturbavam. Pelo menos numa oportunidade Druso perdeu a cabeça — não me lembro o motivo, se é que um dia cheguei a saber — e golpeou Sejano no rosto. Ele se queixou — e isto foi relatado — de que Sejano era uma ameaça à segurança do império, citando como exemplo minha decisão de que a guarda pretoriana, que ainda era comandada por Sejano, ficasse concentrada num novo campo ao norte da cidade. Aprovei sua sugestão por dois motivos: em primeiro lugar, poupava os cidadãos do fardo de ter a guarda alojada em suas casas; depois, ajudava na disciplina e na eficiência. De forma alguma havia algo de sinistro na proposta.

Eu ficava irritado com suas brigas porque ambos eram vitais para a administração do império. Como Augusto destacou diversas vezes, esta é uma tarefa grande demais para um único homem e é fundamental que o *Princeps* tenha auxiliares nos quais possa confiar e que desejem colaborar um com o outro. O ciúme que Druso sentia de Sejano impedia o bom funcionamento da máquina do Estado. Não havia discussões quanto à política. Na verdade, como mostrei a Druso, Sejano se importava pouco com a formulação de políticas e nunca demostrara o menor desejo de ser investido desta responsabilidade. Ele ficava feliz com um papel executivo.

— Meu papel — ele dizia frequentemente — é o de aplicar a sua política. Estou aqui para ajudá-lo a fazer com que as coisas funcionem bem. Lamento que Druso desconfie de mim e gostaria que ele percebesse que não tem motivos para isto.

De fato, Sejano estava tão perturbado pela sua consciência da crescente hostilidade do meu filho e pelo seu conhecimento de como isto me perturbava, que mais de uma vez se ofereceu para renunciar a todas as suas funções e se retirar da vida pública:

— Pois a última coisa que eu desejo — ele me assegurou — é ser motivo de atrito entre você e Druso, e por este motivo, talvez seja melhor que eu saia de cena, já que estou convencido de que a animosidade de Druso não pode ser erradicada.

Naturalmente, recusei o sacrifício e assegurei-lhe que eu não poderia dar conta de tudo sem ele.

— Confio plenamente em Druso em certos assuntos, e em você, meu rapaz, em outros — eu disse. — Disse isto a Druso e o preveni para que não desse ouvidos aos que o envenenam contra você.

Sejano enxugou uma lágrima.

— Estou mais comovido pela sua confiança em mim do que sou capaz de dizer. Mas sua confiança me obriga a acrescentar algo que eu preferiria não ser forçado a dizer-lhe: as coisas não estão bem entre Druso e Júlia Livila. Aquela nobre dama confessou seu sofrimento à minha querida mulher, Apicata. Ela diz que ele a ignora desde a morte de um dos gêmeos. Ela sofre especialmente com o fato de que ele lhe nega seu leito, colocando em seu lugar o eunuco Ligdo. Não diria nada que possa machucá-lo se não tivesse a esperança de que, sabendo disso, você pudesse encontrar um meio de acertar as coisas.

Fiquei comovido com sua confiança em minhas habilidades, mas não fiz nada. Experiências amargas me ensinaram que nem a prudência, nem uma noção de decência, nem ascendência ou a promessa de vantagens podem superar o desinteresse sexual ou mudar o alvo dos desejos.

Essas eram distrações, mas o trabalho de governar era incessante. Manobrei para fazer do Senado um verdadeiro parceiro na condução do Estado e insisti em que eu era, no máximo, o primeiro entre iguais. Quando um senador muito obsequioso teve o mau gosto de me chamar de "meu senhor e mestre", eu o alertei para nunca mais me insultar desta forma. Eu levava todos os negócios públicos ao Senado, incluindo muitos dos quais Augusto costumava resolver pessoalmente, e pedia o conselho dos senadores em todos os assuntos que diziam respeito à receita nacional, à concessão de monopólios e à construção ou à reforma de prédios públicos. Eu chegava mesmo a consultar o Senado sobre o recrutamento e a dispensa de soldados, a disposição de legiões e forças auxiliares, a escolha de generais, sobre como responder cartas recebidas de potentados estrangeiros, todos os assuntos que Augusto reservava para si mesmo. Encorajei o debate no Senado e assegurei a seus membros que "quando um estadista bem-intencionado e sincero tem nas suas mãos um poder tão soberano quanto o que vocês me deram, ele deve se considerar um servo do Senado, e frequentemente do povo como um todo, e mesmo dos cidadãos".

E não eram palavras vãs, ditas apenas para impressionar. Ao contrário, eu ficava satisfeito quando eram tomadas decisões que contrariavam meus desejos e me abstinha de reclamar, mesmo quando sabia que eu estava certo e a maioria errada. Certa vez, por exemplo, eu insistira para que os magistrados de uma cidade vivessem lá até o fim do seu mandato, mas o Senado permitiu que um pretor viajasse para a África, e chegou mesmo a pagar suas despesas. Mais do que isto, permiti que os senadores ignorassem os meus conselhos se quisessem. Quando, por exemplo, Mânio Emílio Lépido foi proposto para o cargo de governador da Ásia, Sexto Pompeu Tércio declarou que ele era inadequado para o cargo, por ser, em suas palavras: "um mendigo degenerado e preguiçoso." Eu não discordava de Pompeu, e fiz com que soubessem o que eu pensava. Ainda assim, aceitei a decisão do Senado de indicar Lépido, acreditando que esta demonstração de independência tinha valor em si mesma.

Em outros assuntos, porém, eu duvidava do empenho do Senado. Certo ano, por exemplo, os edis me instaram a falar contra a extravagância. Havia uma queixa no Senado de que as leis contra gastos excessivos estavam abandonadas e que consequentemente o preço dos alimentos subia diariamente. Eu estava preocupado com isso e lamentava. Tentei dar um exemplo de austeridade certa vez, mandando servir apenas a metade de um javali num jantar, por exemplo, e garantindo que tinha um gosto tão bom quanto a outra metade. Mas eu sabia que este tipo de lei, como aquelas contra a imoralidade sexual, eram inúteis. A frugalidade e a castidade costumam prevalecer porque as pessoas se controlam. A lei é incapaz de controlar o comportamento moral. A solução está no indivíduo. Se somos decentes, então nos comportamos bem; se não somos, sempre encontraremos formas de satisfazer desejos sórdidos e vergonhosos.

Nada me causou mais problema naqueles anos do que a avalanche de denúncias trazidas pelos meus informantes. Mesmo quando as acusações eram bem fundamentadas, o resultado geral era desprezível. Roma corria o risco de se transformar numa cidade onde cada homem espionava o outro e ninguém confiava em seu vizinho. Eu fazia o possível para checar cada denúncia. Quando dois membros da Ordem Equestre, Consídio Équo e Célio Cursor, acusaram o pretor Mágio Ceciliano de traição, não apenas fiz com que as acusações fossem retiradas, como puni os acusadores com uma multa pesada. Eu esperava que, se os homens percebessem que uma acusação poderia acarretar perdas financeiras, isto faria com que a esperança de lucrar com uma denúncia parecesse menos sedutora. Mas subestimei a estupidez dos homens e o seu talento para a ilusão. Continuaram a chegar denúncias de diversos tipos, muitas até ridículas. O resultado disso era o pedido para que os candidatos a cargos públicos, especialmente governos provinciais, fossem investigados mais cuidadosamente, e que aqueles suspeitos de ter uma vida escandalosa fossem excluídos. Um senador chegou a afirmar que apenas o imperador poderia cuidar deste assunto. Superficialmente, isto tinha algum valor, mas a proposta era fundamentalmente perniciosa. Eu não estava preparado para aceitar tal fardo, e argumentei que o conhecimento de um imperador não poderia ser absoluto.

— Se adotarem esse esquema — eu disse —, vocês estarão apenas estimulando a boataria, à medida que os intrigantes tentarão influenciar minha escolha. A lei diz respeito apenas a atos que tenham sido praticados. O que acontecerá não se sabe. Muitos governadores não corresponderam tanto às expectativas quanto aos temores; a responsabilidade estimula alguns e abate outros. Não é possível julgar alguém por antecipação. Ademais, peço que reflitam sobre isto. Os imperadores já têm tarefas demais e poder suficiente. Reforçar o Executivo significa enfraquecer a justiça. Este é um princípio fundamental da política. Quando é possível agir de acordo com os devidos processos legais, o exercício da autoridade oficial é um equívoco.

Eu acreditava nisso e ainda acredito. Mas a natureza humana é tal que as mesmas pessoas que exigem ações do governo são as primeiras a protestar quando a ação pode afetar seus próprios interesses.

Quanto mais eu exercitava a autoridade suprema, mais difícil era conhecer a verdade de cada assunto. Eu estava conhecendo a terrível solidão do poder.

Ninguém se aproximava de mim sem estar pensando em seus próprios interesses. Ninguém falava comigo honestamente. Se alguém me contava uma história que desabonava outra pessoa, eu tinha de perguntar-me o que meu informante esperava ganhar, qual rancor ou ressentimento o movia, e avaliar tudo antes de começar a considerar a possível verdade do que me contava. Mais do que isto, aprendi que, mesmo quando não eram movidos pela maldade, os homens estavam dispostos a me dizer apenas o que eu queria ouvir. Era por não terem esses vícios que eu valorizava Sejano e Augusto valorizara Agripa. Sejano, eu acreditava, não tinha medo de dizer a verdade, e como eu estava certo de que ele não ambicionava ser mais do que já era, e acima de tudo tinha afeição por mim, eu confiava nos conselhos que ele me oferecia.

Durante todo esse tempo fui perturbado pela hostilidade que eu sabia que Agripina me cultivava. Fiz tudo o que era possível, tudo o que era capaz para acabar com isto. Coloquei seus filhos sob minha proteção pessoal. Eram três: Nero, Druso e Calígula.* Nenhum deles era totalmente satisfatório. Nero fora um garotinho adorável, inteligente, esperto e dono de um espírito leve que não parecia em nada com o dos pais. De fato, ele me lembrava sua avó Júlia — ele tinha seu súbito sorriso feliz e também o mesmo hábito de fazer bico quando contrariado. Germânico tinha sido severo com ele, e, após a morte do marido, Agripina tentara forçar seu filho mais velho a assumir responsabilidades que não combinavam com sua natureza. Ela o repreendia violentamente sempre que ele não atingia o padrão impossível que estabelecera; isto era um contraste com o tratamento dado aos outros garotos, que ela mimava de forma ultrajante. Talvez como uma reação, talvez respondendo aos mais profundos impulsos da sua natureza, Nero se escondia atrás de um comportamento absurdamente afetado que, à medida que ele se tornava um homem, se transformou numa efeminação patente e degradada: ele pintava os olhos e os lábios, passava *carmim* nas faces, se cobria de perfume sírio e dizia-se que usava roupas de baixo de seda. Nas termas, quando tinha 14 ou 15 anos, lançava olhares amorosos para os senadores e os convidava a seu cubículo. Naturalmente, alguns homens ficaram suficientemente encantados com este garoto bonito e dissoluto para arriscar uma associação imoral com um membro da família imperial. Para

---

* Apelido dado a Caio por ele ter adotado, na sua infância, o calçado militar, a *Caliga*.

evitar embaraços, pedi a Druso que o repreendesse; Nero tentou seduzir o próprio tio. Aos 17 anos, ele se apaixonou perdidamente por um ator, um pederasta tão notório que certa vez foi coberto de estrume na rua. Dei um basta nisso, mandando o comediante para o exílio. Mas continuei a receber relatórios que deixavam claro que Nero era incorrigível.

Ainda assim, insisti. Devo admitir que eu mesmo era suscetível ao charme do garoto. Meu coração amolecia quando eu via em seus gestos a Júlia que me encantara. Sentia que havia mesmo certa elegância no seu comportamento debochado; era uma resposta a uma infelicidade inata. Ele nunca fora malicioso e, quando estava bem, sua inteligência era brilhante. De qualquer forma, ele era um problema. Quando apareceu no camarote imperial durante os jogos, uma parte da multidão, que não partilhava os disseminados vínculos emocionais com a família de Germânico, começou a gritar insultos, como "príncipe fresco" e "bicha". Devido ao carmim em seu rosto, não era possível saber se ele enrubescera ao ouvir a zombaria. Minha mãe, que o detestava, se recusava a ir aos jogos na sua companhia. Meu único prazer era ver Agripina mordendo seu lábio para conter o ódio.

Seu irmão Druso também não o suportava. Druso era pedante, como seu pai Germânico, e sem nada do charme que Nero herdara de Júlia e provavelmente também de seu avô Marco Antônio. Druso era ciumento, medíocre e intrigante. Nada disso era demonstrado na sua aparência — neste sentido, ele devia a seu avô, Agripa. Druso era um hipócrita contumaz, tão perfeito que me enganou durante anos. Ele também era intensamente ambicioso, e sabendo que o caminho para o poder passava pelos meus favores, se dedicou a me conquistar. Isto incomodava Agripina, e recebi relatórios de terríveis brigas entre eles. Contudo, ele finalmente a convenceu de que era falso na corte que fazia a mim. Quando ela o alertou para não confiar em mim, ele a olhou nos olhos e disse:

— Acredite, mãe, eu nunca poderia confiar no homem que foi responsável pelo assassinato do meu pai e pelos insultos que ele dirigiu a você.

E no mesmo dia ele se aproximou de mim com demonstrações de devoção e, mais precisamente, com pedidos de aulas sobre assuntos de Estado e sobre a arte da guerra, pois, como ele disse: "ninguém melhor do que eu para ensinar-lhe o valor da experiência como o maior general de Roma, e assim estou ansioso para ficar a seus pés."

Druso era sempre o primeiro a me contar sobre as últimas extravagâncias de Nero, sempre, claro, balançando a cabeça desaprovadoramente:

— Não sei como o meu irmão pode permitir que criaturas como A e B tomem tais liberdades com ele. Temo que ele tenha enlouquecido.

Felizmente, Sejano me trazia informações que permitiam que eu separasse a verdade das mentiras de Druso.

Quanto ao garoto mais jovem, Caio Calígula, ele era simplesmente abominável. Nunca gostei de espetáculos de gladiadores e acabaria com eles com prazer se o povo aceitasse abrir mão de tal divertimento. Mas mesmo os homens que o apreciavam ficavam chocados com a satisfação com que Calígula via a crueldade e a morte, mesmo quando criança. Ver um garoto de apenas 10 anos lamber os lábios à visão do sangue e estremecer, como num orgasmo, no gozo da dor de homens infelizes era nauseante.

"Uma bela família", eu costumava pensar. "Agradeço aos deuses que Druso e seu filho estejam entre eles e o poder."

Então Druso caiu doente. Ele se queixava de fadiga e de frequentes ataques de náuseas. Seus membros doíam e estavam pesados. O menor movimento era uma tortura para ele. Eu trouxe médicos de Corinto e de Alexandria para ajudar os que havia em Roma. Foi inútil. A cada dia eu via meu filho ficar mais fraco; diariamente via sua vontade de viver diminuir. Nestas circunstâncias, nem mesmo Sejano era capaz de confortar-me. Embora eu confiasse nele plenamente, não me ajudava pensar que ele não sentiria a morte do meu filho. Eu não podia suportar a presença da mulher de Druso, Júlia Livila, pois sua indiferença pelo estado do marido era palpável. O eunuco Ligdo cobria seu senhor com cuidados amorosos. Certa manhã, eu o encontrei chorando amargamente porque Druso tivera uma noite ruim, e eu não era tolo a ponto de supor que ele chorava apenas porque temia perder um senhor que gostava dele... Minha mãe também não me confortava; a velhice a levara para um lugar onde o presente tinha pouca importância. Ela me irritava por ficar o tempo todo falando sobre a alegria que Agripina sentiria com a morte de Druso. Curiosamente, meu único consolo veio do jovem Nero César. Embora ele não fosse capaz de disfarçar seus modos efeminados, era capaz de compreender minha tristeza. Todos me criticavam — pelas minhas costas, mas não sem o meu conhecimento — por eu continuar indo ao Senado durante a longa e infeliz doença do meu filho. Nero, tendo me encontrado certa manhã quando eu voltava da Cúria, me abraçou com espontânea ternura e disse:

— No momento você sente que apenas o trabalho e a responsabilidade dão algum sentido à sua vida... — Então ele acariciou o meu rosto, complementando: — Mas eu gostaria que você fosse capaz de chorar por Druso, para o seu próprio bem.

Curiosamente, não me irritei com suas lágrimas nem com o perfume de tangerina com que ele se cobrira. Não consegui encontrar palavras para agradecer. Abracei fortemente o rapaz durante um longo minuto, conseguindo força e consolo da sua juventude e solidariedade.

Druso morreu.

Quando entrei no Senado no dia seguinte, os cônsules ocuparam os bancos comuns em sinal de pesar. Eu lhes agradeci, mas fiz com que se lembrassem de sua dignidade e posto, e pedi que retornassem aos lugares adequados. Vários senadores choraram, alguns até com a ajuda de cebolas usadas discretamente. Levantei minha voz para interromper aquela demonstração de dor:

— Sei que alguns de vocês me criticarão por vir aqui enquanto o corpo do meu filho aguarda o funeral e minha dor é recente... Muitos enlutados não conseguem sequer suportar as condolências da família e preferem se trancar longe da luz do dia. Eu os compreendo e nunca os censuraria. Mas, para mim, o isolamento é a pior tentação, e eu o resisto, buscando um consolo mais seco. Os braços nos quais busco abrigo são os do Estado.
— Fiz uma pausa, e comecei a falar sobre a minha família: — A morte do meu filho é a última dor da vida longa e gloriosa da minha mãe. Druso era seu neto, casado com sua neta, Júlia Livila, filha do meu irmão. Avaliem então como a Augusta sofre. Seu único descendente varão, além de mim mesmo, é meu pequeno neto Tibério Gemelo. Após mais de sessenta anos a serviço da República, minha mãe, a Augusta, tem apenas esta criança como herdeira de todos os seus esforços, embora eu não possa esquecer-me, claro, que ele tem uma irmã mais velha, Lívia Júlia. Para mim, a morte do meu filho, tão pouco tempo após a morte do seu irmão adotivo, nosso querido Germânico, é um golpe do qual eu sinto que nunca irei me recuperar. Nestes momentos não nos conforta relembrar a nobreza e as virtudes dos mortos, pois, para dizer a verdade, Pais Conscritos, estas reflexões apenas tornam mais aguda a dor, porque nos recordam o que perdemos. Assim, agora devo dizer que, além do pequeno Tibério Gemelo, apenas os filhos de Germânico restam para consolar os anos que me restam...

Eu os chamei ao Senado, e os três permaneceram ali: Nero, envergonhado, ansioso, mas com uma dignidade que nunca pensei que ele pudesse demonstrar; Druso, orgulhoso, até mesmo arrogante, embora taciturno, como se suspeitasse das minhas intenções e me acusasse de falsidade; e Caio Calígula, olhando de esguelha e incapaz de permanecer quieto...

— Quando estes rapazes perderam seu pai, confiei-os ao tio, Druso, esperando que ele, embora tivesse seus próprios filhos, os tratasse como se eles fossem seus filhos e os criasse, para a posteridade, à sua própria imagem. Agora, Druso se foi. Então o meu apelo é dirigido a vocês. Os deuses e o nosso país são as minhas testemunhas. Senadores, por mim, e por vocês mesmos, adotem e guiem estes jovens, cujo nascimento é tão glorioso; estes netos de Augusto: Nero, Druso e Caio. — Tomei-os pelas mãos e abracei cada um deles. — Estes senadores tomarão o lugar de seus pais. Pois para aquilo que vocês nasceram, o bem e o mal em vocês é de interesse nacional...

Citei esse discurso por inteiro porque, à luz do que aconteceu, gostaria que a posteridade pudesse compreender minha sinceridade e minha benevolência para com os filhos de Germânico. Se depois as coisas mudaram, foi por desejo dos deuses, não meu.

Minha mãe ficou ainda mais insuportável na velhice. Nem bem tinha acabado de falar ao Senado, ela mandou me chamar. Eu a encontrei de luto, mas com um brilho nos olhos. Ela imediatamente me criticou pelo meu discurso, que tinha sido relatado a ela na íntegra:

— Não era suficiente — ela disse — permitir que aquela mulher destruísse seu leal aliado Pisão e tentasse destruir minha querida amiga Plancina usando mentiras e maldade... agora eleva seus filhos dessa forma. Como você sabe que Agripina não envenenou Druso? Pensou nesta possibilidade? Certamente seus sintomas lembram aqueles causados por certas poções. E quem teria mais motivos para fazer isso?

— Mãe, isso é um completo absurdo. Não há motivo para pensar que Druso possa ter sido assassinado. Você pensa que esta suspeita não passou pela minha cabeça e foi descartada? Ademais, Agripina e Druso nunca foram inimigos. E se ela fosse envenenar alguém, não teria sido melhor começar por mim?

— E agora — ela continuou, sem dar atenção ao que eu dissera — você resolve fazer um papel ridículo falando desse jeito dos filhos daquela mulher? Você acha que isto irá aplacar seu ódio?

— Eles são membros da família, netos do seu marido. Não acha que tenho uma obrigação para com eles?

— Não tenho paciência para as suas tolices. Você sempre foi teimoso como uma mula. Quando eu me lembro de como Augusto se queixava de você! E de como eu o defendia! Ouça o que ele disse. — E puxou uma carta, que começou a ler: — "Não consigo relaxar com Tibério, pois nunca sei o que ele está pensando, e acho difícil confiar nele. Ademais, além de sua teimosia, e eu concordo com você neste ponto, ele não sabe julgar as pessoas. Como você, tenho percebido com tristeza sua suscetibilidade..."

Não consigo, mesmo na privacidade dos meus aposentos, citar mais, ou mesmo me permitir relacionar as acusações feitas a mim pelo meu padrasto, acusações que eu só posso dizer que são fruto de um desconhecimento mais profundo da minha natureza do que eu pensei que ele fosse capaz.

— Se você der apoio àquela criatura desagradável, o Nero, que na minha opinião não passa de um sodomita, se transformará em alvo de deboche e pena — disse minha mãe.

— Nero tem falhas claras, mas eu acredito que ele seja capaz de superá-las. Ele tem em seu caráter uma bondade fundamental. Acredite em mim, eu tive provas disto...

Mas Lívia chegara a um ponto em que sua atenção era dispersa. Ela já não conseguia sustentar uma discussão. Em vez disto, começou a me criticar por ofensas, muitas delas imaginárias, que teria cometido num passado distante. Ela me acusou de negligenciá-la, de ter conspirado com Júlia — sim, Júlia — contra ela. Quando tomou fôlego, disse que "adorava" Júlia, "a melhor das filhas", e que nunca foi capaz de me perdoar pelo fim do nosso casamento, "provocado diretamente pelos meus vícios. Júlia ficou perturbada com o que ouviu sobre o meu encanto com aquele rapaz germano, e tudo o que deu errado foi fruto disto...".

Como sabia que a antipatia de Lívia por Júlia era antiga, e como recordava de como ela várias vezes me prevenira contra ela, só podia pensar nas armadilhas que a velhice arma para a memória. Eu sofria por ser forçado a ver a decadência das faculdades mentais da minha mãe. Cada encontro, nos meses que se seguiram, foi uma oportunidade para novas críticas, novas fantasias, novos ataques. Sua confusão ficava clara na sua linguagem destemperada e no seu desejo de me fazer sofrer, um desejo que poderia ser descrito como compulsão.

A confusão de Lívia me exasperava. Eu não conseguia mais suportar a convivência com ela. Mas devo dizer que era compreensível; seria compreensível mesmo que ela não tivesse a desculpa da velhice. Sua confusão era uma resposta adequada à nossa decadência. Se eu interpretasse da forma mais generosa aquilo que ela e Augusto acreditavam ter conseguido, diria que, dando fim às guerras civis que corroeram o corpo político de Roma, eles acreditaram ter criado a oportunidade de resgatar a virtude. Claro que Augusto, sendo um homem do mundo, tinha consciência, pelo menos de tempos em tempos, de que se enganara acalentando esta esperança; ainda assim, a esperança estava ali, e não era desprezível. Mas era uma ilusão. Augusto admirava muito o poeta Virgílio, que celebrou a perfeita ordem italiana nas *Geórgicas* e prometeu o retorno à Idade de Ouro na sua quarta *écloga** e ao longo de toda a *Eneida*. Quando Augusto falava sobre Virgílio, sua voz assumia um tom diferente — uma mistura de entusiasmo e reverência. Houve momentos em que ele realmente acreditou ser seu destino transformar em realidade a visão de Virgílio. Não digo que Lívia se sentisse da mesma forma. Ela nunca teve uma natureza poética, mas respondia a impulsos escondidos e em certos momentos ambos pensaram que isto seria possível. Com toda sua crueldade e ambiguidade, havia, porém, algo de admirável na ambição do meu padrasto. Embora eu não tenha a mesma capacidade de enganar-me, ouço a mesma música. Durante toda a minha vida fui fascinado por uma visão da virtude, e ela sempre estava obscurecida pela realidade. Platão ensina que esta vida é, na melhor das hipóteses, uma reflexão pouco clara sobre o que é ideal. Nossa experiência é um conjunto de fantasias bruxuleantes, sombras dançando na parede da caverna na qual estamos aprisionados. Sim, mas tais fantasias nos atormentam, estas sombras mentem, roubam, injuriam e traem. Sonhamos com uma República ideal, expomos princípios de virtude pública, exaltamos a justiça. A experiência não encontra nada disto. Augusto, que tinha uma natureza mais entusiasmada do que a minha, negou, até perto do fim, a ilusão da fé. Eu

---

* *As Bucólicas* (Bucolica: poemas pastoris), também chamadas *Éclogas* (Eclogae: trechos escolhidos), que apresentam, em geral, cenas campestres, publicadas entre 41 e 37 a.C.

precisei chegar a isto com a ponta dos dedos, como um homem tentando desesperadamente evitar despencar de um penhasco em direção ao abismo.

Perplexo, desalentado, decepcionado, não consegui pensar nos meses que seguiram à morte de Druso. Sua morte me abalou mais do que eu podia imaginar; na verdade, nunca imaginara. Mergulhei numa estreita fenda na rocha e para onde quer que eu olhasse não encontrava consolo, apenas a rocha cinzenta e escorregadia. Naquelas noites eu conheci a dor de Hécuba, levada para a Grécia como escrava, que viu seu filho morto e sua filha sacrificada, e então, tendo perdido o juízo, latia como um cão na praia deserta enquanto o vento uivava. O mesmo vento uivava em torno de mim.

Eu nunca tinha tido muita fé na humanidade. Agora perdi o pouco que restava.

Chegou ao Senado um caso em que um certo Víbio Sereno acusava seu pai, de mesmo nome, de traição. O velho Sereno fora mandado para o exílio cerca de oito anos antes, não me lembro por qual acusação. E ele tinha sido trazido de volta e se apresentou ao Senado acorrentado, maltrapilho, consumido pela doença, pelo medo ou pelos maus-tratos. Seu filho, um jovem vigoroso e elegante, o acusava de conspirar contra a minha vida. Agentes subversivos, explicou, tinham sido enviados para fomentar uma rebelião na Gália; eles tinham sido financiados pelo ex-pretor Marco Cecílio Cornuto. A acusação era corroborada pelo suicídio de Cornuto, mas o velho Sereno negou tudo. Ele sacudiu os grilhões diante do rosto do filho e o desafiou a mostrar seus cúmplices:

— Seguramente — ele disse —, um velho como eu não pode ter sido capaz de planejar a morte do imperador apenas com a ajuda de um aliado, especialmente um homem fraco o bastante para cometer suicídio por causa de uma acusação mentirosa.

Seu filho sorriu e disse os nomes de Cneu Cornélio Lêntulo e Lúcio Seio Tuberão, amigos cuja lealdade sempre considerei certa. Eu disse que a acusação era absurda. Os escravos do velho Sereno tinham sido torturados e não revelaram nada. Sejano supervisionou o interrogatório e me assegurou de que não havia nada. O jovem Sereno, então, entrou em pânico; ele temeu a Rocha Tarpeiana, a punição por tentativa de parricídio, e fugiu de Roma. Foi trazido de Ravena.

— Continue sua acusação — disse a ele, querendo que sua ignominia fosse exposta até o fim.

Alguns senadores, contudo, entenderam mal; pensaram que eu estava certo da culpa do pai e, para me satisfazer — sim, esta era a noção que eles tinham do que me satisfazia —, decidiram que o pai merecia a antiga punição por traição: ser açoitado até a morte. Eu me recusei a permitir que tal proposta fosse colocada em votação e estava pronto a descartar a acusação e punir o filho. Neste momento, Sejano se aproximou e disse que, embora os escravos não tenham revelado nada que comprovasse a culpa do seu senhor, havia motivos para acreditar que a acusação não era totalmente desprovida de fundamento. Eu estava perplexo, dividido entre suspeitar do pai e o nojo que sentia do zelo ímpio do filho. Ambos foram condenados ao exílio.

Raramente passava uma semana sem que alguma acusação fosse feita contra alguém, e embora eu tentasse demonstrar minha indiferença, meu desgosto aumentava. O espetáculo de inveja, medo, ressentimento e vingança que era oferecido a todo tempo a meus olhos era repulsivo.

Também não ajudou em nada a chegada de uma delegação da Espanha pedindo minha autorização para construir um santuário para mim e para a minha mãe. Recusei com raiva, incomodado por esta nova prova de servilismo.

— Permita-me assegurar que sou humano e mortal, desempenhando apenas tarefas humanas e satisfeito em ocupar o primeiro lugar entre os homens, por decisão do Senado. As futuras gerações me farão justiça se considerarem que sou digno dos meus antepassados, que cuidei bem dos seus interesses, demonstrei firmeza no perigo e destemor de animosidades conquistadas no serviço público…

Sejano relatou:

— Você não deveria ter falado assim. Não teve o efeito que você esperava. Quando você se recusa a ser venerado, as pessoas presumem que você é insincero ou que verdadeiramente não merece.

ANALISEI CUIDADOSAMENTE AS CARACTERÍSTICAS DOS FILHOS DE Agripina. Apesar de sua efeminação, havia mais virtudes em Nero, pensei, do que nos seus irmãos, que demonstravam, ambos, uma tendência à crueldade, o que me desagradava e assustava. Assim, resolvi cuidar dele.

Eu estava então com 65 anos e, embora tivesse boa saúde, apesar de um doloroso reumatismo, sabia que não podia contar com muito mais tempo. Meu próprio neto, Tibério Gemelo, ainda era criança, e eu estava muito consciente da promessa que fizera primeiramente a Augusto, a respeito de Germânico, depois ao Senado, a respeito de seus filhos. Nero me agradava pela sua perspicácia e inteligência, também por uma melancolia inata que me sugeria que ele não esperava demais dos seus companheiros.

— Meu pai foi tudo o que eu não sou — ele disse para mim —, e sempre fui desgraçadamente consciente de que as pessoas o consideram um herói.

— Por que "desgraçadamente"?

— Porque... — Ele afastou um cacho que caíra sobre seu rosto. — Na verdade, eu não sei. Sei apenas que este conhecimento faz com que eu me sinta desconfortável.

Eu compreendia aquilo. Se naquele momento eu tivesse perguntado "por que você sai com homens", talvez tudo tivesse sido diferente. Talvez um raro momento de honestidade nos tivesse conduzido a um novo caminho. Mas preferi não fazer a pergunta, com medo de que a resposta destruísse a intimidade que partilhávamos. Eu disse a mim mesmo que havia um limite para a franqueza entre um velho e um jovem. Em vez disso, mudei de assunto e comecei a falar sobre as obrigações e as responsabilidades do poder:

— Responsabilidades que eu espero que você assuma...

— Você não pode achar que eu sou indicado para isso... — Ele corou. — Pois eu não sou um soldado e jamais poderei ser.

— Acredito que você seja honesto e, à moda da sua geração, honrado.

Ele se contorceu, embaraçado talvez.

— Sofro com a falta de confiança da sua mãe.

Ele corou novamente. Estava claro que ele queria defender Agripina, mas em virtude da injustiça da sua atitude para comigo, ele não conseguia encontrar um bom argumento.

— Para mostrar ao mundo e a ela que eu confio em você — eu disse —, estou propondo que você se case com a minha neta Lívia Júlia, única irmã de Tibério Gemelo. Acredito que você seja a única pessoa em que confio que fará o melhor pelo garoto, e acredito que o casamento com sua irmã é não apenas a melhor forma de demonstrar meu cuidado para com você, como será também benéfico para você.

Ele ficou confuso, protestou dizendo que não era merecedor de tamanha honra. Por um momento, eu saboreei o seu terror, depois me apressei a assegurar-lhe a honra que eu lhe dispensava. Ele tinha sido vítima, disse, de terríveis boatos; era tempo de acabar com eles. Minha neta era uma menina doce, que eu estava certo de que ele poderia vir a amar. Vi seus lábios tremerem. Então, com grande esforço, ele sorriu. Ele parecia minha Júlia quando flagrada numa mentira. Eu o beijei.

— Nós compreendemos um ao outro — eu disse.

A proposta de casamento deixou Agripina chocada. Ela não podia se opor, embora pressentisse que, de alguma forma que ela não compreendia bem, isto significava um golpe. Ela estava certa. Minha intenção era afastar Nero de sua influência maligna.

Na mesma semana do casamento de Nero com Lívia Júlia, minha mãe adoeceu e Sejano pediu permissão para se divorciar de sua mulher, Apicata.

— Não gostamos mais um do outro — foi tudo o que ele me disse.

— Isso é suficiente — concluí.

Fui ver minha mãe. Ela olhou para mim como se não me reconhecesse e se recusou a conversar. Eu implorei que ela não morresse com ódio de mim e fiz um sacrifício em seus aposentos para que os deuses devolvessem sua saúde e seu juízo. Mas mesmo quando movia minhas mãos em direção ao altar, eu sabia que, no fundo, desejava sua morte. Na verdade, eu sonhara com isto durante anos, embora só pudesse admitir agora que sua morte era iminente.

Chovia quando deixei sua casa pela última vez, e fiquei parado, observando o burburinho no Fórum. Chovia como eu tinha chorado na infância, quando ela parecia perder seu amor por mim. Nada resta, a não ser as lembranças, com suas verdades sombrias e fantasmagóricas.

Agripina estava furiosa. Ela me acusava de ter roubado seu filho, de ter frustrado todos os seus esforços. A ponta do seu comprido nariz tremia. Aquele nariz, que destruíra suas pretensões à beleza, e que sequer era imperial, invadiu minha imaginação. Eu o vi tremendo a cada ato meu.

— É culpa minha — eu lhe respondi — que você não seja rainha?

— Rainha? — perguntou, sem compreender que eu citava Sófocles — Não temos rainhas em Roma...

— A não ser meu querido irmão Nero — Druso respondeu.

— É impossível conversar. Ele irá superar suas afetações. Há muito de bom no rapaz. Vamos lá, Agripina, já sofremos demais. Não há motivo para sermos inimigos. Vamos nos dar uma oportunidade. Venha jantar comigo amanhã.

Ela aceitou, mas, à mesa, quando lhe ofereci uma maçã, ela a segurou por um momento, como se a investigasse, e então a devolveu para mim.

— Você a come — disse. — Gostaria de ver você comê-la. Você a escolheu tão cuidadosamente.

— Escolhi a melhor maçã... — respondi, e mordi a fruta.

— Você compreendeu o significado? — perguntei a Sejano.

— Claro. Ela o acusará de ter tentado envenená-la. Mais do que isto, quando contar sua história, garanto que não mencionará o fato de que você comeu a maçã. Já havia dito a você, e vou repetir: aquela mulher não desperdiçará uma oportunidade para difamá-lo. Claro que ninguém dará importância a denúncias específicas, mas como diz o provérbio, água mole em pedra dura... O conjunto de acusações tem um efeito.

Dei-lhe as costas, infeliz, e voltei para a minha mesa e para as intermináveis séries de decisões a serem tomadas, relatórios a serem avaliados, questões a serem debatidas, problemas a serem enfrentados.

— O trabalho — muitas vezes me flagrei murmurando — é o melhor remédio.

Mas quando me retirei e o sono não veio, como acontecera muitas vezes, meus pensamentos voltaram para minha *villa* e para os jardins em Rodes. Parecia-me, ou pelo menos eu me convenci disto, que eu havia chegado mais perto da satisfação e de uma compreensão do sentido da vida quando estava lá do que desde que tinha sido lançado novamente no redemoinho dos acontecimentos. Claro que eu não podia me retirar novamente; se Druso não tivesse morrido, poderia ter sido possível, como eu pretendia, associá-lo a mim no governo do império, como o próprio Augusto fizera comigo em seus últimos anos; e então, prometera a mim mesmo, estaria pronto para cuidar de mim, deixar Roma confiando em suas virtudes e, afastado, exercer não mais que o poder de supervisão. Este sonho era tão sedutor quanto um pêssego maduro. Mas ele murchara.

Voltei-me para o vinho, mas sem resultado. Ele não me deu alegria nem consolo.

Ainda assim eu ouvia o mar quebrando nas pedras, sentia a maresia misturada com o perfume das rosas, da murta e das madressilvas. E lembrei-me de uma história que um acadêmico grego me contara uma vez.

Ele era um liberto chamado Filipe, da casa de Júlia, e se casara, com a bênção de sua senhora, com uma jovem grega livre da Ilha de Capri, onde Augusto tinha uma *villa*. Ele me falou do tio da sua mulher, um solteirão contra quem nunca tinha sido apresentada nenhuma acusação de perversão. Ele era estimado na família por sua sabedoria e filosofia serena, embora meu informante, durante muito tempo, desconhecesse qualquer motivo para o fato de ele ser tido em tão alta conta.

— Na verdade, tudo me parecia muito estranho, pois Xenofonte, como se chamava, parecia ser o mais rabugento dos homens nas relações humanas. Ele raramente falava em reuniões familiares, e quando o fazia, normalmente, era para expressar seu desagrado com as novas gerações. Não consigo recordar que incidente fez com que ele se interessasse por mim. Talvez não tenha acontecido nada. Talvez ele apenas tenha percebido que partilhávamos algum sentimento. Não sei como dizer. De qualquer modo, aconteceu que desenvolvi o hábito de me sentar com o velho à tarde, que ele passava no terraço, sob um caramanchão de parreiras retorcidas, enquanto o resto da família fazia a sesta. Bebíamos o vinho amarelo produzido pela sua própria família, bastante ácido, embora com um sabor picante e marcante ao qual eu me acostumei com prazer. Perdoe-me pelos detalhes que ofereço a você, eles me trazem de volta a lembrança daquelas tardes, quando eu temia tanto a tranquilidade quanto a morte, e ao mesmo tempo do som das ondas abaixo e dos lagartos correndo pelo velho muro que cercava o terraço. Xenofonte comia pequenos ouriços-do-mar, que ele colocava inteiros na boca e mastigava ruidosamente, cuspindo sempre. Ele normalmente ficava em silêncio, passava horas olhando para o mar. Finalmente percebi que o seu olhar tinha se fixado em algumas rochas que se assomavam do mar tão perto da costa que um homem poderia nadar até lá sem dificuldades.

— Há algo naquelas rochas? — perguntei certo dia, quando seu olhar parecia mais fixo do que nunca.

— Esses idiotas alguma vez se perguntaram sobre o motivo de eu nunca ter me casado? — ele perguntou.

Eu hesitei.

— Você é sensível — ele disse. — Não o desagrada copular com seres humanos?

— Eu adoro a minha mulher, e se o sexo na noite anterior não a tiver desagradado, voltarei feliz à sua cama.

— Então, por que você? — ele perguntou. — Você é igual aos outros. Não conhece nada melhor. — Então ele colocou outro ouriço na boca e o mastigou com força.

— Você conhece? — perguntei.

Ele não se importou com o tom da minha voz, mas sorriu. Eu nunca vira um sorriso como aquele. Era beatífico.

— Quando eu era jovem, bem mais jovem do que você, conheci algo melhor. Foi-me concedida uma experiência que eu só posso chamar de miraculosa e que mudou a minha vida. Você me pergunta por que eu olho para aquelas rochas. Pelo mesmo motivo que mantenho um barco a remo no cais. Naquela época eu estava prometido a uma prima. Numa tarde, eu estava sentado neste mesmo lugar, e o ar estava repleto de uma música que eu nunca ouvira. Era uma música ao mesmo tempo melancólica e misteriosa, embora com um toque de alegria, como o movimento das águas profundas. Deixei o terraço, peguei meu barco e remei na direção daquele som. Então cheguei perto daquelas pedras, de onde o som parecia vir, embora não estivesse mais alto do que à distância. Em um único movimento, subi na pedra, em direção à jovem deitada que produzia aquele som, embora não tivesse nenhum instrumento e seus lábios estivessem fechados. Parecia que ela era a própria música! Ela me tomou em seus braços e a música nos cercou. Conheci um prazer que está além dos limites da imaginação. Eu me tornei um com ela, conseguindo uma etérea e perfeita união, comparada à qual todo encontro humano não passa de uma obscena e pálida representação da realidade. Eu disse jovem, mas na verdade ela não era humana, mas um espírito, uma ninfa, a totalidade de tudo o que pode ser desejado. Fizemos amor enquanto o sol morria no Ocidente, e em meio à escuridão, e até que nascesse um céu colorido de rosa por trás das montanhas da Campânia. E a música nunca nos deixou. Então ela fechou os meus olhos com um beijo, murmurando que faria parte da minha vida para sempre e que voltaríamos a nos encontrar. E depois eu acordei, com o sol batendo nas pedras, sem nenhum outro som que não o do mar, e me encontrei sozinho. Os ouriços têm o gosto dela, pois ela pertencia ao mar e retornou a ele, e um dia voltará a me chamar. Portanto, jovem, pode imaginar que eu vejo seus encontros com o mesmo desprezo com o qual você deve ter por um galo montando em galinhas no quintal.

Filipe fez uma pausa.

— Foi uma sereia que ele encontrou e amou. Não há outra explicação...

— Você acreditou nele? — perguntei.

— Durante muito tempo, não. Mas nunca esqueci suas palavras.

— Que música a sereia cantou para ele?

— Uma música que não pode ser imitada. Evidentemente.

— Por muito tempo você não acreditou nele?

— Não.

— E então? Qual é o final da história?

— Ah, não tem fim. Não sabe disto, imperador? Nenhuma história tem um fim. Todas as narrativas são circulares. Não podem ser de outro modo. Mas eu posso contar a você outro estágio da jornada. Um dia o velho Xenofonte estava sentado no terraço, como de hábito, enquanto os outros membros da família tiravam a sesta. Tinha sido uma semana inteira de siroco, mas o céu tinha clareado e o clima estava agradável. Eles tinham-no deixado com sua jarra de vinho e com um cesto de ouriços-do-mar. Ninguém voltou a vê-lo. Quando eles acordaram, ele tinha desaparecido.

— E o seu barco, desapareceu também?

— Claro. Todos ficaram consternados. Presumiu-se que ele, por alguma razão que ninguém podia imaginar, tinha descido até o porto, entrado em seu pequeno barco e navegado em direção... a quê? Ao nada, talvez?

— Você não acredita nisso?

Filipe sorriu.

— Eu não estava aqui. Nunca falei sobre isso com ninguém, exceto com o imperador. É a primeira vez que repito a história de Xenofonte.

— Então existem sereias... A calma sob os ventos...

— Talvez tenha sido uma ilusão, imperador. Ele era muito velho e talvez não estivesse bem.

VII

Algumas semanas após essa conversa, ocupei o camarote imperial nos jogos. Foi com relutância, como de hábito. Acho que nenhum homem de bom gosto e sensibilidade pode extrair prazer de lutas de gladiadores. Além do que, uma experiência de trinta anos de batalhas me ensinou a ver esta carnificina com desgosto. Eu já vira muita coragem, sofrimento e terror para ter prazer na exibição forçada de infelizes condenados a lutar para alegrar a turba. É ainda mais desagradável ver homens bem-educados e bem-nascidos, e mesmo mulheres, "babando" nestes espetáculos. Poucas coisas consolidavam ainda mais o meu respeito por Sejano que o desprezo que ele devotava àqueles que se compraziam com estas lutas.

Contudo, a obrigação frequentemente me levava a estar presente. E neste dia quase toda a família estava presente, desde o infeliz idiota Cláudio, o pobre filho mais novo do meu irmão Druso, cuja instabilidade e inabilidade física poderiam desculpar o prazer mórbido que ele tinha com as batalhas na arena, até Agripina e sua prole. Como de hábito, Agripina exibia um ar de superioridade quase imperial; ela mal se dignava a tomar conhecimento das saudações que lhe eram endereçadas, e pelo simples movimento de lábios e inclinação da cabeça demonstrava seu incomensurável orgulho. Em vez de ofender o populacho, sua arrogância aumentava seu entusiasmo. Era estranho... Eu sempre soube que a turba se ressentia do que consideravam minha consciência da minha superioridade; e sua adoração por Agripina aumentava à proporção da distância que ela colocava entre ela mesma e o resto.

Naquela tarde, a terceira luta se deu entre um montanhês anatólio, moreno, armado com rede e lança, e um rapaz germano de cabelos claros com gládio e escudo. Se o germano foi treinado pelo mestre dos gladiadores, o terror e o desespero fizeram com que ele esquecesse todo o seu treinamento. Ele lançou uma sucessão de ataques selvagens contra o seu oponente, que escapou deles com facilidade, oferecendo, em troca, apenas pequenos golpes com a lança contra o desconcertado rapaz, cujos braços estavam banhados com o seu próprio sangue. Depois que cada um destes ataques era evitado, ele parava por alguns instantes, com o peito arfante e as pernas — que ainda mantinham a suavidade da juventude, em contraste com a rudeza do anatólio — tremendo. Então ele afastava um cacho de cabelos da frente do olho esquerdo e atacava novamente. Isto durou alguns minutos, e estava claro que os dois tinham sido mal escolhidos. O anatólio estava brincando com o seu oponente, seguindo as instruções dadas aos gladiadores pelos seus cínicos treinadores, de "deixar a multidão vê-los suar". Então, um dos golpes selvagens do rapaz pegou o anatólio no ombro. Ele fora acertado apenas pela lateral do gládio, e não sofreu um corte, mas a força do golpe o jogou na areia. A lança e a rede ficaram fora do seu alcance. Ele ficou de quatro, olhando para o rapaz que, talvez horrorizado com o que conseguira, talvez apenas surpreso, permaneceu de pé, incapaz de se mover. O anatólio movia a cabeça de um lado para o outro. A multidão pedia sua morte. O rapaz não se movia. Então ele abaixou o gládio e fincou sua ponta na areia, e seu oponente rastejou como um caranguejo, mantendo os olhos fixos no rapaz, até a lança e a rede. Ele os recuperou e ficou de pé. O rapaz continuou imóvel. E então o anatólio, talvez perturbado pela desonra da queda, começou a importunar o rapaz. Ele sacudia a lança ao redor do garoto, fazendo-o pular e parecer tolo. Com hábeis movimentos da rede, ele perseguiu o germano por toda a arena. Num dado momento o rapaz não suportou, deu as costas a seu oponente e tentou escapar. Mas não havia escapatória da rede. A malha dançou na sua frente e ele se virou novamente. A multidão gritou. O rapaz passou o antebraço sobre a testa para enxugar o suor e deixou ali um rastro de sangue. Ele olhou para cima. Parecia que estava olhando diretamente para mim, implorando clemência, mas duvido que ele percebesse qualquer coisa além de medo e perigo. Reunindo o que sobrara da sua coragem, ele se lançou na direção do seu oponente com um grito selvagem e com o gládio erguido. Não havia ninguém lá. O anatólio se colocara de lado e, esticando o pé, derrubou o rapaz na areia. Em instantes ele estava enrolado na rede, com a lança apertada contra a sua garganta. A luta tinha terminado.

Próximo a mim, Caio Calígula pulou do seu assento, gritando:

— Mate-o! Mate-o!

A multidão rugiu em aprovação.

Olhei ao longo da fila. Agripina permanecia impassível, como se o que estava acontecendo na arena não lhe dissesse respeito. Os lábios de Nero tremiam, ele partilhava o terror do rapaz e ainda assim não podia evitar ser envolvido pela crueldade do espetáculo. Cláudio socava Druso nas costelas e lançava perdigotos de excitação sobre ele enquanto demonstrava seu entusiasmo, gaguejando, acredito, mais do que o habitual. O próprio Druso assumira o ar de um general em triunfo; deveria ter a mesma aparência do seu pai no dia em que permitiu que os amotinados arrependidos expiassem seus próprios crimes assassinando aqueles que os levaram à rebelião.

Eu olhei para baixo, para a areia ensanguentada, e vi os membros do rapaz relaxarem como se ele aceitasse a morte, enquanto seus olhos continuavam arregalados com o horror desta compreensão. Eu conhecia aquele olhar. Eu o via frequentemente nas batalhas. Eu vira homens e garotos fazerem a mesma descoberta chocante, num momento de revelação, de que tudo o que eles pensavam que eram, tudo aquilo que conheciam por meio dos seus sentidos — aquilo que eles conheciam melhor, os próprios corpos — poderia ser apagado, como se a vida não fosse mais que um sonho transformado em pesadelo. Seus lábios se moveram, sua língua tocou o lábio inferior, e eu voltei meu polegar para cima, para poupar sua vida.

Não foi apenas ele que eu salvei, mas a mim mesmo e à minha razão. Agi sem pensar. Deixei a arena sob uma tempestade de vaias e assobios, enquanto a turba gritava seu desapontamento por ter sido privada de sangue. Eu tremia. Bebi uma taça de vinho para me acalmar.

— A multidão irá odiá-lo por isso — disse Sejano.

— Eles já me odeiam. Deixe que me odeiem. Garanta que eles me temam.

Citei a frase frivolamente. Não era verdade, jamais quis ser temido, apenas obedecido. Mesmo isto não é verdade, mas uma expressão dos meus sentimentos. Eu preferiria que não houvesse necessidade de tal obediência e que as pessoas obedecessem apenas aos ditames da razão e da virtude, e não de qualquer homem. Deveria, com maior propriedade, ter citado Horácio: *"Odi profanum vulgus et arceo" (eu abomino e evito a turba profana).* As palavras surgiram na minha mente, mas eu as guardei para mim mesmo. Mas naquele momento, minha decisão, lentamente formada nos mais profundos recessos de mim mesmo, estava completa: era possível afastar-me deles para sempre. Contudo, nem mesmo agora informei Sejano dos meus propósitos. Em vez disso, eu o enviei de volta ao circo para oferecer alguma explicação anódina e hipócrita para a minha partida.

— E minhas desculpas. Não se esqueça de apresentar minhas desculpas ao nosso senhor, o povo.

— Claro.

— O público quer ser enganado, portanto, engane-o.

— Não compreendo...

— Não importa. Nada importa.

— Tem certeza de que está tudo bem?

— Sim. Eu vi a liberdade. — E eu o dispensei com essas palavras.

Então enviei um dos meus libertos à escola de gladiadores para encontrar o germano derrotado e trazê-lo a mim.

Ele entrou, com os olhos arregalados, vestindo uma túnica de lã cinza e sandálias. Prostrou-se diante de mim. Eu lhe disse, em sua própria língua, que se levantasse.

— Você é um germano nascido livre, e provavelmente é de boa família. Sei que não é costume do seu povo se rebaixar assim.

— Fui afastado dos costumes do meu povo e forçado a adotar outros.

— Qual é a sua tribo?

— Um ramo dos Queruscos.

— Os Queruscos? Mas eles nunca estiveram em guerra conosco. Como você se tornou prisioneiro, escravo?

Ele me explicou que era filho de um chefe e, segundo o costume germano, fora enviado a outra tribo para completar sua educação. E estando eles envolvidos numa guerra contra as legiões na fronteira, foi capturado numa escaramuça.

— Assim, por uma sequência de acidentes, cheguei aonde me encontro agora. Por que salvou minha vida?

Ele adivinhou uma resposta — podia dizer pelo seu olhar — que não era a resposta completa, e ter iniciado uma análise completa dos motivos para minha atitude me levaria a um lugar que eu não conhecia, nem queria conhecer. Assim, simplesmente sorri e disse:

— Achei que você era jovem demais para morrer.

— Jovem demais ou...

— Jovem demais para morrer daquela forma...

— Estou grato.

— Há muito tempo, um garoto germano que se parecia com você salvou a minha vida numa batalha. Talvez tenha sido por isso. Talvez você deva ser grato a esse rapaz, que morreu há muito tempo, não sei. Esta tarde achei já ter visto muito sangue. Tive mais do que o necessário. Seus ferimentos foram tratados?

— Os que podem ser o foram. O que o senhor fará comigo agora?

Não pude responder. Em vez disto, dei-lhe uma taça de vinho. Ele olhou, perplexo, e então bebeu de uma só vez, à moda germana, da qual, lembrei, eu curara o jovem Segeste e o seu pai.

— No momento — eu disse — seria melhor que você permanecesse aqui.

Falei sem pensar. O rapaz corou.

— Claro — concluí — que o melhor seria que eu o devolvesse ao seu povo, mas talvez isto não funcione... Vi como o seu povo trata escravos retornados. Consideram que eles foram degradados pela experiência. Não, é melhor que permaneça comigo.

Naturalmente, quando se soube que eu tinha levado para a minha própria casa o rapaz que eu resgatara da arena, pensaram o pior. Disseram que o rapaz tinha se tornado meu amante e inscrições insultuosas apareceram pela cidade dizendo que eu fora movido pelo desejo e não por humanitarismo. Os agentes de Sejano relataram que Agripina expressou revolta e desrespeito pela minha "senilidade debochada":

— Será que o povo de Roma ficará contente em ser governado por um velho que os priva de sua satisfação para dar vazão a seus impulsos imorais? — Ouviram-na perguntar.

Sozinho, sob as estrelas, na cama de campanha que eu usava desde os meus dias de soldado, eu sabia a verdade que havia nessas acusações. Quem pode desenredar o novelo de emoções que leva a uma ação? Minha mente, buscando o sono em vão — pois havia muito eu era vítima da mais terrível insônia —, brincava com imagens, ao mesmo tempo dolorosas e prazerosas, dos membros do jovem Segismundo esticados sobre a areia ensanguentada, de seus lábios tremendo e dos cabelos louros que insistiam em cair sobre seu olho esquerdo. Não posso negar o que senti, nem o prazer de ter o rapaz perto de mim. Mas eu também estava impressionado com sua principal característica, pela sua dignidade e discrição. Os abraços de um velho de mau hálito e pescoço enrugado de galinha não poderiam deixar de desagradá-lo. Não o forçaria a se rebaixar. Ele tinha uma noção de decência que eu acreditava ter sido eliminada do mundo. Agradava-me tê-lo em minha casa, conversar com ele, instruí-lo na virtude e no conhecimento do mundo, ser capaz de lhe confiar pequenas tarefas que ele cumpria com grande cuidado.

Por alguns poucos meses estive perto da felicidade, que foi atrapalhada apenas pela minha miserável consciência da decadência de Lívia, que entrava numa espécie de loucura normalmente associada à velhice, e pela minha consciência da maldade e da interminável hostilidade de Agripina. Dificilmente se passava uma semana sem que Sejano me trouxesse provas de que ela zelosamente envenenava as pessoas contra mim, chegando mesmo a encorajar conspirações contra a minha vida. Sabendo da sua popularidade e do respeito que lhe devia como filha de Júlia e viúva de Germânico, não permiti que nada fosse feito contra ela, esperando sempre que ela um dia desistisse de uma maldade louca. Não percebi que isso estava em seu sangue, que ela estava possuída pelo mesmo impulso autodestrutivo que enlouquecera a própria Júlia.

Enquanto isso, depositava toda a minha confiança em Sejano. Ele era o único homem vivo que nunca me abandonara. Então, ele um dia se aproximou de mim com um pedido, algo sem precedentes, pois ele sempre ficara satisfeito em aceitar o que eu lhe oferecia e nunca pedira nada para si mesmo. Mas este pedido era surpreendente. Para enfatizar sua importância, ele o fez por meio de uma carta, embora há muito tempo discutíssemos tudo livremente e sem formalidade.

> As muitas gentilezas do seu pai Augusto e os ainda mais numerosos exemplos de favor e amizade que recebi de suas mãos me acostumaram a levar meus desejos e esperanças aos ouvidos imperiais tão facilmente como se falasse aos deuses. Nunca pedi nada para mim mesmo, nem

> dinheiro nem um grande cargo. Porém, agora recebi, para minha surpresa, o maior dos privilégios, o de ser considerado merecedor de uma grande dama, aliada à sua família pelo casamento. Eu me refiro a Júlia Livila, viúva do seu saudoso filho. A consciência do que Roma perdera com sua morte nos aproximou: descobrimos uma simpatia comum e confortamos um ao outro em nossa dor. Seus sentimentos para comigo me encorajaram a esperar pelo que de outra forma nunca teria imaginado que pudesse estar ao meu alcance. Ao mesmo tempo, ela me lembrou de que o próprio Augusto, quando escolhia um marido para sua filha, não via homens de minha Ordem Equestre como abaixo de consideração. Assim, eu humildemente peço que tenha em mente, caso esteja pensando em um marido para Júlia Livila, seu devotado amigo, que não teria nada a ganhar neste relacionamento, a não ser prestígio. Não peço mais do que isto. Estou contente com as responsabilidades que tenho; satisfeito — pelo bem das minhas crianças — se minha família estiver protegida das acusações infundadas e da maldade de Agripina. Para mim, viver a vida sob um imperador tão grandioso é o máximo das minhas ambições...

O pedido me surpreendeu. Mas, pensando bem, era natural que Júlia Livila, privada pelo destino de seu marido, tivesse buscado consolo com o único homem de comparável qualidade ao qual ela era ligada, especialmente desde que o casamento de Sejano com Apicata terminara, para sua própria infelicidade. Contudo, havia outras questões a serem consideradas além da felicidade pessoal, assim respondi de forma cautelosa e não comprometedora.

> Meu querido Sejano,
> Não há ninguém, como você sabe, por quem eu tenha maior afeto e em quem deposite maior confiança do que você. Provei isto diversas vezes. Se tivéssemos uma vida particular, eu não hesitaria.
> Contudo, enquanto as decisões desses homens podem ser baseadas em seus próprios interesses e afetos, os governantes estão em outra situação, uma vez que em questões importantes eles precisam consultar a opinião pública. Assim, não posso dar uma resposta simples e dizer meramente que Júlia Livila pode decidir sozinha se quer se casar novamente ou não. (E se quiser,

claro, não conseguirá encontrar ninguém mais merecedor do que você.) Não posso sequer dizer que ela tem uma nobre mãe, Antônia, que é melhor conselheira do que eu. Não, devo ser franco com você, como você merece.

Primeiramente, os maus sentimentos de Agripina (para usar um termo leve) serão muito intensificados se Júlia Livila — que é, não preciso relembrar, sua cunhada — se unisse a você pelo casamento. Isto virtualmente dividiria a família imperial em duas. (Como você sabe, detesto a expressão "família imperial", pois é incompatível com nossa herança republicana, mas fatos são fatos, e este é um deles, embora desagradável.) Mesmo agora a rivalidade entre as mulheres não pode ser contida, e os meus netos estão divididos entre elas. Quais seriam as consequências se esse casamento piorasse as coisas?

Depois, você está enganado, meu rapaz, se pensa que Júlia Livila, depois de ter sido casada com Caio César e com meu amado Druso, ficaria satisfeita em envelhecer como mulher de um mero cavaleiro — ou que você pudesse manter tal posição. Mesmo se eu permitisse, você acha que isso seria tolerado por aqueles que viram seu irmão e seu pai, e nossos antepassados, nos mais altos postos do Estado? Sua elevação seria necessária. Você diz que não quer um posto mais elevado do que o que já tem. Respeito seu desejo, embora seja opinião geral que você há muito eclipsou os outros cavaleiros. Você agora é alvo de inveja, e invejando você as pessoas me criticam. Já sou criticado pelos favores que lhe concedo. Não vê que a inveja e as críticas aumentariam com esse casamento?

Você se lembra bem que Augusto considerou a possibilidade de casar sua filha com um cavaleiro. Mas ele sabia que qualquer homem distinguido com tal aliança seria grandemente elevado, então os que ele tinha em mente eram homens como Caio Proculeio, seu amigo íntimo, que não participava dos assuntos públicos. As duas situações são incomparáveis.

Além disso, no fim, como você deve recordar, os genros que ele finalmente escolheu foram, primeiro, Marco Agripa, depois eu mesmo.

Falei abertamente, como seu amigo. No fim, não me oporei a qualquer decisão a que cheguem você e Júlia Livila. De certos projetos meus, de laços pelos quais planejo ligá-lo a mim, não posso falar agora. Posso dizer apenas isto: seus méritos pessoais e sua profunda devoção aos meus interesses e à minha pessoa me convencem de que nenhuma elevação seria grande o bastante. Quando o momento chegar, falarei francamente no Senado.

Sejano se mostrou profundamente tocado pela minha carta. Agradeceu a justiça das minhas observações e prometeu levá-las em consideração cuidadosamente.

— Nada — ele disse — deve ser feito para dar um novo pretexto às críticas vis e injustificadas dirigidas a você ou que encoraje as manobras sediciosas de Agripina.

Mas eu sabia, pelo seu olhar, que ele não abandonara suas esperanças. Isto era natural, pois a perspectiva de um casamento com a viúva do meu filho era tentadora. Ademais, a própria Júlia Livila estava pronta para a luta e não tinha medo de antagonizar ainda mais Agripina. Na verdade, ansiava por isso.

No mesmo outono houve dois julgamentos perturbadores que contribuíram para a decisão que eu estava acalentando secretamente.

Foi aberto um processo contra um senador, Votieno Montano, acusado de ofender a mim e à Constituição que Roma herdara de Augusto. Com surpreendente ingenuidade, ele convocou um soldado raso, chamado Emílio, como uma de suas testemunhas. Este homem, que pouco antes dera baixa com desonra, aparentemente perdera o juízo por se sentir injustiçado. Ele despejou uma torrente de obscenidades, a maioria dirigida a mim. Mal posso, mesmo hoje, fazer uma lista das injúrias. A menor delas era a usual imoralidade. Fui acusado ainda de ter colaborado para o assassinato de Germânico — um assassinato que, claro, era totalmente imaginário e fora descartado no julgamento do pobre Pisão. Arrogância para com os deuses e a memória de Augusto, participação em orgias e rituais de magia negra envolvendo a prostituição de virgens livres e mesmo o sacrifício ritual de crianças — tais monstruosidades sobressaíam-se em meio à avalanche de calúnias que assaltava meus ouvidos. Talvez o demente tenha sido encorajado a falar assim — embora ele provavelmente precisasse de pouco encorajamento —, na esperança de que a Corte acabasse ignorando os crimes dos quais Votieno era acusado.

O segundo processo foi ainda mais sério e perturbador. Fui alertado para ele por Sejano. Forçado, como qualquer governante em nossa triste época, a manter um sistema de vigilância, eu, porém, sempre considerei tal exigência tão desagradável que, ao contrário de Augusto, que cuidava pessoalmente desses assuntos, deleguei toda a responsabilidade a Sejano, o único homem em cuja honra e em cujos escrúpulos eu podia confiar. Certa manhã, ele se aproximou de mim com um ar sombrio, seu rosto era uma mistura de perturbação e desânimo.

— Surgiu algo extremamente desagradável — ele disse. — Diz respeito a uma dama, Cláudia Pulcra.

Ele então relatou como esta dama, prima minha e de Agripina, de quem também era amiga íntima, transformara sua casa no Aventino num antro de sedição. Os primeiros rumores foram levados a Sejano por Cneu Domício Afer, um novo pretor, que Cláudia tentara seduzir.

— Na verdade — disse Sejano, com aquele sorriso franco e cético que ele usava ao contar qualquer história de depravação —, acho que ela foi bem-sucedida e que o infeliz Afer se sentiu bafejado pela sorte. Ele certamente estava muito envaidecido com a atenção dela. Mas então descobriu que ela mantinha outro relacionamento adúltero, com Caio Fúrnio, e isso o desagradou.

— Fúrnio? — perguntei. — Um homem difícil e desagradável, embora tenha suas qualidades.

— Exato.

O nome me deixou alarmado, embora eu não tenha permitido que Sejano percebesse. Conhecia Fúrnio como um ressentido. Ele era um homem de méritos a quem eu negara responsabilidades devido ao seu caráter dúbio, ao seu temperamento irascível e as suas ligações suspeitas. Seu avô fora amigo de Marco Antônio, seu pai tivera o bom senso de se aliar a Augusto, e chegou mesmo a receber um cargo de cônsul no fim da vida de Augusto. Mas não pude dar a Fúrnio as honras que ele esperava. Não havia dúvida de que ele era um desafeto.

— Quando eu soube disso — disse Sejano —, naturalmente segui todos os passos necessários para investigar o caso. Coloquei um agente de confiança na casa dos Cláudios. Seus relatórios me convenceram não apenas da sua imoralidade incontrolável, ou pelo menos não controlada, o adultério que a expunha às penas da *lex papia poppaea*, mas também de outros crimes abomináveis. Você quer ler os relatórios completos ou devo resumi-los?

Sacudi a cabeça. Fui invadido pelo desalento, como a névoa invade a terra.

— Naturalmente — continuou Sejano —, não me baseei apenas nesses relatos. Como você muitas vezes assinalou, há o perigo de que os agentes digam apenas aquilo que acham que você quer ouvir, embora tenha feito tudo ao meu alcance, por meio de punições aplicadas a qualquer um que falsificasse provas, para convencê-los de que desejo apenas a verdade. De qualquer forma, estou convencido de que a infeliz conspirou contra sua vida, tanto contratando envenenadores profissionais quanto utilizando feiticeiros para utilizar magia negra contra você. Por exemplo — ele procurou no maço de relatórios que estavam sobre uma mesa diante dele —, tenho o depoimento de uma de suas libertas, detalhando como, durante a última lua cheia, uma feiticeira egípcia... Mas você não precisa se incomodar com os detalhes que, devo dizer, são tão desagradáveis que me custaram uma noite de sono...

— Não, não quero saber. Faça com que a justiça siga seu curso.

— Sim, acho que posso fazer com que Afer faça a acusação. Ele tem particular interesse no seu sucesso.

— Estou começando a compreender os romanos — disse Segismundo. — Quando eles fizeram de mim um gladiador, pensei que tudo estava errado, que a vida não era assim. Pensei isto porque era muito diferente da vida que eu conhecia. Mas agora compreendo melhor. Não sei me expressar bem, apesar da sua gentileza em tentar ensinar-me, mas parece-me que a arena é uma espécie de espelho da vida que todos vocês levam. Você é o homem mais poderoso do mundo, mas não consegue escapar da rede. Espero não tê-lo irritado...

— Não, a verdade nunca deveria causar irritação. E fico feliz em ver que você está aprendendo como são as coisas...

Desviei meu olhar dos seus olhos cândidos e observei os telhados da cidade agitada. Um falcão vermelho sobrevoava os templos do Capitólio em círculos baixos.

Agripina escreveu para mim, protestando contra o julgamento de sua amiga.

> Cláudia Pulcra não passa de um pretexto. Sei que as acusações levantadas contra ela são na realidade dirigidas a mim. Você faz sacrifícios a Augusto, como determina a lei, mas persegue seus descendentes. Não é em estátuas mudas que o seu espírito divino se aloja — eu, nascida de seu sangue sagrado, sou sua encarnação. Nada pode mudar isto. Então vejo meu perigo. O único erro de Cláudia Pulcra foi ter tido a imprudência de escolher a perseguida Agripina como amiga.

Sejano devolveu-me a carta.

— Ela realmente está perturbada, a pobre mulher — ele disse. — Quem sabe o que ela pode tentar em seus delírios? Não estou certo de que seja seguro deixá-la em liberdade.

O julgamento seguiu o rumo previsto. O processo contra Cláudia Pulcra era incontestável. A meu pedido, certos artigos — aqueles que diziam respeito a ela ter conspirado contra a minha vida — foram eliminados. O adultério foi suficiente: ela e o seu amante foram condenados ao exílio pelo Senado.

Agripina adoeceu, ou disse ter adoecido. É possível que o julgamento a tenha feito perceber, por um momento, os perigos do caminho que ela tão estúpida e maldosamente escolhera. Não sei; nunca compreendi os motivos de sua raiva terrível nem sondei a profundidade de sua magoada autocomiseração. Ela pediu para me ver. Fui ao quarto onde ela estava deitada. Seus olhos estavam inchados de tanto chorar. Ela segurava uma compressa sobre as têmporas e frequentemente interrompia seu discurso desconexo com soluços. Tive pena dela e lembrei-lhe de que era filha de Júlia e que, nos primeiros anos do meu casamento com sua mãe, gostava de sua extremada sensibilidade infantil.

— Estou só. Minhas crianças, por quem sacrifiquei tudo desde a morte do meu marido, estão quase crescidas. Minha mãe foi afastada de mim quando eu era pouco mais que uma criança. Agora, você, meu padrasto, me persegue. Por que faz isto, Tibério? Que mal eu fiz a você? Você tem ciúme de Germânico? Isto é motivo para me perseguir como você faz?

— Nunca tive ciúme de Germânico. Ele era filho do meu querido irmão, e eu o admirava. Algumas vezes o considerei imprudente, e interferi, mas nunca o acusei de nada além de inexperiência e da impetuosidade da juventude. Agripina, estamos envolvidos em um novelo de desentendimentos e suspeitas, talvez sem desejar. Isso não é necessário. Você sabe que detesto falar sobre sucessão imperial, pois é um problema do Senado escolher quem ocupará o posto mais elevado da República. Mas sei que deve ser um *Princeps* e que ele deve vir de sua família. Não percebe que vejo seus filhos, Nero e Druso, como meus herdeiros imediatos? Estou velho, tenho quase setenta anos, e me restam poucos verões. Não podemos colocar a animosidade de lado e ser amigos?

Estendi a mão para ela, que se esquivou. Ainda assim, senti que minhas palavras a tinham tocado e esperei pela resposta. Houve um longo silêncio. Então ela disse:

— Sinto-me tão miserável, tão só, esquecida e incompreendida. E estou sozinha. Você não pode imaginar como eu me sinto sozinha desde que meu marido foi tirado de mim. Não se passou uma noite em que não tenha lamentado o lugar vazio ao meu lado. Minha juventude está desaparecendo e vejo apenas um futuro negro. Ajude-me, Tibério, permita que eu me case novamente. Na verdade, peço-lhe que escolha um marido para mim. Ainda sou jovem o bastante. Casamento... O casamento é o único consolo respeitável que me resta. Seguramente Roma tem homens que se orgulhariam em desposar a viúva de Germânico e se transformar em pai dos meus filhos...

— Você não percebe que ela está preparando uma armadilha para você? — perguntou Sejano. — O apelo à sua piedade é apenas um artifício. Se você escolher um marido aceitável para ela, estará imediatamente criando um rival para si mesmo. E se a sua escolha for a de alguém que ela rejeite, será mais uma prova de que você a persegue. Ela dirá que você está insultando a memória de Germânico ao propor um marido que não está à altura da sua posição e da sua reputação.

Sejano conhecia Agripina muito bem, até melhor do que eu. Achei que ela tinha sido sincera em seu pedido. Mesmo agora, algumas vezes pergunto-me se ela estava sendo sincera quando eu a procurei. Sua aflição parecia verdadeira. E, de fato, ainda acredito que fosse. Mas ela estava sendo conduzida por desejos conflitantes. Fui levado pela sua emoção, desconfiando das suas paixões passageiras. Compreendemos mal nossa própria natureza, e normalmente apenas em retrospecto; a espontaneidade da fala e da ação embaralha nossa compreensão. Assim, não é estranho que os outros sejam tão imperscrutáveis em sua inconsistência.

Decidi fazer o que ela me pedira. Escolhi dois candidatos, ambos homens dignos e de boa família, ambos com bons serviços prestados ao Estado, ambos confiáveis. Ambos dariam bons maridos, ambos seriam vistos como sucessores aceitáveis de Germânico por qualquer um sem preconceitos. Não vou dizer seus nomes, pois não quero envergonhar suas famílias dizendo como Agripina recebeu as escolhas. Um era um "saco de estrume"; o outro era um covarde servil a quem Germânico não daria bom-dia. As duas avaliações eram absurdas. Mas o que eu poderia fazer, especialmente quando ela me acusava — como Sejano previra — de tê-los escolhido apenas para insultá-la? Esta não tinha sido a minha intenção, embora eu admita que possa ter parecido no caso do segundo candidato, que depois Sejano me disse ser um dos amantes de Nero. Mas eu não sabia disso quando o escolhi.

VIII

Deixei Roma aos 69 anos de idade. Esperava nunca mais ver a cidade. Ela se tornara horrível para mim. Não conseguia ir ao Senado sem sentir náuseas, provocadas pela minha consciência da decadência do lugar. Um dia passado lá — não, mesmo uma manhã — deixava-me oprimido, pesado, exausto, com a sensação de que perdera todo o sentido de liberdade, de que tinha sido tomado por uma paralisia dolorosa. O cheiro do lugar me desagradava. Cheirava a decomposição. Eu era sufocado por palavras. Em todas as falas, refleti, havia um toque de desprezo. Para o que quer que tenhamos palavras, nos superamos. A linguagem, mesmo a linguagem dos poetas modernos, serve apenas ao que é comum, medíocre, comunicável. Senti um profundo desejo de escapar de tudo aquilo e retomar minha busca, há muito abandonada, de algo além da existência cotidiana, da mera existência, a busca de algo que justifique o tédio.

O valor de qualquer coisa não reside no que alguém consegue com aquilo, mas no que alguém paga por aquilo, o quanto nos custa. Assumir o papel imperial custou a mim minha felicidade, meu respeito próprio, pois, nas manobras necessárias para manter a autoridade, abandonei a noção da minha própria virtude. Tornei-me escravo do legado de Augusto. Talvez, mesmo que na velhice, eu consiga encontrar a liberdade.

Mudei-me para Capri. Por que aquela ilha? Porque ela me agradava. Simples assim? Podia estabelecer lá minha residência sem a agonia da introspecção e da justificação. Pela cor do mar.

Sejano aprovou minha escolha. Ele disse:

— Você estará seguro lá. Há apenas um atracadouro.

Eu disse ao Senado que me comunicaria por carta e que eles poderiam considerar Sejano meu porta-voz. Mas eu não era imprudente o bastante para lhe conceder o *maius imperium*, que apenas eu detinha. Não lhe ofereceria esta tentação, nem o deixaria marcado como alvo da inveja dos outros. Ele jogou a cabeça para trás e riu quando expliquei minhas razões.

— É alguma surpresa — ele disse — que eu tenha servido a você durante tanto tempo e com tanta satisfação?

— Velha raposa... — ele disse mais tarde.

Eu confiava em Sejano, mas havia muito não sentia nenhum prazer em sua companhia. Este era outro motivo para a minha partida de Roma. Sua presença já não me revigorava. Ele era um homem de meia-idade, calvo, começando a engordar e dominado pela ambição, um homem calculista, sem aquela alegre aceitação da vida que tanto me agradara. Abracei-o quando parti, e disse a mim mesmo:

— Acabou. Não preciso mais de Sejano, exceto no sentido político.

Mas devido à minha abdicação, precisei dele mais do que nunca.

Augusto me deixara uma *villa*, que eu ocupei imediatamente. Mas comecei a construir uma nova *villa*, do meu jeito, no alto da montanha.

— Por que veio para cá? — perguntou Segismundo — É repouso o que busca, senhor?

— Não — eu disse, embora quisesse muito descansar —, pela beleza. No fim, apenas a beleza consola. O descanso só pode ser encontrado na experiência da beleza. Não digo "contemplação" porque sugere passividade. A experiência da beleza deve ser ativa.

O pobre rapaz olhou para mim e balançou a cabeça.

Convidei alguns velhos amigos a me acompanharem: Marco Coceio Nerva, um ex-cônsul, Cúrtio Ático, cavaleiro ilustre, e meu filósofo-matemático, Trasilo. Também levei o liberto grego Filipe e Segismundo, claro. Era um grupo reduzido, e eu acreditava que eles não iriam me perturbar com pedidos inoportunos. Não tinha por que me despedir de minha mãe; ela havia muito não reconhecia ninguém, mas reclamaria, vituperaria e choraria até a morte. Rezei para que ela fosse logo libertada, e de fato isto aconteceu seis meses após a minha partida.

Aqueles primeiros meses foram os mais felizes que conheci desde que deixara Rodes. A brisa do mar facilitava a respiração, e de manhã cedo, antes que o calor do dia me forçasse a entregar o terraço aos lagartos, eu me sentia dez anos mais jovem. O melhor de tudo era a consciência da liberdade. Claro que eu ainda tinha minhas obrigações oficiais: não se passava um dia sem que eu não precisasse tomar vinte decisões concernentes ao bem-estar do Estado ou escrever vinte cartas. Mas eu podia fazê-lo, sem a consciência opressora de uma humanidade gananciosa e indigna de confiança, sem o medo de que não fazia mais do que levantar uma barreira contra a decadência, pois, é estranho dizer, toda aquela opressão e inquietação tinham sido retiradas de mim. Os outros perceberam minha incomum satisfação.

— É como se o mundo acabasse no limite da água — disse Ático —, e ainda assim sinto como se o mundo estivesse esperando por algum grande sinal, como se tivéssemos atingido um ponto da história repleto de possibilidades.

— Isso é verdade agora, como foi em qualquer outro momento da História do nosso povo — respondi.

No final da tarde, eu às vezes era levado de barco pela baía. Mantinha meus olhos nas rochas onde o tio de Filipe encontrara sua amante sereia. Mas as rochas estavam desertas e não havia nenhuma música em meus ouvidos. Ainda assim, eu sabia que as sereias estavam em algum lugar, acalentando promessas de satisfação.

Certo dia, soprou um vento forte e o barco não conseguiu contornar um promontório. Fomos empurrados de volta à terra. Uma abertura surgiu à nossa frente e nosso timoneiro seguiu em sua direção. Por um momento meu guarda-costas levou a mão à espada, mas eu sorri e lhe disse que não havia perigo.

— Para onde estamos indo? — perguntei.

— Vou mostrar a César uma das maravilhas desta ilha — disse o timoneiro, conduzindo o pequeno barco sob uma rocha pronunciada, para dentro de uma caverna.

Subitamente o mundo e o dia desapareceram e nos encontramos numa penumbra de um azul intenso. A água batia contra o barco, e era cerúlea, com toques de violeta. As paredes brilhavam num azul-celeste profundo e as bolhas de água cintilavam num azul ainda mais escuro que o de qualquer céu ou mar, com pequenos lampejos de vermelho-rubi e esmeralda. O barco parou no meio das águas violeta, que eram tranquilas como um lago. Tudo estava silencioso. Uma sensação de liberdade de assuntos terrenos tomou conta de mim.

— Isto é paz.

Lamentei deixar aquele mundo de encantamento, mas, quando retornamos ao mundo dos homens, vi junto ao ancoradouro garotos bronzeados, nus da cintura para cima, entrarem no mar até as coxas para arrastar para a praia redes repletas de peixe. E ouvi os gritos de estímulo de suas meninas e vi orgulho nos olhos de suas mães. Então eu me concedi por algum tempo a ilusão de que a vida era boa.

Sem dúvida é uma ilusão. Na melhor das hipóteses, a vida tem bons momentos. Mas a atmosfera de Capri aplacou minha dor e meu desgosto como nada havia conseguido desde que o meu casamento com Vipsânia fora destruído pela política.

Certa tarde, tendo dispensado meus acompanhantes, subi o monte atrás da minha *villa*. Um caminho estreito levava a um pequeno templo. Suas paredes estavam cobertas de hera e de madressilvas-silvestres, e quando eu me aproximei, uma coruja levantou voo silenciosamente de uma coluna partida em direção a um bosque de ciprestes. O sol ainda estava quente e, cansado da subida, descansei ali, apoiando-me de costas contra as paredes do templo e vendo os lagartos correrem de um lado para o outro. Lá embaixo, o mar murmurava e não havia vento. Tentilhões cantavam em pinheiros próximos e o som dos grilos era o único outro ruído que perturbava a tranquilidade. Acho que adormeci.

Um rapaz estava em pé diante de mim, seus membros dourados moldados como a mais fina escultura. Seus cabelos escuros tinham flores e sua expressão era tranquila, como a de alguém que não é perturbado pelos sonhos ou que só tem sonhos prazerosos. Descobri que não conseguia falar.

— O que você está fazendo aqui? — ele perguntou.

Quando não respondi, ele tocou meus lábios com uma vara que carregava e repetiu a pergunta.

— Normalmente os homens não se arriscam a me fazer tal pergunta — respondi.

Ele sorriu.

— Ah, homens. Homens mortais.
— Você, então, não é mortal, para falar de homens e de morte desta forma?
— Não, por que pensa assim?
Ele riu novamente.
— O que você busca?
— Esquecimento e perdão.
— Você não terá isso em sua vida.
— Paz, então. E a experiência da beleza.
— Você não é modesto em seus pedidos...
— Quem é você para falar com tanta confiança, apesar da sua juventude?
— Sou jovem apenas porque escolhi me mostrar assim a você, porque escolhi não envelhecer. Sou o espírito deste lugar e estou aqui porque você me chamou.
— Chamei?
— Certamente!
— E você pode me dar o que procuro?
— Apenas se você estiver disposto a pagar o preço...
— Há um preço? Claro que deve haver um preço. Bem, belo rapaz, diga-me qual é...
— É um preço que poucos podem pagar e a maioria considera desonroso. Mas se você acha que seu sofrimento é grande, posso lhe fazer uma oferta.

Sua boca, que tinha a forma de um arco, se curvou numa expressão de zombaria, na qual, porém, consegui perceber uma simpatia que nunca tinha conhecido e pela qual muito ansiei.

— Esta linda ilha é seu consolo. Isto não é suficiente, sem precisar arrancar de mim meu preço e submeter-se a ele?
— Diga-me qual é.
— Muito bem. Você pode usufruir da beleza, da paz e do esquecimento como quiser se permitir que seu nome seja desonrado por toda a eternidade...
— A paz, a beleza e o esquecimento que estejam ao meu alcance. Quanto é isso?
— Não tanto quanto quer, mais do que conseguiria sem minha ajuda.
— E meu nome desonrado?
— Você será denunciado como um monstro, um assassino, um bruto e um sátiro, uma fera deificada...

— E se eu disser não?

— Então você nunca mais me verá novamente. Partirei e o deixarei com os seus pesadelos, seus medos e suas lembranças...

Ele sorriu, um sorriso radiante, malicioso como o do deus do amor...

— Bem — ele disse —, você aceitou o trato...

— Eu não disse isso...

— Palavras não são necessárias.

Uma coruja piou. O pássaro de Minerva, como é conhecido, só voa à noite; então eu percebi que a lua estava alta, uma lua fina como um chifre de ouro. Eu estava só e senti o frio da solidão.

Então eu fizera uma barganha que me desgraçaria aos olhos dos meus ancestrais e que faria com que os meus descendentes — se algum sobrevivesse a mim — tivessem vergonha em dizer o meu nome. E o fizera em troca de uma promessa que poderia não ser cumprida, na qual eu não acreditava realmente, pois não posso admitir a existência de um poder que silencie minha memória. Finalmente, as circunstâncias do meu acordo me deixavam perplexo; é possível que eu tenha visto o rapaz apenas em sonho. Ainda assim, quem seria suficientemente imprudente em negar que o que experimentamos em um sonho possa ser realidade? Há filósofos que argumentam que sonhamos esta vida. Em certos momentos ela é tão clara quanto um sonho.

Eu podia fugir do passado; mas não posso fugir do presente. Cada mensageiro me trazia novas informações sobre as depravações e conspirações em Roma. Agripina, esquecendo do seu pedido e da minha promessa, começou a lançar novas calúnias sobre mim. Voltou a repetir a velha mentira de que eu era a pessoa por trás do assassinato de Germânico. Sejano relatou que os agentes dela eram bem ativos no exército:

— Temo que ela esteja conspirando — ele disse. — Permita que eu tome as providências necessárias.

Eu recusei.

Então ele foi à ilha para me apresentar suas provas.

— Não podia dar isto a nenhum mensageiro — ele disse —, pois, no atual clima de suspeita e traição, não conheço ninguém em quem possa confiar inteiramente. O fato, Tibério, é que aquela mulher e seu filho corromperam as legiões a tal ponto que será necessário fazer uma rigorosa investigação antes que saibamos quem é confiável. E devo dizer que mesmo tal investigação pode ser inviável, pois é preciso confiar nos investigadores, que podem não merecer nossa confiança. Compreendeu o atoleiro no qual estamos mergulhados?

— Você falou em seu filho. Qual dos seus filhos?

— Nero.

— Nero? Acho difícil acreditar que ele possa ser culpado. É um rapaz por quem tenho grande ternura.

— Ainda assim, ele foi visto dizendo que era "hora de o velho morrer." E estas são as palavras exatas.

— Elas não me parecem tão ruins. Eu mesmo já pensei nisso.

— César, você não está entendendo...

Ele se jogou numa cadeira e bateu palmas, ordenando a um escravo que trouxesse vinho. Ele se acostumara a ter tais liberdades na minha presença, e eu gostava disto. Agora, pela primeira vez, ele me parecia presunçoso, mas eu sabia o quanto era leal a mim. Ele esperou pelo vinho em silêncio, depois bebeu uma taça e enxugou os lábios. Suor escorria do seu rosto.

— Você precisa ouvir. Sei que não quer, mas precisa, senão seremos homens mortos e Roma terá problemas. Você é o herdeiro de Augusto, você me disse isto várias vezes, e o que quer que pense dele em segredo, sempre admitiu que ele foi responsável por um grande feito: ele acabou com as guerras civis. Você quer que elas recomecem?

Ele então fez um relato dos fatos ou das suas informações. Não era apenas uma questão de conversas perigosas ou sediciosas, embora isto já fosse suficientemente ruim. Agripina estava promovendo jantares para senadores que ela supunha serem seus desafetos, e, pior ainda, ela e Nero tinham planos de deixar Roma e se juntarem às legiões estacionadas na Germânia, onde a lembrança de Germânico era particularmente reverenciada. Então, disse Sejano, seria como César cruzando o Rubicão e entrando na Itália. Apoiados pelas legiões estacionadas na Germânia, eles poderiam entrar na capital e estabelecer os termos.

— É a este ponto que estamos de uma guerra civil.

Hesitei.

— Seus agentes. Você sabe como eu desgosto da espionagem, pois os agentes têm o hábito de dizer aos patrões o que eles acreditam que os agradará.

— É verdade, mas eu tenho dois agentes cujas provas são confiáveis, como acredito que você concordará...

— Se for verdade... Quem são eles?

— O primeiro é Druso.

— Druso? Por que ele faria relatórios contra sua mãe e seu irmão?

Sejano sorriu, como um gato brincando com um rato.

— Ele tem muitos motivos. Primeiro, ele tem ciúme, pois Nero é o mais velho. Segundo, ele odeia o irmão e o despreza por sua entrega aos vícios. Nosso Druso é um pequeno e malvado moralista, você sabe. Terceiro, ele é ambicioso. Ele espera, tendo Nero fora do caminho, que possa se transformar em seu sucessor.

— Preferiria ser sucedido por um porco do que por Druso. Para mim, parece que suas provas estão sob suspeita, Sejano, já que são baseadas em animosidade e servem bem demais ao que ele acredita que sejam seus próprios interesses.

— Talvez. E seria suspeito se não tivesse sido confirmado.

— Por quem?

— Pela sua cunhada, Lívia Júlia, mulher do pequeno Nero. Seu marido não a ama, claro, mas eles aparentemente têm uma relação amigável. Diria amigável graças às minhas instruções, repassadas pela minha querida Júlia Livila, mãe da garota. Ela rapidamente percebeu que a pequena Lívia se sentia mal com a preferência do marido por homens, e via isto como um insulto ao seu próprio charme. E que garota pensaria diferente? Mas ela é sensata e se controla para não demonstrar seus sentimentos, e o pequeno Nero é um boquirroto, com menos ideia de segurança que um pombo. Ela sabe sobre suas negociações com os exércitos na Germânia e tudo que sabe conta à mãe, que me repassa as informações. Então, você vê, César, que desta vez não são apenas informações de espiões pagos. E não se esqueça de que, embora tenhamos retirado a acusação de envenenamento feita à amiga de Agripina, Cláudia Pulcra, eu sempre disse que este tinha sido um erro. Você não sabe como fico aliviado de que esteja aqui, nesta ilha, mas mesmo aqui você pode não estar completamente seguro.

— Por que você teme pela minha segurança quando eu anseio pela morte?

— Você faz essa pergunta há vinte anos. E a resposta é sempre a mesma: porque você se importa com Roma.

— Um buraco malcheiroso.

— Está certo, você pensa assim. Mas você não quer entrar para a História como o homem em cujas mãos o império desmoronou. E os impérios são frágeis. Pense em como o império de Alexandre desapareceu poucos anos após sua morte... Você não quer que os historiadores escrevam que Tibério, graças à pusilânime indecisão e à fraqueza que o assaltaram na velhice e prejudicaram sua avaliação dos homens e das questões, permitiu que o império legado por Augusto fosse destruído por guerras civis e rixas mortais. Melhor atacar agora para evitar o desastre. Algumas vezes é preciso ser brutal para poder fazer o bem...

Mas eu hesitava. Eu ouvia as ondas quebrarem nas pedras e via a lua morrer nas ondas. Minha capacidade de julgamento tinha sido questionada, mas eu me lembrava de como o jovem Nero me abraçara depois da morte do meu filho e me dissera que esperava que eu fosse capaz de chorar para o meu próprio bem. Sua emoção me deixara perturbado, mas eu não podia acreditar que um garoto capaz de tamanha simpatia fosse também capaz de planejar a minha morte.

— Vamos comer primeiro — eu disse.

Sejano se acomodou num divã e arrancou a garra de um caranguejo.

— Claro que o jovem Nero é um hipócrita contumaz.

No final, eu concordei. Concordei porque não podia acreditar nos relatórios que Sejano trouxera, mas não podia descartá-los. Então eu o mandei de volta a Roma com uma carta ao Senado na qual eu me queixava, em frases cuidadosas e termos brandos, das perigosas implicações da animosidade dirigida a mim por Agripina; se uma dama da sua posição, observei, podia falar com a falta de respeito que os relatórios diziam que ela adotava, então todos os outros, que não tinham ligações íntimas comigo, se sentiriam livres para expressar desobediência e insubordinação. Logo, toda a autoridade seria questionada e, sem autoridade, a República estaria em perigo. Os insultos dirigidos à minha pessoa não me incomodavam, pois eu estava havia muito tempo acostumado a suportá-los. Meio século de vida pública me deixara imune aos ataques pessoais. Mas o Senado me atribuiu responsabilidades e eu não posso me desencarregar adequadamente das tarefas confiadas a mim se a minha autoridade é questionada tão livremente. No que diz respeito a Nero, eu me limitei em chamar a atenção do Senado para as consequências políticas de sua licenciosidade.

> Somos honrados apenas quando nos comportamos com honradez, e a decência da vida pública se baseia na decência do comportamento privado daqueles aos quais o Senado conferiu autoridade e daqueles que os cercam, incluindo os membros de sua família. No passado, mantive conversas particulares para persuadir esse jovem, por quem tenho grande afeição, a se comportar de modo mais adequado. Acertei para que ele se casasse com minha querida neta, esperando que o seu charme e a sua virtude conseguissem mais do que consegui com meus apelos. Agora, para minha tristeza, vejo que a experiência do casamento não o convenceu a abandonar os vícios que, expostos à contemplação do público, condenarão o jovem ao desprezo, que por sua vez será transferido para outros membros da minha família, talvez até a mim e, também por extensão, a vocês, Pais Conscritos, portanto a toda a estrutura do poder constituído. Assim, envio esta carta na esperança de que minha desaprovação pública, reforçada, como acredito que será, pela expressão unânime de sua muito natural e adequada repulsa, provoque o resultado que não alcancei com meus esforços pessoais, e que isto convença esse jovem, que tem tantos talentos e em quem reconheço — deixando de lado esta questão específica — muitas virtudes, a mudar sua vida, abandonando os vícios que afetam seu caráter e maculam sua reputação, e passando a viver de uma forma mais digna de sua posição como nobre romano e bisneto do Divino Augusto.

Sejano não ficou satisfeito com a carta. Ele se queixou da minha moderação, mesmo timidez. Ele disse que a minha benevolência acabaria por me destruir.

Não sei bem como minha carta foi recebida, pois tive relatórios conflitantes. Ela parece ter perturbado os senadores, que não sabiam o que eu esperava que eles fizessem, embora eu acreditasse ter sido claro. Um deles, Messalino, se apressou em pedir que Agripina e Nero fossem condenados à morte, mas não disse sob que acusação. Então, Júlio Rústico, homem que havia muito eu admirava e a quem confiei a missão de guardar as minutas dos procedimentos do Senado, tentou acalmar a assembleia, argumentando — com grande correção, como minha narrativa deve ter deixado claro — que a moção não deveria ser colocada em votação. Era inconcebível, ele disse, que eu quisesse eliminar a família de Germânico. Tudo o que era pedido ao Senado era que fosse registrado o recebimento da carta e divulgado seu conteúdo, na esperança de que sua linguagem ponderada e digna servisse como um alerta público aos dois membros desgarrados da família imperial. Era tudo o que o imperador queria.

A notícia da carta alarmou a turba, que cercou o prédio do Senado, gritando apoio a Nero e a Agripina. Isto perturbou ainda mais os senadores. Tenho minhas dúvidas se o aparecimento da turba foi espontâneo. Foi relatado que alguns gritavam que minha carta era uma falsificação:

— Tibério não poderia concordar com planos para destruir sua família.

Se o relato da turba é verdadeiro, soava para mim como se os agentes de alguém tivessem plantado tal ideia.

Mas agentes de quem? Eu estava consciente de que o meu retiro em Capri tornava mais difícil para mim saber o que estava acontecendo. Mais do que nunca eu estava à mercê das informações que recebia.

Minha carta não teve o efeito desejado de convencer Agripina e Nero a mudar de rumo. Na verdade, talvez tenha tido efeito contrário. Um mês depois, Sejano me enviou relatos de novas negociações entre a dupla e as legiões estacionadas na Germânia.

Ele apareceu em Capri sem se anunciar, algo que ele nunca tinha feito.

— A situação é crítica — ele disse.

Era uma linda manhã. Eu me banhara cedo e tomava meu desjejum com Segismundo e com os outros quando fui informado de que um barco se aproximava da ilha. Chegadas imprevistas são sempre perturbadoras, e Segismundo esforçou-se para afastar minhas suspeitas. Foi um alívio quando eu soube que Sejano estava a bordo. Mas eu o repreendi por ele ter me surpreendido.

— A situação é crítica — ele repetiu. Disse sem cordialidade. Estava insensível à beleza da paisagem e da manhã. — Você não compreende, você se recusa a compreender o perigo que corremos. Há conspirações em marcha por todos os lados. Para falar com franqueza, não sei se posso confiar na segurança de sua própria casa... Se permitisse que os meus movimentos fossem conhecidos, seria mais difícil proteger você. Pense em que situação você estaria se eu fosse assassinado. E não há nada que eles queiram mais. Sem mim você estaria totalmente indefeso aqui. Na verdade, você seria um prisioneiro. Não precisariam matá-lo, nem mesmo prendê-lo, embora eles, é claro, se livrassem de você assim que achassem seguro. E isto não demorará.

Ele estava sentado ao sol, suando. Ele dispensara a todos e colocara guardas na passagem que levava ao terraço e mais guardas na antessala.

— Corri um grande risco deixando Roma — ele disse.

Eu respondi que não entendia por que ele tinha vindo.

Ele suspirou. Ficou de pé e se encaminhou com passos largos até um canto do terraço, olhando para a linda baía que eu estava quase certo de que ele não via. Ficou de costas para mim e o silêncio durou muito. Então se voltou, carrancudo:

— Algo aconteceu enquanto estive fora. Deixei bons homens no meu lugar, mas mesmo os bons homens podem ser subornados. O que está em curso é mais que uma conspiração, mais que uma revolta. É uma revolução. Agripina se reúne diariamente com meia dúzia de senadores. Cartas são trocadas freneticamente entre ela e as legiões na Germânia. Aqui está um exemplo...

A carta que ele me entregou era evidentemente sediciosa. Informava ao comandante das legiões que ele deveria estar de prontidão para o dia que estava próximo.

> Assim que agirmos contra o Touro, ou estivermos prontos a agir contra ele, avisarei. Compreendo, claro, que você não queira se comprometer até estar certo de que ele foi eliminado.

Sejano jogou a cabeça para trás, naquele gesto de desafio que eu um dia amara.

— Eu sou o Touro.

— E isto é verdadeiro?

— Sim.

— Tem certeza?

— Sim.

Quatro semanas antes, um dos libertos de confiança de Agripina deixou sua casa disfarçado como negociante egípcio de pedras preciosas. Ele conseguiu despistar o agente de Sejano em Óstia, mas este descobriu que ele embarcara num navio para Marselha. Foram enviadas mensagens para o governador da cidade, determinando que o "mercador" fosse detido, mas elas chegaram tarde e o homem de Agripina deixou a cidade. Uma tropa de cavalaria foi enviada em seu encalço, e ele acabou detido no Portão Augustino, em Lyon. A carta fora encontrada com ele. Não estava endereçada a ninguém, mas o homem foi interrogado e, sob tortura, revelou o nome do destinatário.

Sejano disse:

— Dificilmente Agripina agirá antes de receber uma confirmação, mas se não receber nenhuma poderá ser levada a agir por medo de que a carta tenha sido interceptada. Nestas circunstâncias, ela não se arriscaria a fazer nada diretamente contra você, mas seguramente me atacará. Como você pode ver, não depende de uma garantia de apoio das legiões na Germânia. Contudo, eis aqui a segunda página da carta.

Ela dizia:

> No que diz respeito ao velho, temos muito tempo para decidir seu destino quando estivermos controlando o governo do Estado. Sei que você tem sentimentos de lealdade residual, e isto deve ser respeitado. Assim, você pode concluir, conversando com o meu filho, que de certa forma partilha seus sentimentos, se ele deve ser mantido prisioneiro onde está ou em alguma ilha menos agradável, como aquela onde minha mãe foi confinada, ou se deve ser definitivamente descartado. Devo dizer que, para nossa própria segurança, sou a favor da última opção, pois quem pode dizer o número de aliados que ele pode ter ou até que ponto sua sobrevivência pode representar um foco de rebeldia?

Sejano riu pela primeira vez naquela manhã. Levantei meus olhos da carta, forçado por sua expressão sorridente.

— Não acho que esta seja a letra dela... — eu disse.

— Não, foi ditada por ela.

— Ela confiaria tal tarefa a um escravo ou a um liberto?

— Evidentemente, já que o fez. Quem mais poderia tê-la escrito? Eu disse que não era prudente...

— Estranhamente imprudente...

— Imprudente, sim, mas não tão estranho. Sempre soube que você nunca compreendera Agripina. Ela acredita que as regras comuns não se aplicam a ela, e consequentemente ela menospreza precauções que qualquer pessoa sensível tomaria. Ademais, ela está tão inchada de orgulho por sua própria popularidade que não consegue imaginar que algum dos seus possa agir contra ela. Além do quê, neste caso, ela estava certa. Ela não fora traída...

Sua impaciência e sua certeza me perturbaram. Aprendi cedo, em minha carreira militar, que deveria suspeitar de qualquer atitude que fosse defendida com muita veemência. Sempre que alguém demonstra interesse exagerado em defender uma ação, você pode estar certo de que há algo errado. Sejano sempre foi muito atento ao meu estado de espírito. Ele teve um vislumbre de minhas dúvidas.

— Você hesita porque não quer acreditar que Agripina possa desejar sua morte, embora tenha provas suficientes de que ela anseia por isso mais do que por qualquer outra coisa. Você nunca aceitou que ela realmente acredita que Pisão matou Germânico estimulado por você. Desde então ela só pensa em vingança...

Não respondi. Senti a força do seu olhar. Eu criara Sejano por minha livre escolha e agora parecia-me que ele não estava mais sob minha influência, que adquirira sua própria força. Olhei o mar. O sol refletia seus raios na água e havia crianças brincado, gritando felizes, nos bancos de areia. Sejano seguiu o meu olhar.

— Compreendo que seja uma tentação fingir que fugiu do mundo nesta ilha paradisíaca — ele disse.

Ele se sentou no muro do terraço, brincando com fragmentos de pedra. Um gato se esfregou em minhas pernas e eu me curvei para passar a mão em seu pelo macio. Sejano jogou pedrinhas sobre o muro e pareceu esperar por um ruído que não veio.

— Não estou fora do mundo. Estou no meio desta confusão sangrenta. Você resgatou aquele rapaz germano da arena, mas me deixou lá para lutar suas batalhas. Bem, tenho uma confissão a lhe fazer: estou com medo. Você nunca imaginou que fosse me ouvir dizendo algo assim. Sinto tanto medo quanto sentia o rapaz germano quando estava deitado na areia, sentindo o mundo lhe escapar, deixando-o face a face com a morte. Você pode ser indiferente à morte, Tibério, e eu também seria indiferente à morte em combate, mas este medo é de outro tipo. É o terror que nos assalta à noite. Sempre que alguém se aproxima de mim, eu me pergunto se é o assassino enviado por eles. Tento me tranquilizar: "Ele foi revistado pelos meus guardas. Ele não pode ter uma arma." E então eu me pergunto se os meus guardas não poderiam ter sido subornados. É a este tipo de especulação indigna de um homem que minha devoção a você e a seus interesses me condenou.

— Muito bem — eu disse —, mas eu não quero que eles sejam condenados à morte. Escreverei ao Senado nos termos apropriados.

— Agora — ele disse.

Observei seu barco desaparecer. Havia rosas no meu terraço. Pedi vinho. Esperei.

O Senado, agora seguro das minhas intenções, ficou muito feliz em ordenar a prisão de Agripina e Nero. Um voto de agradecimento pela minha libertação de uma conspiração sórdida foi aprovado. Alguns espíritos mais inflamados, esperando me agradar, pediram a pena de morte. Desta vez a turba não cercou o Senado. Roma estava silenciosa como uma tumba. Agripina foi enviada para a Ilha de Pandataria, para ser confinada à *villa* onde sua mãe, minha pobre Júlia, fora encerrada. Nero foi aprisionado na Ilha de Pontia, onde vários amantes de Júlia prolongaram sua existência. Agradeci aos senadores por seu cuidado comigo e recomendei-lhes Sejano como "o parceiro dos meus esforços". Quando ele me escreveu, renovando seu pedido de que lhe fosse permitido desposar minha enteada, Júlia Livila, não fiz nenhuma objeção. Deixei-o se satisfazer, caso ainda satisfaça a dama. Apenas lhe pedi que continuasse a cuidar dos filhos que ele tinha com Apicata.

Algumas semanas após a prisão de sua mãe, Druso me visitou em Capri. Eu não o convidara, pois detestava a ideia de que aquele jovem que fora tão zeloso na destruição do seu irmão, Nero, pudesse ser visto por muitos como meu herdeiro. Ele me pediu elogios pela sua lealdade e me cobrou uma recompensa. Disse-me que era hora de ser-lhe dado o comando de um exército. Respondi que confiava comandos militares a soldados experientes e confiáveis, não a garotos ignorantes. Ele corou.

— Ademais — disse —, considero suas demonstrações de lealdade a mim menos importantes do que sua indiferença pelo destino de sua mãe. Se o afeto desaparece, é difícil acreditar em sentimentos nobres.

— Você transformou aquele rapaz num inimigo — escreveu Sejano. — Ele voltou a Roma cheio de maldade dirigida a você.

Não havia nada que eu pudesse fazer. Eu vira em Druso o servilismo selvagem e dissimulado que fora a ruína de Roma. Estamos hoje nos idos de março, o aniversário do assassinato de César. Claro que a decadência da virtude começara muito antes disto, que na verdade foi uma tentativa vã de purificação. Pelo menos Marco Bruto, um homem que conquistou a admiração de quase todos aqueles que se opunham às suas ações, certamente via aquele assassinato como uma faxina necessária. Disseram-me que ele olhou para baixo, para o corpo desfigurado de César, e murmurou:

— Um cruel imperativo...

Houve apenas uma exceção na aprovação geral dada a Bruto: o meu padrasto sempre o descreveu como sendo pedante, tolo e ingrato; ele considerava a conspiração contra César "um sonho louco de carreiristas frustrados que conseguiram uma respeitabilidade espúria por Bruto, que não tinha nenhuma compreensão de como a República mudara desde as Guerras Púnicas".

Augusto estava certo. Embora eu muitas vezes tenha imaginado se eu mesmo não estaria entre os autodenominados Libertadores. Estava certo de que em alguns momentos eu estaria, pois sempre considerei o governo de uma única pessoa — um papel então ainda na sua infância — tão repugnante quanto... quanto considero hoje, quando eu sou esta pessoa. Ainda assim, se tenho alguma qualidade, é a clareza. Na época, eu não teria olhado ao meu redor no Senado e visto a mesma geração pronta para a escravidão e já incapaz de exercitar o domínio das paixões de que depende o usufruto da verdadeira liberdade?

Não é apenas uma questão de moralidade, embora em última instância todas as questões políticas devam ser vistas assim. É uma questão de real autoridade. Roma foi destruída pelo seu império; a sina da República foi escrita durante a conquista da Grécia, da Ásia, da África, da Gália e da Espanha. Toda a minha vida, movida pelos sentimentos republicanos, foi devotada a transformar o restabelecimento da República em algo impossível. E é graças a Bruto e a seus amigos que o inevitável principado teve suas origens em assassinatos e guerra civil.

Esses pensamentos fizeram parte de mim durante um longo tempo. Olhei ao redor e não encontrei nenhum homem além de Sejano que fosse capaz de governar o império. Druso era um patife. Eu duvidava do equilíbrio mental do seu irmão mais jovem, Caio Calígula. Meu próprio neto, Tibério Gemelo, era uma criança doce, mas nada nele indicava que ele iria se transformar num homem de caráter. Talvez o mais seguro para ele fosse que Sejano desposasse sua mãe e assumisse sua criação, da mesma forma que Augusto confiara a mim Caio e Lúcio. Pensei: "Posso realmente confiar em Sejano? A nobreza, ciosa do seu nascimento comparativamente humilde, se rebelaria se ele fosse claramente elevado à posição que Augusto amara e eu suportava, mas ele poderia ser o poder por trás do trono, o trono do meu neto." Anunciei que como ele havia muito era parceiro dos meus esforços, eu iria conceder a honra de fazer dele meu parceiro como cônsul no ano seguinte.

O anúncio provou a Druso que ele não ganhara nada traindo sua mãe e seu irmão. Ele reuniu em torno de si um grupo de nobres frívolos, levianos e insatisfeitos. Sua mesa de jantar era pura sedição. Isto foi relatado a mim; transferi a questão ao Senado, que ordenou sua prisão. Não tendo sido completadas as investigações, ele foi mantido em prisão domiciliar. Ordenei que ele fosse estritamente vigiado e que não tivesse companhia.

Agripina, tendo ouvido as notícias, iniciou uma greve de fome. Foram dadas ordens de que ela fosse alimentada à força. Ela resistiu. Brigando com seus guardas, ela recebeu um golpe que acabou lhe custando a visão do olho esquerdo.

IX

O ACASO COMANDA TUDO? RECEBI UMA CARTA DE ANTÔNIA, VIÚVA DO meu irmão e mãe de Germânico, dizendo que esperava me visitar, talvez por uns poucos dias, enquanto tirava férias em sua *villa* na Baía de Nápoles. Eu estava inclinado a recusar, embora eu sempre tenha gostado de Antônia e a admirasse. Temia que ela pedisse pelos seus netos, Nero e Druso; não por sua nora Agripina, tinha certeza, pois nunca ligara para ela. Seria constrangedor resistir a seus esforços por eles. Então escrevi-lhe uma carta, dizendo que não me sentia bem e que não podia receber visitantes.

Mas eu não a enviei. Fui distraído por outra carta. Esta era de Sejano. Ele me pedia que eu lhe concedesse o poder tribunício, aquele posto republicano que Augusto utilizara como um instrumento para lhe permitir criar e vetar leis e a garantir que a sua pessoa seria sacrossanta e que, claro, também foi dado a mim. De fato, estava pensando se o poder deveria ser dado a Sejano; eu hesitava porque sabia que uma concessão destas estimularia o descontentamento e a inveja. Mas este assunto estava na minha mente. Agora, por outro lado, havia algo no tom da carta de Sejano que me desagradava, uma nota peremptória, como se ele precisasse apenas pedir que lhe seria dado o que queria. Havia, nas entrelinhas, a ideia de que com este poder ele estaria livre da minha autoridade. Isto não estava dito. Talvez o próprio Sejano não soubesse que isto estava ali, mas captei um sinal de arrogância e impaciência, e isto me perturbou.

Perturbado, fui invadido pela nostalgia. Quando pensei em Antônia, coloquei de lado meus receios sobre o que ela iria pedir. Eu era capaz de esquecer a imundície da Roma política, com seus escritórios particulares de espionagem, o fedor da conspiração, a atmosfera contaminada pela suspeita e pelo medo; em vez disto, eu me lembrei de conversas sob castanheiras, conversas que se prolongavam até o pôr do sol e abrangiam, da forma mais amiga e sincera, toda gama de experiências humanas. Conversando com Antônia, pensei, voltarei a partilhar uma espécie de comunhão com meu irmão há muito morto. E recordei que naqueles dias distantes Antônia e eu éramos unidos pela mais pura afeição, aquela que existe entre um homem e uma mulher, no qual há apenas uma delicada sugestão de desejo sexual — um desejo que por fortes motivos nunca será convertido em ação, um afeto que flutua como uma balsa sobre um lago sob o sol de uma tarde de verão que nunca terminará.

Foi um dia feliz antes da sua chegada. Segismundo se apaixonara por uma garota local, uma grega chamada Eufrosina, cujo pai trabalhava como médico em Nápoles, mas que tinha uma pequena *villa* em Capri, dada a ela por Augusto em retribuição a algum serviço prestado. Teria sido um casamento inaceitável se não fosse pelo meu apoio. Miltiades, o pai, nunca teria permitido que sua amada filha desposasse alguém tão inaceitável quanto um liberto germano que, além de tudo, fora um gladiador, se aquele liberto não fosse meu favorito. De minha parte, eu estava encantado com a união. Eufrosina era uma garota encantadora, de olhos negros e uma massa de cachos escuros, uma criatura feita para o prazer, terna e espirituosa. Vê-los juntos justificava o império, pois o que além de Roma poderia ter unido estes tipos físicos perfeitos mas contrastantes? A felicidade dos dois e o prazer que sentiam um com o outro nos contagiava. Abençoei o casamento, pedindo apenas que ambos permanecessem na minha casa.

Antônia chegou cedo, enquanto ainda celebrávamos. Seus cabelos estavam brancos, mas ela ainda tinha a beleza serena que herdara de sua mãe, Otávia.

— Você deve me perdoar — ela disse —, eu nunca sigo meus planos exatamente, por motivos que posso explicar mais tarde. Enquanto isto, Tibério, como é bom vê-lo novamente, parecendo tão bem e feliz.

— Você chegou durante um momento feliz — eu disse —, e a sua chegada, Antônia, aumenta esta felicidade.

— Ah, se Roma pudesse vê-lo agora, tão inocentemente imbuído do papel de padrinho... As pessoas se envergonhariam das terríveis histórias que gostam tanto de repetir.

— Você se arrisca a estragar minha felicidade mencionando aquele lugar?

— É a última coisa que desejo — ela respondeu, mas sua expressão ficou sombria. — É estranho como pudemos continuar amigos...

— Temos nosso querido Druso e muitas lembranças em comum.

— E ainda assim não posso me virar para nenhum lugar sem encontrar alguém me dizendo que você é o inimigo da minha família.

— Nunca poderemos ser inimigos, Antônia. Lembro-me, com muita gratidão, como você se recusou a dar atenção aos cruéis boatos sobre a morte de Germânico.

— Eu sabia que eram mentiras. Sabia que você nunca poderia ter tido qualquer participação na morte do filho do seu irmão. Agora, dois dos seus netos estão na prisão por ordem sua.

— Por determinação do Senado.

— A seu pedido...

— Se você tivesse visto as provas...

Ela olhou para longe, os olhos acinzentados cobertos de lágrimas. Um vento leve lançava o murmúrio do oceano sobre nós. O mármore raiado de azul do terraço brilhava como um espelho embaçado sob o sol do meio-dia. Estávamos sentados à sombra, sob um caramanchão de rosas-trepadeiras.

— Vim um dia antes — ela disse — porque escolhi não antecipar meus movimentos. Mais do que isto, eu não ouso. E trouxe Caio Calígula comigo porque... — ela parou de repente e me olhou nos olhos com uma expressão que relutava em encarar, mas que não podia evitar — ... porque temo o que possa acontecer com ele se não estiver com você.

Então ela me falou de Caio. Ele era um jovem desajustado, soturno, desorganizado, dado a ataques aparentemente gratuitos de tagarelice descontraída e a surtos de cólera. Ele tinha, ela temia, um toque de crueldade. (Eu vi o garoto. Seus cabelos louros selvagens como os de um miserável, pulando do assento no teatro e gritando: "Mate-o! Mate-o!", enquanto Segismundo estava caído sobre a areia, desamparado e em pânico.) Ainda assim, e talvez exatamente porque ele fosse difícil, inconveniente, desajeitado e dado a pânicos noturnos, Antônia o amava; Agripina, que por ter mimado o garoto passou a detestá-lo, havia muito deixara a seu cargo sua educação, e ela tinha pelo garoto o tipo de especial responsabilidade que as mulheres generosas têm pelas crianças mais difíceis. Agora ela temia por ele.

Ele tinha amigos, a maioria um ou dois anos mais velha, de boas famílias, mas dados à dissipação e a conversas perigosas. Ela temia a influência deles, mas sua preocupação era ainda maior.

— Não sei como dizer isso sem irritá-lo...

— Antônia, você não irá me irritar, pois me agrada que fale com franqueza, pela nossa amizade.

Ela pousou sua mão sobre a minha. Os ossos da velhice se encontraram em apoio mútuo.

Ela suspeitava desses amigos, alguns dos quais tinham aparecido de repente, e especialmente porque soubera que muitas conversas perigosas vinham sendo travadas durante seus jantares regados a álcool. Então ela tomou providências para investigá-los e descobriu, alarmada — ela hesitou na palavra *alarmada* — que dois deles eram também íntimos de Sejano.

— Eles me foram descritos como seus protegidos. Ou mais, como suas "criações".

E mantinham relações com ele. Ela mandou que um deles fosse seguido durante várias manhãs depois de participar de jantares com Caio, em sua casa, na casa de algum outro membro do grupo ou em uma taberna. Em todas as ocasiões ele se dirigiu diretamente à casa de Sejano, no Esquilino, onde permaneceu durante muito tempo.

— Só posso concluir que ele foi até lá para fazer um relatório...

— Tibério, meu menino é selvagem e não controla suas palavras. Ele é facilmente conduzido, pois não confia em si mesmo e é muito suscetível à bajulação. Não seria difícil estimulá-lo a dizer coisas estúpidas ou envolvê-lo em alguma coisa estúpida... conspiração. Temo por ele, pois acredito que em breve Sejano aparecerá com alguma prova e testemunhas de que ele está envolvido em sedição. É por isso que espero que você o receba em sua casa. Permanentemente.

Quando não respondi, ela disse:

— Tibério, todas as provas contra seus irmãos Nero e Druso chegaram a você por intermédio de Sejano?

— Eu confio em Sejano...

— Onde há a maior confiança, há também a maior traição.

Ela limpou a garganta, um educado ruído preparatório. Pousou as mãos sobre o colo e se sentou bem ereta.

— Ninguém mais ousaria dizer a você o que eu vou dizer. Dando tamanha confiança a esse homem, você se isolou. Ele fez de você um mistério em Roma, e os mistérios são sempre temidos. Você fez dele o que ele é, mas você está certo de que ele não fugiu ao seu controle? Agripina tem sido sua inimiga, certamente; ela é uma mulher amarga e tola, mas você está certo de que não fizeram com que os filhos dela parecessem seus inimigos, por meios ardis, senão pelas ordens daquele homem? Que motivos você tem para acreditar nas provas que ele lhe oferece quando eu posso lhe mostrar como estas provas foram forjadas?

— Ele nunca me contou uma só mentira.

— Ele nunca contou uma mentira que você tenha descoberto, meu pobre Tibério. — E mais uma vez ela colocou sua mão na minha. — Não é a primeira vez que você é traído pelo afeto e confia além do limite em quem as razões para a confiança desaparecem. Você não gosta do que estou dizendo, mas se estes mesmos pensamentos não tiverem ocorrido a você em maus momentos e depois tenham sido afastados por considerá-los intoleráveis, então, a despeito da nossa velha e duradoura amizade, você tomará uma atitude contra mim. Eu também seguirei as outras mulheres da nossa família para uma ilha-prisão e Sejano será deixado como chefe da área e de você. Mas se eu lhe apresento dúvidas que você mesmo já acalentou, então você saberá que elas não são delírios vãos e indignos, à medida que eles são compartilhados por outra pessoa. Você perceberá que é também uma vítima, assim como Nero e Druso, ou como meu pobre Caio Calígula pode vir a ser. Se você não está convencido, peça um relatório sobre o garoto. Posso apostar que, demonstrando grande pesar, ele irá presenteá-lo com todas as provas que ele considerar necessárias para destruí-lo. Não lhe ocorreu que o grande beneficiado com os supostos complôs do meu neto foi aquele homem, Lúcio Hélio Sejano, e ninguém mais?

A noite caiu sobre mim como um cobertor de névoa úmida. O sono me foi negado. Com o decorrer das horas, perguntas, medo e hesitação me afligiram, como agulhas cravadas no meu cérebro. Ao alvorecer, o coro das gaivotas circulando os penhascos debochava dos meus olhos vermelhos e cansados. Antes de nos separarmos, Antônia dissera:

— Em Roma as pessoas agora falam de você como sendo um monstro, entregue a vícios inumeráveis, que todos, porém, estão prontos a enumerar. Uma noite destas, num jantar, alguém garantiu que um dia, num sacrifício, você se encantou por um acólito que carregava o escrínio com o incenso e mal pôde esperar o fim da cerimônia para arrastá-lo para fora do templo e atacá-lo; então você fez o mesmo com o seu irmão, o corneteiro sagrado... Quem é que espalha estas histórias?

— O povo de Roma sempre foi indecente... — respondi, virando-me para esconder meus sentimentos.

— Concedo isto a você.

— É o tipo de história que as pessoas inventam sobre homens em posição de comando. Eles contavam histórias semelhantes sobre o próprio Augusto, embora ninguém que o conhecesse acreditasse nelas.

— Mas no seu caso as pessoas escolhem acreditar. Por quê?

Por um momento eu me vi tentado a lhe contar sobre a visão que tivera na montanha e sobre a promessa que o garoto divino fizera. Mas a promessa parecia um embuste; eu não estava mais perto da paz de espírito que ele me oferecera em troca da minha reputação. Ademais, Antônia poderia pensar que eu estava sofrendo de delírios da velhice como os que tinham acometido Lívia.

— Talvez simplesmente porque eu tenha me escondido aqui — respondi.

— Este certamente é um dos motivos para a credulidade. Mas há outro. Quando ouvi esta história pela primeira vez, considerei obrigação minha desmenti-la. Dizia-se que tinha sido contada por Quinto Júnio Bleso, que, como você sabe, é tio de Sejano. Você acha que um homem como aquele, que tem poucos méritos e é sabidamente um covarde, poderia inventar uma história como essa e, mesmo que fosse, não estaria certo de que seu sobrinho iria apoiá-lo?

— Mas eu não vejo como poderia ser do interesse de Sejano abalar minha autoridade desta forma.

Antônia suspirou.

— Tibério, você é razoável demais, este sempre foi o seu defeito. Você adquiriu uma reputação de dubiedade simplesmente por dizer a verdade. Não vê que você considera Sejano confiável porque suas mentiras sempre foram consistentes? Respondendo à sua pergunta, para ele é interessante que você seja considerado instável, caprichoso e cruel, próximo da loucura. Desta forma, qualquer coisa mórbida, perversa e impopular pode ser colocada na sua conta, enquanto Sejano adquire a reputação de ser o único homem capaz de controlar sua selvageria. Assim, demonstrei minha confiança em suas virtudes falando desta forma a um homem que, sendo realmente o que dizem dele, temo que não verei amanhã.

— Se você disse a verdade, Antônia, gostaria que não.

Não contribuí em nada para suas suspeitas em nossa conversa, e esforcei-me para não contribuir em nada durante minhas horas de insônia. Se Sejano era falso, então a base sobre a qual eu construíra minha vida — não a certeza da sua lealdade, mas a minha própria fé no meu conhecimento dos homens — desmoronava. Durante dois dias não fui capaz de fazer nada para confirmar ou descartar as alegações de Antônia. Fingia que ela estava aqui apenas para uma visita amigável, mas aproveitei a oportunidade para observar de perto Caio Calígula. Minha observação não ajudou em nada. Acima de tudo, o rapaz era obviamente irresponsável; ele podia defender uma opinião com veemência, e poucas horas depois — na refeição seguinte, por exemplo — afirmar o contrário, parecendo não ter percebido nenhuma contradição. Assim, no almoço, ele citava Homero, dizendo:

— Não há no mundo nada melhor do que um verso homérico ou um herói homérico.

E no jantar dizia que o que mais o agradara em Platão tinha sido sua decisão de excluir Homero da *República*, pois, como o rapaz dizia:

— Poetas são mentirosos que nos dizem que a vida é nobre.

Talvez não, mas é melhor que os jovens pensem assim, e Caio era muito jovem, com apenas 19 anos.

Então ele disse que ninguém deveria chegar virgem ao casamento, apenas para afirmar com desnecessária veemência, poucas horas depois, que se descobrisse que sua noiva não era virgem a sufocaria com o travesseiro no leito nupcial.

Eu não podia ignorar as palavras de Antônia apenas porque o rapaz era uma pessoa desagradável. (Outra característica desagradável era que, como resultado de ter sido educado em Roma com alguns príncipes trácios, ele estava impregnado de noções sobre o que era um Estado real e o que se devia à realeza, ideias que eu achava ofensivas.) Assim, escrevi a Sejano de forma reservada. Disse-lhe que Antônia trouxera Caio para uma visita e que eu ficaria muito grato se Sejano pudesse me enviar, lacrada, uma cópia do dossiê do rapaz. Havia coisas sobre ele que eu considerei perturbadoras, disse.

O mensageiro retornou rapidamente. Sejano escreveu-me dizendo ter ficado alarmado com a visita de Caio. Eu logo perceberia que ele não era confiável. Ele tinha sido envenenado contra mim e dissera várias vezes que esperava a minha morte. Eu deveria me cuidar para evitar ser assassinado.

Ele revelou quais eram suas testemunhas. Eram aqueles jovens nobres que, segundo Antônia, ele empregara para espionar Caio, e, ela insistia, levá-lo a falar em traição.

"Esses jovens", escreveu Sejano "ficaram tão chocados com a linguagem utilizada pelo jovem príncipe (como ele gostava de se classificar) que, dispensando qualquer estímulo de minha parte, me procuraram para denunciá-lo".

Certa vez, na campanha na Ilíria, cheguei a uma aldeia que acabara de sofrer um pequeno terremoto. Poucas pessoas tinham morrido, mas os danos materiais eram impressionantes. Lembro-me de uma velha olhando aturdida para a cratera que surgira no chão da sua cabana. As paredes permaneciam de pé, o telhado continuava no lugar, mas havia esse abismo, com cerca de meio metro de largura e com profundidade superior ao comprimento de uma lança. Suas galinhas e um frango tinham sido tragados. Algumas tinham sido provavelmente esmagadas; outras cacarejavam numa perturbação indignada, que reproduzia a expressão do rosto da velha. Eu agora partilhava a sensação da velha e do seu frango; a vida perdera sua base.

Percebi que estava mais isolado do que nunca. Eu era um prisioneiro, pois me colocara sob o poder de Sejano. Não havia um único oficial em minha equipe que não tivesse sido indicado por ele. Eu não podia estar certo de que a minha correspondência com governadores provinciais e comandantes militares não fosse investigada pelos agentes de Sejano. Nem podia ter certeza de que recebia todas as cartas enviadas a mim; era possível que tudo o que Sejano considerasse impróprio por um motivo ou por outro fosse interceptado e destruído. Quase tudo o que eu sabia era o que ele me permitia saber, e o meu conhecimento do mundo era o seu.

Ele alimentara as minhas suspeitas, e eu agora me via, como resultado da revelação que Antônia me impingira, redobrando suspeitas. Percebi que não podia estar certo de nada. Poucos meses antes, por exemplo, eu convidara um velho amigo, Pompônio Flaco, que eu nomeara governador da Síria, a passar algumas semanas de sua aposentadoria como meu convidado. O convite foi recusado: Flaco estava muito doente para viajar. Agora eu me via especulando se o convite fora recebido ou a resposta entregue. Minhas suspeitas podiam ser infundadas neste caso, o que não mudava o fato de que elas estavam lá.

Ele me ensinara a temer os outros. Nos últimos anos, dificilmente tivemos alguma conversa durante a qual ele não levantasse a questão da minha segurança ou apresentasse nomes daqueles que planejavam a minha morte. Agora eu aprendera a temê-lo também.

Eu tinha uma única vantagem. Sejano precisava acreditar que eu ainda confiava plenamente nele. Era preciso mantê-lo confiante. Assim, eu lhe escrevi, agradecendo por ter me alertado acerca de Caio e seus amigos e por seus esforços em meu benefício.

— A única coisa que me permite suportar a ingratidão e a falsidade dos homens é a confiança que deposito em você, o único homem que nunca me abandonou.

Na mesma carta eu confirmei que ele seria meu parceiro como cônsul no ano seguinte e lembrei-lhe de que eu era parcimonioso com aquela distinção: partilhara o poder apenas com Germânico e com meu filho Druso. A dedução era clara, eu esperava; eles tinham sido os meus escolhidos e até mesmo designados como meus sucessores. Eu não precisava destacar a importância desta honraria para Sejano. Eu sinalizara com o poder tribunício — *quando chegar a hora*. Estava tentado a satisfazer seu desejo de poder, na esperança de que este presente lhe desse uma segurança agradecida; mas eu hesitava, contido por um novo medo. Sejano planejara me isolar e me controlar; ele não poderia, protegido por este poder e com sua autoridade confirmada, decidir que eu era supérfluo e podia ser eliminado com segurança? Então prometi mais do que dei: deixei-o na expectativa, disse a mim mesmo, de ainda receber mais alguma coisa de mim.

Era necessário recuperar o apoio à minha pessoa entre os senadores. Assim, ordenei que fosse suspenso o julgamento de Lúcio Arrúntio, acusado de traição pelos agentes de Sejano. Não havia provas suficientes, escrevi. Correndo risco, fiz com que a carta fosse levada a Roma por Segismundo e entregue ao cônsul Mêmio em pessoa. Como Mêmio era sobrinho de Arrúntio por casamento, acreditei que ele seguiria minhas instruções sem consultar Sejano. Mas fiquei alarmado durante vários dias, até descobrir que ele o fizera, e ainda mais até que Segismundo retornasse a Capri em segurança.

Devo confessar que hesitei até mesmo em confiar a mensagem a Segismundo. Sentia muito carinho pelo jovem, deliciava-me com a felicidade do seu casamento e, claro, estava certo de que a minha confiança em sua virtude tinha fundamento. Mas, ao mesmo tempo, não tinha certeza. Torturei-me imaginando os métodos, os elogios e as ameaças que Sejano poderia ter feito para corromper o rapaz. Quando Segismundo voltou, reuni-me com ele para ouvir seu relato e o abracei com um tanto de alívio quanto de afeição.

Escrevi a Sejano, dizendo-lhe que ouvira rumores de queixas contra minha autoridade e mesmo de conspirações contra mim entre os oficiais pretorianos. Ficaria grato se ele pudesse investigar e, antes de agir, fornecesse-me os nomes daqueles que ele tinha motivo para suspeitar de deslealdade. Ele respondeu que tinha absoluta confiança naqueles oficiais que, como fez questão de recordar, tinham sido escolhidos por ele após a mais cuidadosa investigação. Contudo, todo cesto tem sua maçã podre, e ele não podia negar. Ele citou diversos nomes, o principal dos quais seria Macro, um calabrês: "... o tipo de homem que está sempre insatisfeito porque nada que recebera estará à altura da avaliação que faz de suas qualidades." Ademais, acrescentou, este Macro tivera relações com Nero, e agora com Caio. Ele estava ligado a alguns daqueles jovens agitadores que tinham incitado Caio à rebeldia e àquele caminho que ele estava seguindo até que o meu convite para que ele fosse a Capri o afastasse temporariamente dessas influências perigosas.

— Segismundo... — disse, e parei, incapaz de me forçar a lhe perguntar se me amava, se eu podia confiar nele, se ele arriscaria sua vida por mim. Nunca foi da minha natureza fazer este tipo de pedido às pessoas; nunca, desde que fora privado de Vipsânia.

— Senhor — ele respondeu, e esperou. Seus lábios formaram um sorriso.

— Senhor, não. Não chame nenhum homem de senhor, meu rapaz.

Eu estava deitado na cama, fraco como se tivesse uma febre nervosa. A luz do sol invadia o quarto e iluminava a penugem dourada no rosto do rapaz. Eu sonhava com o consolo de sua força, a reafirmação do que eu nunca poderia pedir-lhe. Bati na cama, indicando que ele deveria se colocar ali.

— Você está perturbado — ele disse —, percebo isto há muito tempo. Lembre-se de uma coisa: devo a você tudo o que tenho, inclusive a minha vida. Nunca poderei esquecer-me disto. O que quer que espere de mim, eu farei.

Suas palavras envergonharam-me. Penso que chorei ao ouvi-lo falar assim. Certamente as lágrimas fáceis da velhice encheram os meus olhos. Durante algum tempo não consegui falar.

— Talvez seja a sua vida — eu disse — o que eu esteja pedindo. Mas não há mais ninguém em quem eu possa confiar. Você teme Sejano?

Não olhei para ele ao fazer a pergunta, então não sei se ele empalideceu ou piscou.

— Não. Eu o odeio, o que é diferente.

— Você o odeia?

— Ele se impôs a mim. Ele me obrigou a fazer coisas que me enojaram — Segismundo enrubesceu com a lembrança. — Ele me disse que, se eu não o fizesse, contaria a você coisas que não eram verdade, mas que ele faria com que você acreditasse. Eu lhe disse que você não acreditaria, mas ele me garantiu que era sempre capaz de fazer com que você acreditasse no que ele desejava que você acreditasse, mesmo quando você não queria. Assim ele fez de mim uma mulher, e pior do que uma mulher.

Não havia nada que eu pudesse dizer para consolá-lo. As coisas permanecem em você e não podem ser curadas com palavras. Mas minha raiva de Sejano era grande, estava inflamada, ou corrompida, pelo ciúme e pela inveja, pois ele fizera o que eu negara a mim mesmo. Então deixei de lado a prudência e disse a Segismundo o que esperava que ele fizesse.

Segismundo deixou a ilha no dia seguinte e viajou para Roma. Viajou só, e disfarçado. Eu lhe dera um passe imperial como proteção, mas disse que só deveria utilizá-lo numa situação extrema. Seria melhor que ninguém suspeitasse de sua ligação comigo. Também lhe dei o anel com o meu selo e o preveni de que estaria em perigo caso fosse encontrado com ele, pois seria fácil acusá-lo de roubo. Ele sorriu e disse:

— Vou escondê-lo no traseiro.

Gostaria de ter sido capaz de devolver o sorriso.

Em sua ausência recebi outra carta de Sejano. Ele demonstrava grande prazer com as honras que eu lhe dera, a mais recente das quais fora sua indicação para sacerdote de Arval Brethren. Dizia que estava encantado com a honra que eu lhe dera de apresentá-lo como sucessor de Germânico e Druso como meu parceiro na função de cônsul. Ele assinalou que a concessão do poder tribunício tornaria completa sua satisfação. Ele falou do prazer que experimentava em seu casamento com Júlia Livila e de sua consciência de que não era digno de pertencer à família imperial. Então anunciou que Nero estava morto.

> O infeliz príncipe seduziu um dos guardas e o persuadiu a facilitar sua fuga de Pontia. Os outros guardas suspeitaram de traição e a relataram a mim. Determinei que fosse aumentada a vigilância e a dupla foi detida quando embarcava num bote. Na luta que se seguiu, ambos foram mortos. Lamento dizer que Nero demonstrou lamentável covardia nos seus últimos momentos e morreu implorando pela sua vida como uma mulher.

A arrogância da carta me enojou.

— Parece — disse a Antônia — que ele já não se preocupa sequer em criar uma história convincente.

— Druso será o próximo, e então meu pobre Caio, a não ser que você aja...

— O que eu posso fazer? — perguntei, pois não queria revelar meus planos nem mesmo a Antônia.

Nem poderia lhe dizer que seria desnecessário matar Druso. Se os relatórios que eu recebi eram confiáveis, seu sofrimento o privara das faculdades mentais. Ele delirava — gritava obscenidades, a maioria dirigida a mim, mas também à sua mãe Agripina — e se recusava a comer.

Quando Segismundo chegou à cidade, se dirigiu a uma taberna em Suburra, de propriedade de um germano de sua própria tribo, que fora um dos meus escravos e que eu colocara nesta ocupação após vinte anos de serviços honestos embora irritantemente estúpidos. (Não é verdade, aliás, que todos os germanos sejam estúpidos; alguns têm uma astúcia cansativa, e alguns, como Segismundo, são até inteligentes; os romanos os consideram estúpidos porque mesmo os mais inteligentes preservam uma ingenuidade que é alheia à nossa natureza. Isto é fruto, creio, de uma incapacidade de compreender a complexidade da vida e das coisas civilizadas e se manifesta numa disposição sonhadora que é certamente irritante e da qual nem mesmo Segismundo está livre.)

Segismundo explicou a Armin, o taberneiro, que estava fugindo da polícia. Ele sabia que Armin aceitaria isto como motivo suficiente para disfarce, mas ficaria alarmado se ele desse qualquer pista da importância da sua missão. Então explicou que tudo poderia ser resolvido se Armin aceitasse levar uma mensagem ao acampamento pretoriano. Isto perturbou Armin, que não podia compreender como um fugitivo da lei poderia querer fazer um contato daquele tipo, mas quando Segismundo disse que o seu problema era apenas fruto de um mal-entendido, Armin anuiu e concordou em encontrar um intermediário; mal-entendidos são o tipo de coisa que Armin podia compreender. Na verdade, mal-entendidos pareceram sempre permear sua vida.

Então a mensagem foi entregue e Segismundo suportou horas ansiosas enquanto esperava para ver se o peixe mordia a isca. Eu o instruíra de que a mensagem fosse críptica; estava construída de tal forma que sugeria a Macro que Caio estava ameaçado e que, em pânico, iria denunciá-lo, a não ser que ele o ajudasse. Determinara que fosse deste modo, porque havia sempre — eu tinha certeza — um toque de verdade nas alegações de Sejano contra aqueles que ele estava determinado a destruir, e imaginei que Macro ficaria com medo. Eu o queria assustado. Ele não aceitaria ser meu instrumento se não tivesse medo.

Ele chegou à taberna à noite, desconfiado, com os olhos ainda pesados da bebedeira da noite anterior. Quando encontrou lá apenas um jovem germano, suspeitou de uma armadilha e chamou seus guardas. Segismundo, porém, exibiu o meu anel. Eu o alertara de que este seria seu momento de maior perigo, pois Macro poderia se recusar a considerar as implicações de ele estar de posse do anel. De fato, a primeira reação de Macro foi prendê-lo por traição. Ele começou a falar de traição.

— Se falar assim — disse Segismundo — estará colocando seu próprio pescoço sob o fio da espada. Sente-se.

O subprefeito pretoriano obedeceu.

— Se eu tivesse roubado o anel, não seria tolo o bastante de ter todo este trabalho para trazê-lo aqui, seria?

Macro coçou a cabeça e disse que gostaria de beber um pouco de vinho.

—Esta é uma casa germana, você pode conseguir uma caneca de cerveja.

Então disse-lhe que Sejano escrevera a mim acusando-o de conspiração para traição. Ele estava envolvido, com Caio, num complô contra a minha vida.

Havia nisto verdade suficiente para que Macro começasse a tremer.

— O imperador me instruiu a lhe informar — disse Segismundo — que ele não acredita na metade do que lhe foi relatado. Ele me enviou para dar a você a oportunidade de se corrigir. Ele diz que você deve se preparar para sair imediatamente e acompanhar-me em segredo a Capri.

— Em segredo?

— Claro...

Macro coçou o rosto e tomou um longo gole de sua cerveja.

— Você tem uma carta?

— Esta é uma pergunta idiota.

— Como saberei que isto não é uma armadilha?

— Não saberá, mas terá problemas ainda maiores se achar que é. Se escolher não me acompanhar — e Segismundo esticou as mãos —, ele me pediu que garantisse a você que dirá a Sejano para submetê-lo a um interrogatório.

— Quando disse isto, ele se entregou totalmente — relatou Segismundo. — A parte mais difícil da nossa conversa foram os primeiros cinco minutos, como você previu. Mas eu não tenho certeza de que ele seja o homem certo, pois ele é um fanfarrão e um covarde.

— É o único homem que há — respondi.

Macro era um homem fraco, de cabelos encaracolados, com um olho que poderia brilhar, pensei, em outras circunstâncias, e uma expressão de desagrado na boca. Quando falou sobre Sejano, sua voz assumiu um tom amargo e tremeu um pouco, não sei se de medo, raiva ou uma combinação dos dois sentimentos. De fato, o risco que eu corria era o de que o seu medo de Sejano fosse tal que ele me traísse, a despeito das perspectivas de poder e glória que eu lhe apresentara.

Ele me assegurou que, mesmo entre os pretorianos, a rejeição a Sejano aumentava.

— Os homens dizem: "Por que ele tem privilégios em relação a nós, se não é mais bem-nascido?" Outros, como eu mesmo, se posso dizer, meu senhor...

— Não se dirija a mim desta forma.

— Desculpe-me. Respeito seus sentimentos, claro. Bem, general, outros, como eu, que se transferiram para a guarda pretoriana após longos anos de serviço com as legiões do Norte, estão conscientes de que temos medalhas de combate e ampla experiência militar, e ainda assim somos inferiores a um homem cuja carreira o levou poucas vezes à frente de batalha, que nunca viu uma batalha real, mas que ascendeu, se me permite, meu senhor, quero dizer, general, graças a articulações políticas.

Então reuni coragem — a coragem hesitante e insegura da velhice — e disse o que esperava dele. Ele ficou ao mesmo tempo excitado e assustado com a perspectiva e eu me senti como o homem que pede um seis num único arremesso dos dados.

Quando Macro deixou a ilha, fiz com que Segismundo assegurasse que o comandante de um barco de pesca estaria sempre pronto para mim, caso fosse necessário, pois eu sabia que, se Macro falhasse em sua missão, eu teria de abandonar a minha casa, buscar apoio no exército e esperar que lá eu encontrasse lealdade suficiente para recuperar minha posição.

Era um belo mês de outubro, meu mês favorito. Acordei cedo no dia marcado. Naquele momento, Macro já deveria ter estabelecido contato com o capitão da guarda noturna, Laco. Ele me garantira que Laco era um homem em quem ele confiaria sua vida, motivo pelo qual achamos conveniente seu termo de compromisso. Era, claro, exatamente o que ele estava fazendo. Eu não conseguia comer. O sol refletia nas águas lá embaixo, o ar estava fresco. Os pássaros ainda cantavam no jardim. O Senado iria se reunir, eu sabia, no Templo de Apolo, no Palatino, pois o prédio do Senado estava sendo reformado. Será que esta bela manhã indicava que Apolo apoiaria os nossos esforços?

Eu não escrevia a Sejano havia dez dias. Isto deve tê-lo preocupado. Não fui capaz de escrever, apesar da necessidade de mantê-lo tranquilo. Não podia me arriscar a escrever, pois as lembranças do que eu sentira por ele me assaltavam. A raiva penetraria nas minhas palavras. Então decidi arriscar. Mas Macro iria garantir a ele que tinha entregado uma carta ao cônsul Mêmio, que iria presidir o Senado, e que a carta anunciava-lhe a concessão do poder tribunício que ele tanto desejava. Ele iria ao Senado esperando glórias.

Segismundo surgiu no terraço para me avisar que o barco de pesca estaria à minha disposição a partir do meio da tarde.

— Como pretende passar o dia? — perguntou.

Não tive uma resposta. Nem para aquele nem para qualquer outro dia.

Ele ordenou que uma liteira fosse preparada e, sem se preocupar em pedir minha autorização, organizou para todos os membros da casa um piquenique no pequeno templo de Apolo que ficava no alto da montanha. O ar estava doce, com perfume de tomilho, murta, manjerona e pinhões.

Deixei que ele fizesse o que queria, mas não consegui comer nada além de algumas azeitonas-pretas e um pouco de queijo. Preferi não beber vinho.

Mêmio leria minha carta em voz alta. Teria ele a presença de espírito de adaptá-la, como determinei, de acordo com sua percepção da disposição do Senado? Imaginei Sejano refestelado em seu assento, um leão confiante e orgulhoso, enquanto meus elogios flutuavam ao redor de sua cabeça. E então alerta quando manifestasse minha primeira crítica. Como os senadores reagiriam a isto?

Caio começou a rir, uma gargalhada descontrolada. Olhei para lá. Um lagarto estava preso numa pequena fenda. Ele caíra para trás e suas patas da frente raspavam desesperadamente a borda. Caio o espetava com uma pequena adaga cravejada de pedras e continuava a rir. Fiz um gesto para Segismundo, que levantou o animal pelo pescoço e ombros, colocando-o no alto de um muro quebrado; ele olhou ao redor, assustado, então sumiu de vista. Caio ficou amuado.

Após escoltar Sejano ao Senado, Macro foi instruído a atravessar rapidamente a cidade em direção ao acampamento pretoriano nos antigos Jardins de Lúculo e revelar que ele fora indicado como o novo comandante. No caminho ele deveria pegar ouro com o meu banqueiro para distribuir como um primeiro donativo. Isto o deixou nervoso, mas insisti que era necessário dar aos soldados provas tangíveis de que eu recompensaria sua lealdade. Ademais, qualquer homem que aceitasse o ouro estaria inteiramente comprometido e saberia não haver retorno.

O sol chegou ao zênite. O ar tinha uma luz difusa. Era o último instante de calor do ano. Colhi uma rosa, espetando meu dedo num espinho. Segismundo se esticou ao meu lado à sombra dos pinheiros. Ele se deitou de costas, olhando para o céu parcialmente escondido. Então fechou os olhos e dormiu. Outros também dormiram. Caio caminhava em direção a uma cabana de pastor. Um cão latia à distância e um galo cantou.

Tudo estaria terminado agora, de um modo ou de outro. Meu coração acelerou. Apertei meus dedos uns contra os outros, extraindo um prazer selvagem em sentir os ossos.

Um por um, os senadores, a maioria dos quais lhe devia favores e o bajularam em sua grandeza, abandonaram meu antigo e derrotado amigo. Eles se afastaram dele como se vissem em sua desgraça o reflexo de sua própria ignomínia, mas, mesmo assim, Mêmio não ousou colocar em votação minha surpreendente acusação. Então Mêmio ordenou que Sejano se levantasse, ele não se moveu. O Senado estava envolvido por um silêncio aterrorizado; a ordem foi repetida e Sejano permaneceu imóvel. Na terceira vez ele se ergueu para encontrar a seu lado Laco, capitão da guarda noturna. Apenas quando Laco colocou seu braço sobre ele as ofensas começaram. Então, com o encanto quebrado, os senadores se lançaram numa algaravia de acusações e insultos.

Gosto de pensar que ele não compreendia bem o que estava acontecendo, que sua compreensão tinha sido prejudicada pelo choque.

Ele foi empurrado para fora, ao longo do *Clivus Palatinus*, cercado por azevinheiros, pela Via Sagrada, com a multidão — como as multidões sempre são rapidamente avisadas dos acontecimentos grandiosos e terríveis? — o empurrando, amaldiçoando sua tirania e sentindo grande prazer com sua desgraça. Foi relatado que as mulheres cuspiram nele, que os homens lançaram estrume de cavalo junto com as ofensas. Assim, ele foi despachado para a Prisão Mamertina sob o Capitólio e conduzido por aquela estreita escada circular que levava à antiga câmara de execução de Roma.

Por ordem do Senado, após uma votação, ele foi estrangulado por volta das quatro horas da tarde.

Mas eu não podia saber disto enquanto o sol se punha, o ar ficava frio e eu era levado montanha abaixo com o olhar fixo no mar e no pequeno porto onde o barco de pesca estava atracado.

Eu pedira que Sejano fosse preso. O Senado, sem demora, embarcou numa orgia de vingança pelas indignidades que eles vergonhosamente suportaram nas mãos do meu antigo favorito. Nem sua família, nem seus auxiliares próximos foram poupados. Até mesmo os seus filhos foram condenados à morte por ordem do Senado. Após um debate, foi decidido que sua filha de 13 anos deveria ser primeiramente estuprada pelo carrasco, pois a lei não permitia a execução de virgens livres, e, como argumentou um senador — um descendente, não ficaria surpreso em saber, daquele pilar da virtude republicana, Marco Pórcio Catão —, transgredir esta lei poderia trazer desgraça para a cidade.

Como se não estivéssemos mergulhados em desgraças!

X

Um dia depois de receber a notícia da morte de Sejano, subi o pequeno monte atrás da minha *villa* até o lugar onde encontrara o garoto de aparência divina que me prometera paz de espírito em troca da minha reputação. Eu esperava poder criticá-lo por zombar de mim, pois eu sacrificara uma coisa sem conquistar outra. Mas ele não me recebeu. Em vez disto, um vento frio soprou do Norte e o céu ficou cinzento como as costas de um pombo.

Sejano me apareceu em sonhos, com sua língua inchada, esticada para fora de lábios negros, e a censura nos olhos que ele não podia fechar. Acordei suando e tremendo. O pouco sono que me era concedido era perturbador e produzia sonhos terríveis, nos quais a beleza era cruelmente torturada e homens e mulheres lançavam acusações contra mim. Eu me encolhi num canto, com o cobertor sobre minha cabeça, enquanto um ruído de passos raivosos me cercavam e vozes exigiam uma morte dolorosa e ignominiosa.

O corpo de Sejano ficou exposto durante três dias nos Degraus Gemonianos, entregue aos insultos da turba, a mesma turba gostaria que o meu próprio corpo estivesse ao seu lado. E havia uma parte de mim que gritava que eu não merecia destino melhor do que aquele:

— Para o Tibre com Tibério! — gritava a multidão.

Eu escrevi ao Senado:

> Se eu soubesse o que dizer a vocês neste momento, senadores, ou como dizê-lo, ou o que não dizer, talvez os deuses me mergulhassem em desgraça maior do que a que eu sinto sobre mim todos os dias...

Quando eles me enviaram uma comissão, eu me recusei a recebê-la. Mas ainda havia mais, muito mais. Quando eu estava a ponto de dizer que conhecera o pior, descobri que não era verdade. Apicata, ex-mulher de Sejano, me enviou uma carta.

> ... não consegui lhe escrever antes, Tibério. Convivi com um terrível conhecimento nos últimos anos e é correto e adequado que eu o compartilhe com você. Prepare-se, então, para um desgosto que você nunca conheceu, pois deve estar no limite do desgosto e da dor. Você acredita que o seu nobre filho Druso morreu de morte natural, não foi assim. Ele foi assassinado, por incitação de sua mulher, Júlia Livila, por meu cínico marido Sejano, que foi enfeitiçado por ela. Você não acreditará nisto, mas por que deveria ser poupado do terrível conhecimento que ficou trancado dentro de mim durante anos? Se quiser provas, pergunte aos escravos que cuidaram dele em seu leito de morte.

Eu não queria provas, embora no fundo procurasse por elas. Os infelizes foram interrogados e confessaram. Quando as notícias chegaram até Júlia Livila, que eu não considerara culpada de nada, a não ser de luxúria e depravação, ela percebeu como sua situação era perigosa e bebeu veneno. Assim, esta mulher, que era filha do meu querido irmão Druso e de Antônia, a quem eu tanto respeitara, e que fiquei tão feliz de ver casada com meu querido filho Druso, morreu coberta de sujeira e ignomínia. Estas revelações e o seu suicídio me perturbaram de tal forma que nunca mais fui capaz de conversar com Antônia.

Tudo o que eu considerava bom estava maculado e parecia sórdido e repulsivo.

Na cidade, aquele poço de iniquidade, os senadores se ocupavam com acusações e vinganças. Eu mal conseguia saber que acusações eram apresentadas contra quem. Que eles se matem uns aos outros como ratos famintos numa armadilha, pensei.

Agripina morreu, alucinada, dois anos após o dia da execução de Sejano. Seu filho Druso, ainda mais enlouquecido, morreu amaldiçoando-me e acusando-me de uma enorme lista de crimes monstruosos. Determinei que o relato de seus últimos meses fosse lido no Senado. Foi relatado que muitos choraram, enquanto outros se encolhiam, enojados. Eu não me importava. Que eles vejam o que fizeram de Roma. Que eles percebam a que tipo de império eles me condenaram.

Visitei Roma ainda umas duas ou três vezes. Em cada oportunidade fui tomado pelas náuseas e retornei. Certa vez descobri que meu animal de estimação, uma cobra, que eu adotara por causa da repulsa que elas geralmente provocam em homens e mulheres, tinha morrido e estava sendo devorada pelas formigas. Um adivinho interpretou a situação como indicativo de que eu deveria tomar cuidado com a multidão. Respondi que não precisava de conselhos desse tipo.

Meu trabalho era o meu único consolo, pois mesmo a beleza da ilha parecia uma espécie de deboche da minha experiência. Assim, eu passava horas debruçado sobre os relatórios enviados pelo Tesouro, estudando relatórios dos governadores, conferindo os suprimentos para o exército, avaliando projetos de construção civil, reparando abusos de funcionários. Uma crise financeira se aproximava; eu a cevara, colocando à disposição empréstimos sem juros. Adotei medidas para acalmar a fronteira oriental. Trabalhava horas a fio, como se tudo tivesse importância, embora havia muito tempo não acreditasse em nada.

Algumas vezes, à tarde, eu tinha vislumbres de felicidade, quando olhava para o oceano sobre o topo das oliveiras brilhantes, ou quando o filho de Segismundo e Eufrosina corria pelo terraço para se pendurar na barra da minha toga. Mas quando o sol se punha, eu olhava através da baía, para a rocha da sereia, e lamentava que nunca tivesse ouvido seu canto, e que nunca iria ouvir.

As lembranças bruxuleiam como as sombras criadas pelas chamas. Mecenas me dizendo como colaborara com o tempo e o mundo na destruição do garoto que ele amava... Agripa jogando sua cabeça para trás, rindo solenemente, e então dando um tapa no meu ombro e dizendo que eu finalmente era um homem... os olhos doces e a voz suave de Vipsânia... Júlia acariciando suas coxas longas e me convidando a admirá-las... Augusto com sua língua sedutora e mentirosa... Lívia me açoitando até eu confessar que era dela... O jovem Segeste, e Segismundo, e a promessa de libertação. Sejano, sim, mesmo Sejano, como ele era quando me apareceu pela primeira vez em Rodes e jogou a cabeça para trás exibindo sua garganta lisa, enquanto ria das dificuldades e era feliz consigo mesmo...

Durante a noite eu prestava atenção à coruja, o pássaro de Minerva, mas, em vez dela, ouvia o canto dos galos e o latido dos cães.

Minha vida tinha sido consagrada ao trabalho.

— Por que prolongar a vida a não ser para prolongar o prazer? — perguntaria meu pobre pai enquanto lágrimas deslizavam por seu rosto gordo.

Responsabilidade... a que isto leva? Caio governará Roma em meu lugar. Se eu me importasse com Roma, eu deveria afastá-lo. Mas eles o merecem.

Outro dia encontrei Caio gritando furiosamente com o meu neto, o pequeno Tibério Gemelo, embora ele já não seja pequeno, e sim um rapaz alto, bonito e esbelto de 15 anos.

— Contenha-se — disse a Caio —, logo estarei morto e então você estará livre para matá-lo. E alguém irá matá-lo. É assim que o mundo funciona...

Em Roma este homem se encarregará disto com deslealdade, e tudo seguirá seu caminho. Se realmente tivéssemos restaurado a República, teríamos perdido o império, mas, talvez...

Uma reflexão banal. Não há por que continuar com este relato da minha vida, que termina como começou: com medo, traição, miséria e queixas.

Outra jarra de vinho. Talvez o rouxinol cante antes que eu me retire... que eu me retire para descansar meu corpo, nada mais.

Não escrevi nada durante meses, mas o faço agora, no mínimo para registrar a razão do meu último ato, que a posteridade verá de modo diferente (não tenho dúvida disto), como o último julgamento da minha longa história de vingança contra a família de Germânico.

Esta tarde, Segismundo se aproximou de mim; ele tremia. Perguntei-lhe o que estava errado e ele não hesitou.

Ontem, meu sobrinho-neto e herdeiro presuntivo desta droga de império, Caio Calígula, filho do herói Germânico, violentara Eufrosina, que está no sexto mês de gravidez. Esta manhã ela abortou. Segismundo se ajoelhou diante de mim, segurou minhas mãos nas suas e implorou por vingança. Olhei-o nos olhos. Seu rosto, que agora está gordo e não bonito, estava coberto de lágrimas e tomado pela dor. Sua voz tremia enquanto ele falava:

— Eufrosina — ele disse — se arrepia ao meu toque… Não sei se algum dia tudo ficará bem novamente. Não sei se o que foi feito pode ser consertado. Imploro a você, senhor!

Toda a minha vida eu rejeitei aquela palavra, mas quando olhei para ele, e percebi seu desespero, não a rejeitei. Coloquei meu braço ao redor dele e o levei comigo.

Ordenei que Caio se apresentasse a mim pela manhã, e enquanto isto dissera a Macro para colocar guardas de prontidão para prendê-lo.

POSFÁCIO

Esta declaração é feita por Estêvão, conhecido anteriormente como Segismundo, inicialmente um príncipe germano nascido livre, depois feito prisioneiro, sendo forçado a servir como gladiador, que foi resgatado de uma morte vergonhosa pelo Imperador Tibério e que em seguida o serviu como seu escravo, liberto e amigo, e a Timóteo, pastor da Igreja Cristã em Corinto, a quem confio estes manuscritos para sua preservação e segurança.

Faço isto sabendo que o meu senhor terreno, o Imperador Tibério, é insultado pelos seguidores do meu Senhor espiritual, o Rei dos reis, pelo fato de que Jesus Cristo foi crucificado em Jerusalém durante o governo de Tibério, com a conivência do procurador da Judeia, Pôncio Pilatos. Ainda assim, aproveito esta oportunidade para afirmar que o imperador não tem nenhuma responsabilidade neste crime, e na verdade desconhecia inteiramente sua inocência. Não me recordo sequer de a morte do Salvador ter sido mencionada por Pôncio Pilatos em seus relatórios, e, como eu trabalhava frequentemente como secretário do imperador, minhas recordações estão corretas.

Ademais, aproveito esta oportunidade para dizer que não há fundamento numa calúnia pessoal que dificultou minha vida mesmo entre os cristãos, que pregam a doutrina do arrependimento e do perdão dos pecados e são confortados por isso. Pois é errado se arrepender de pecados não cometidos, como sempre fui instado a fazer. Assim, deixaria de dizer que nunca fui amante do imperador, embora ele me amasse, pois este amor era puro e paternal, e eu lhe devo muito.

Por esta razão, guardei estes manuscritos que são suas memórias, desde a sua morte, quando confesso que os roubei. Mas fiz isto apenas para preservá-los, e pelos motivos mais honrados. E suplico a este mesmo Timóteo, a quem faço esta declaração, que os preserve da mesma forma que o fiz, para o meu bem, e para o bem da verdade, de modo que também a reputação do meu senhor terreno possa ser redimida das calúnias que foram lançadas sobre ele.

É a respeito das circunstâncias de sua morte que quero falar:

A conclusão do relato da sua vida mostra como eu mesmo me aproximei dele com uma acusação contra o futuro imperador, Caio, um homem conhecido pela sua perversidade e por sua vida depravada.

Era verdadeira a acusação de que ele usufruíra de prazer carnal com minha mulher Eufrosina contra sua vontade e a despeito de seus esforços para evitar. Tibério acreditou em mim e prometeu tomar providências.

Talvez a informação o tenha perturbado, pois ele tinha tanto carinho por Eufrosina quanto tinha por mim, e, sendo um homem idoso, caiu doente. Contudo, logo apresentou sinais de recuperação e garantiu-me que estava determinado a fazer justiça. Foi nossa última conversa, e eu insisto que naquele momento Tibério estava recuperando suas as forças.

Duas horas depois ele estava morto.

O que aconteceu foi isto:

Caio ficou assustado com a convocação para se apresentar diante do imperador, pois sabia que era culpado e temia que ele o punisse. Assim, ficou satisfeito quando soube das notícias a respeito da doença de Tibério, levadas a ele por Macro, o prefeito pretoriano, e parceiro de Caio, lamento dizer, no pecado. Macro lhe garantiu que, por causa da doença de Tibério, ele não tinha o que temer, e a dupla passou a noite bebendo muito. Em algum momento da noite foi dito que Tibério morrera e Caio foi embriagadamente elevado a imperador.

Imagine o pânico que os assaltou quando souberam que Tibério se recuperara e queria ver Macro. Os dois agora estavam ainda mais tomados pela culpa e pelo medo. Macro, porém, atendeu à convocação e dispensou os guardas que zelavam pelo imperador. Ele permaneceu com ele durante uma hora (quando soube disto, eu me apressei em deixar o palácio, pois temia o pior). Macro deixou os aposentos do imperador com um sorriso no rosto, anunciando que o velho não mais vivia e que eles podiam se preparar para viver sob o reinado de Caio.

Tibério estava vivo e em recuperação quando ele entrou, e morto quando ele saiu. Sempre acreditei que Macro o matara, provavelmente sufocando-o com um travesseiro.

De minha parte, tendo antecipado que o meu querido senhor não teria muito mais a viver, eu fizera planos de fuga, pois sabia que como favorito do imperador eu não seria simpático ao novo regime; ademais, Macro havia muito me odiava, por motivos que ficarão claros para qualquer um que leia as memórias do imperador.

Meu sogro, um bem-sucedido médico grego, colaborou com minha fuga, e passamos da casa de um anfitrião para outro até chegarmos aqui, em Corinto, onde permaneci desde então. Passei os primeiros anos escondido, até que fui libertado do meu medo pela chegada das notícias do assassinato de Caio após um reinado curto, corrompido pelo vício e por toda sorte de indizíveis crueldades.

Para a minha felicidade, poucos anos depois me foi concedida a graça de ouvir a Palavra de Jesus Cristo e ser recebido em sua irmandade. Alguns dos meus companheiros em Cristo Jesus, que sabem da minha associação com Tibério, insistem para que eu me arrependa da minha vida anterior. Não posso fazê-lo, pois estou consciente de que nela havia virtude, ainda que uma virtude pagã e, ademais, estou convencido de que o meu senhor, Tibério, embora ignorando Jesus e seus ensinamentos, sempre teve uma postura cristã que ninguém que não tenha sido batizado pode exibir. E eu preservei estes manuscritos pelas razões expostas acima.

Prestada em Corinto, no sexagésimo ano de nosso Senhor, na esperança da salvação pela ressurreição do corpo e da fé em nosso Senhor Jesus Cristo.

ALLAN MASSIE
Thirladean House, Selkirk,
março de 1990

ASSINE NOSSA NEWSLETTER E RECEBA
INFORMAÇÕES DE TODOS OS LANÇAMENTOS

WWW.FAROEDITORIAL.COM.BR

COLEÇÃO "OS SENHORES DE ROMA"

ESTE LIVRO FOI IMPRESSO EM AGOSTO DE 2021